中外名家随笔精华

# 容忍与自由

胡适　著

长江出版传媒｜长江文艺出版社

图书在版编目（CIP）数据

容忍与自由 / 胡适著. -- 武汉 : 长江文艺出版社, 2016.6（2021.10 重印）
（中外名家随笔精华）
ISBN 978-7-5354-8747-6

Ⅰ. ①容… Ⅱ. ①胡… Ⅲ. ①随笔－作品集－中国－现代 Ⅳ. ①I266.1

中国版本图书馆 CIP 数据核字(2016)第 093096 号

责任编辑：张远林　黄海阔　　责任校对：毛　娟
封面设计：徐慧芳　　责任印制：邱　莉　胡丽平

---

出版：长江出版传媒　长江文艺出版社
地址：武汉市雄楚大街 268 号　　邮编：430070
发行：长江文艺出版社
电话：027—87679360
http://www.cjlap.com
印刷：三河市百盛印装有限公司

---

开本：640 毫米×970 毫米　1/16　印张：17.5
版次：2016 年 6 月第 1 版　　2021 年 10 月第 3 次印刷
字数：211 千字

---

定价：55.00 元

---

中外名家随笔精华

# 容忍与自由

## 目录

## 处世篇

## 人生篇

# 信仰篇

# 我的信仰（节选）

## 一

我年还不满八岁，就能自己念书，由我二哥的提议，先生使我读《资治通鉴》。这部书，实在是大历史家司马光于 1084 年所辑编年式的中国通史。这番读史，使我发生很大的兴趣，我不久就从事把各朝代各帝王各年号编成有韵的歌诀，以资记忆。

随后有一天，我在叔父家里的废纸箱中，偶然看见一本《水浒传》的残本，便站在箱边把它看完了。我跑遍全村，不久居然得着全部。从此以后，我像老饕一般读尽了本村邻村所知的小说。这些小说都是用白话或口语写的，既易了解，又有引人入胜的趣味。它们教我人生，好的也教，坏的也教，又给了我一件文艺的工具，若干年后，使我能在中国开始众所称为“文艺复兴”的运动。

其时，我的宗教生活经过一个特异的激变。我系生长在拜偶像的环境，习于诸神凶恶丑怪的面孔，和天堂地狱的民间传说。我十一岁时，一日，温习朱子的《小学》，这部书是我能背诵而不甚了解的。我念到这位理学家引司马光那位史家攻击天堂地狱的通俗信仰的话。这段话说："形既朽灭，神亦飘散，虽有剉烧舂磨，亦无所施。"这话好像说得很有道理，我对于死后审判的观念，就开始怀疑起来。

往后不久，我读司马光的《资治通鉴》，读到第一百三十六卷中有一段，使我成了一个无神论者。所说起的这一段，述纪公元五世纪一位名叫范缜的哲学家，与朝众竞辩"神灭论"。朝廷当时是提倡大乘佛法的。范缜的见解，由司马光摄述为这几句话："形者神之质，神者形之用也。神之于形，犹利之于刀。未闻刀没而利存，岂容形亡而神在哉？"

这比司马光的形灭神散的见解——一种仍认有精神的理论——还更透彻有理。范缜根本否认精神为一种实体，谓其仅系神之用。这一番化繁为简合着我儿童的心胸。读到"朝野喧哗，难之，终不能屈"，更使我心悦。

同在那一段内，又引据范缜反对因果轮回说的事。他与竟陵王谈论，王对他说："君不信因果，何得有富贵贫贱？"范缜答道："人生如树花同发，随风而散；或拂帘幌，坠茵席之上；或关篱墙，落粪溷之中。堕茵席者，殿下是也；落粪溷者，下官是也。贵贱虽复殊途，因果竟在何处？"

因果之说，由印度传来，在中国人思想生活上已成了主要部分的少数最有力的观念之一。中国古代道德家，常以善有善报，恶有恶报为训。但在现实生活上并不真确。佛教的因果优于中国果报观念的地方，就是可以躲过这个问题，将其归之于前世来世不断的轮回。

但是范缜的比喻，引起了我幼稚的幻想，使我摆脱了噩梦似的因果绝对论，这是以偶然论来对定命论。而我以十一岁的儿童就取了偶然论而叛离了运命。我在那个儿童时代是没有牵强附会的推理的，仅仅是脾性的迎拒罢了。我是我父亲的儿子，司马光和范缜又得了我的心。仅此而已。

# 二

但是这一种心境的激变，在我早年不无可笑的结果。1903 年的新年里，我到我住在二十四里外的大姊家去拜年。在她家住了几天，我和她的儿子回家，他是来给我母亲拜年。他家的一个长工替他挑着新年礼物。我们回家路上，经过一个亭子，供着几个奇形怪状的神像。我停下来对我外甥说："这里没有人看见，我们来把这几个菩萨抛到污泥坑里去罢。"我这带孩子气的毁坏神像主张，把我的同伴大大地吓住了。他们劝我走路，莫去惹那些本来已经濒于危境的神道。

这一天正是元宵灯节。我们到了家中，家里有许多客人，我的肚子已经饿了，开饭的时候，我外甥又劝我喝了一杯烧酒。酒在我的肚子里，便作怪起来。我不久便在院子里跑，喊月亮下来看灯。我母亲不悦，叫人来捉我。我在他们前头跑，酒力因我跑路，作用更起得快。我终被捉住，但还努力想挣脱。我母亲抱住我，不久便有许多人朝我们围拢来。

我心里害怕，便胡言乱道起来。于是我外甥家的长工走到我母亲身边，低低的说："外婆，我想他定是精神错乱了。恐怕是神道怪了他。今天下午我们路过三门亭，他提议要把几尊菩萨抛到污泥坑里去。一定是这番话弄出来的事。"我窃听了长工的话，忽然想出一条妙计。我喊叫得更凶，好像我就真是三门亭的一个神一样。我母亲于是便当空焚香祷告，说我年幼无知无咎，许下如果蒙神恕我小孩子的罪过，定到亭上去烧香还愿。

这时候，得报说龙灯来了，在我们屋里的人，都急忙跑去看，只剩下我和母亲两个人。一会儿我就睡着了。母亲许的愿，显然是灵应了。一个月后，我母亲和我上外婆家去，她叫我恭恭敬敬地在三门亭还我们许下的愿。

## 三

我年甫十三，即离家上路七日，以求“新教育”于上海。自这次别离后，我于十四年之中，只省候过我母亲三次，一总同她住了大约七个月。出自她对我伟大的爱忱，她送我出门，分明没有洒过一滴眼泪，就让我在这广大的世界中，独自求我自己的教育和发展，所带着的，只是一个母亲的爱，一个读书的习惯，和一点点怀疑的倾向。

我在上海过了六年（1904—1910），在美国过了七年（1910—1917）。在我停留在上海的时期内，我经历过三个学校（无一个是教会学校），一个都没有毕业，我读了当时所谓的“新教育”的基本东西，以历史、地理、英文、数学，和一点零碎的自然科学为主。从已故林纾氏及其他诸人的意译文字中，我初次认识一大批英国和欧洲的小说家，司各提（SCott）、狄更司（Dickens）、大小仲马（Dumas pere and fils）、嚣俄（Hugo），以及托尔斯泰（Tolstoy）等氏的都在内。我读了中国上古、中古几位非儒教和新儒教哲学家的著作，并喜欢墨翟的兼爱说与老子、庄子有自然色彩的哲学。

从当代力量最大的学者梁启超氏的通俗文字中，我渐得略知霍布士（Hobbes）、笛卡儿（Descartes）、卢梭（Rousseau）、边沁（Bentham）、康德（Kant）、达尔文（Darwin）等诸泰西思想家。梁氏是一个崇拜近代西方文明的人，连续发表了一系列文字，坦然承认中国人以一个民族而言，对于欧洲人所具有许多良好特性，感受缺乏；显著的是注重公共道德，国家思想，爱冒险，私人权利观念与热心防其被侵，爱自由，自治能力，结合的本事与组织的努力，注意身体的培养与健康等。就是这几篇文字猛力把我以我们古旧文明为自足，除战争的武器，商业转运的工具外，没有什么要向西方求学的这种安乐梦中，震醒出来。它们开了给我，也就好像开了给几千几百别的人一样，对于世界整个的新眼界。

我又读过严复所译穆勒（John Stuart Mill）的《自由论》（On Liberty）和赫胥黎（Huxley）的《天演论》（Evolution and Ethic）。严氏所译赫胥黎的论著，于1898年就出版，并立即得到知识阶级的接受。有钱的人拿钱出来翻印新版以广流传（当时并没有版权），因为有人以达尔文的言论，尤其是它在社会上与政治上的运用，对于一个感受惰性与儒滞日久的民族，乃是一个合宜的刺激。

数年之间，许多的进化名词在当时报章杂志的文字上，就成了口头禅。无数的人，都采来做自己的和儿辈的名号，由是提醒他们国家与个人在生存竞争中消灭的祸害。向尝一度闻名的陈炯明以“竞存”为号。我有两个同学名杨天择和孙竞存。

就是我自己的名字，对于中国以进化论为时尚，也是一个证据。我请我二哥替我起个学名的那天早晨，我还记得清楚。他只想了一刻，他就说：“‘适者生存’中的‘适’字怎么样？”我表同意；先用来做笔名，最后于1910年就用作我的名字。

## 四

我对于达尔文与斯宾塞两氏进化假说的一些知识，很容易的与几个中国古代思想家的自然学说连了起来。例如在道家伪书《列子》所述的下面这个故事中，发现二千年前有一个一样年轻，同抱一样信仰的人，使我的童心欢悦：

> 齐田氏祖于庭，食客千人。中坐有献鱼雁者，田氏视之，乃叹曰：“天之于民厚矣！殖五谷，生鱼鸟以为之用。”众客和之如响。鲍氏之子，年十二，预于次，进曰：“不如君言。天地万物，与我并生，类也。类无贵贱，徒以大小智力而相制，迭相食，非相为而生之。人取食者而食之，岂天本为人而生之，且蚊蚋噆肤，虎狼食肉，岂天本为蚊蚋生人，虎狼生肉者哉？”

1906年，我在中国公学同学中，有几位办了一个定期刊物，名《竞业旬报》——达尔文学说通行的又一例子——其主旨在以新思想灌输于未受教育的民众，系以白话刊行。我被邀在创刊号撰稿。一年之后，我独自做编辑。我编辑这个杂志的工作不但帮助我启发运用现行口语为一种文艺工具的才能，且以明白的话语及合理的次序，想出自我幼年就已具了形式的观念和思想。在我为这个杂志所著的许多论文内，我猛力攻击人民的迷信，且坦然主张毁弃神道，兼持无神论。

1908年，我家因营业失败，经济大感困难。我于十七岁上，就必须供给我自己读书，兼供养家中的母亲。我有一年多停学，教授初等英文，每日授课五小时，月得修金八十元。1910年，我教了几个月的国文。

那几年（1909—1910）是中国历史上的黑暗时代，也是我个人历史上的黑暗时代。革命在好几省内爆发，每次都归失败。中国公学原是革命活动的中心，我在那里的旧同学参加此等密谋的实繁有徒，丧失生命的为数也不少。这班政治犯有好些来到上海与我住在一起，我们都是意气消沉，厌世悲观的。我们喝酒，作悲观的诗词，日夜谈论，且往往作没有输赢的赌博。我们甚至还请了一个老伶工来教我们唱戏。有一天早上，我作了一首诗，中有这一句："霜浓欺日淡！"（"How proudly does the wintry frost scorn the powerless rays of the sun."）

意气消沉与执劳任役驱使我们走入了种种的流浪放荡。有一个雨夜，我喝酒喝得醺醺大醉，在镇上与巡捕角斗，把我自己弄进监里去关了一夜。到我次晨回寓，在镜中看出我脸上的血痕，就记起李白饮酒歌中的这一句："天生我材必有用。"（Some use might yet be made of this material born in me.）我决心脱离教书和我的这班朋友。下了一个月的苦工夫，我就前往北京投考用美国退还庚子赔款所设的学额。我考试及格，即于七月间放洋赴美。

## 五

我到美国，满怀悲观。但不久便交结了些朋友，对于那个国家和人民都很喜爱。美国人出自天真的乐观与朝气给了我很好的印象。在这个地方，似乎无一事一物不能由人类智力做得成的。我不能避免这种对于人生持有喜气的眼光的传染，数年之间，就渐渐治疗了我少年老成的态度。

我第一次去看足球比赛时，我坐在那里以哲学的态度看球赛时的粗暴及狂叫欢呼为乐。而这种狂叫欢呼在我看来，似乎是很不够大学生的尊严的。但是到竞争愈渐激烈，我也就开始领悟这种热心。随后我偶然回头望见白了头发的植物学教授劳理先生（Mr. W. W. Rowlee）诚心诚意的在欢呼狂叫，我觉得如是的自惭，以致我不久也就热心的陪着众人欢呼了。

就是在民国初年最黑暗的时期内，我还是想法子打起我的精神。在致一个华友的信里面，我说道："除了你我自己灰心失意，以为无希望外，没有事情是无希望的。"在我的日记上，我记下些引录的句子，如引克洛浦（Clough）的这一句："如果希望是麻醉物，恐惧就是作伪者。"又如我自己译自勃朗宁的这一节诗：

> 从不转背而挺身向前，
> 从不怀疑云要破裂，
> 虽合理的弄糟，违理的占胜，
> 而从不作迷梦的，
> 相信我们沉而再升，败而再战，
> 睡而再醒。

1914年1月，我写这一句在我的日记上："我相信我自离开中国后，所学得的最大的事情，就是这种乐观的人生哲学了。” 1915 年，我以关于勃朗宁最优的论文得受柯生奖金（Hiram Corson Prize）。我论文的题目是《勃朗宁乐观主义辩》（In Pefense of Browning's Optimism）。我想来大半是我渐次改变了的人生观使我于替他辩护时，以一种诚信的意识来发言。

我系以在康奈尔大学做纽约农科学院的学生开始我的大学生涯。我的选择是根据了当时中国盛行的，谓中国学生须学点有用的技艺，文学、哲学是没有什么实用的这个信念。但是也有一个经济的动机。农科学院当时不收学费，我心想或许还能够把每月的月费省下一部分来汇给我的母亲。

农场上的经验我一点都不曾有过，并且我的心也不在农业上。一年级的英国文学及德文课程，较之农场实习和养果学，反使我感觉兴趣。踌躇观望了一年又半，我最后转入文理学院，一次缴纳四个学期的学费，就是使我受八个月困境的处分。但是我对于我的新学科觉得更为自然，从不懊悔这番改变。

有一科《欧洲哲学史》——归故克莱顿教授（Professer J. E. Creighton）那位恩师主持——领导我以哲学做了主科。我对于英国文学与政治学也深有兴趣。康奈尔的哲学院（The Sage School of Philosophy）是唯心论的重镇。在其领导之下，我读了古代近代古典派哲学家比较重要的著作，我也读过晚近唯心论者如布拉特莱（Bradley）、鲍森揆（Bosanquet）等的作品，但是他们提出的问题从未引起我的兴趣。

1915 年，我往哥林比亚大学（Columbia University），就学于杜威教授（Professor John Dewey），直至 1917 年我回国之时为止。得着杜威的鼓励，我著成我的论文《先秦名学史》这篇论文，使我把中国古代哲学著作重读一遍，并立下我对于中国思想史的一切研究的基础。

# 六

我留美的七年间，我有许多课外的活动，影响我的生命和思想，说不定也与我的大学课业一样。当意气颓唐的时候，我对于基督教大感兴趣，且差不多把《圣经》读完。1911 年夏，我出席于在宾雪凡尼亚（Pennsylvania）普柯诺派思司（Pocono Pines）举行的中国基督教学生会的大会做来宾时，我几乎打定主意做了基督徒。

但是我渐渐的与基督教脱离，虽则我对于其发达的历史曾多有习读，因为有好久时光我是一个信仰无抵抗主义的信徒。耶稣降生前五百年，中国哲学家老子曾传授过上善若水，水善应万物而不争。我早年接受老子的这个教训，使我大大的爱着《登山宝训》。

1914 年，世界大战爆发，我深为比利时的命运所动，而成了一个确定的无抵抗者。我在康奈尔大同俱乐部（Cornell Cosmopolitan Club）住了三年，结交了许多各种国籍的热心朋友。受着像那士密氏（George Nasmyth）（John Mez）和麦慈那样唯心的平和论者的影响，我自己也成了一个热心的平和论者。大学废军联盟因维腊特（Oswald Garrison Villard）的提议而成立于一九一五年，我是其创办人之一。

到后来，各国际政体俱乐部（International Polity Clubs）成立，我在那士密氏和安格尔（Norman Angell）的领导之下，做了一个最活跃的会员，且曾参加过其起首两届的年会。一九一六年，我以我的论文《国际关系中有代替武力的吗?》(Is There a Substitute for Force in International Relations?）得受国际政体俱乐部的奖金。在这篇论文里，我阐明依据以法律为有组织的武力建立一个国际联盟的哲理。

我的平和主义与国际大同主义往往使我陷入十分麻烦的地位。日本由攻击德国在山东的领土以加入世界大战时，向世界宣布说，这些领土“终将归还中国”。我是留美华人中唯一相信这个宣言的人，并以文字辩驳说，日本于其所言，说不定是意在必行的。关于这一层，我为许多同辈的学生所嘲笑。及1915年日本提出有名的对华二十一条件，留美学生，人人都赞成立即与日本开战。我写了一封公开的信给《中国留美学生月报》，劝告处之以温和，持之以冷静。我为这封信受了各方面的严厉攻击，屡被斥为卖国贼。战争是因中国接受一部要求而得避免了，但德国在华领土则直至七年之后才交还中国。

我读易卜生（Ibsen）、莫黎（John Morley）和赫胥黎诸氏的著作，教我思考诚实与发言诚实的重要。我读过易卜生所有的戏剧，特别爱看《人民之敌》（An Enemy of the People）、莫黎的《论妥协》（On Compromise），先由我的好友威廉思女士（Miss Edith Clifford Williams）介绍给我，她是一直做了左右我生命最重要的精神力量。莫黎曾教我："一种主义，如果健全的话，是代表一种较大的便宜的。为了一时似是而非的便宜而将其放弃，乃是为小善而牺牲大善。疲弊时代，剥夺高贵的行为和向上的品格，再没有什么有这样拿得定的了。"

赫胥黎还更进一步教授一种理知诚实的方法。他单单是说："拿也如同可以证明我相信别的东西为合理的那种种证据来，那么我就相信人的不朽了。向我说类比和或能是说无用的。我说我相信倒转平方律时，我是知道我意何所指的，我必不把我的生命和希望放在较弱的信证上。"赫胥黎也曾说过："一个人生命中最神圣的举动，就是说出并感觉得我相信某项某项是真的。生在世上一切最大的赏，一切最重要的罚，都是系在这个举动上。"

人生最神圣的责任是努力思想得好（to think well），我就是从杜威教授学来的。或思想得不精，或思想而不严格得到它的前因后果，接受现成的整块的概念以为思想的前提，而于不知不觉间受其个人的影响，或多把个人的观念由造成结果而加以测验，在理知上都是没有责任心的。真理的一切最大的发现，历史上一切最大的灾祸，都有赖于此。

杜威给了我们一种思想的哲学，以思想为一种艺术，为一种技术。

在《思维术》（How to think）和《实验逻辑论文集》（Essays in Experimental Logic）里面，他制出这项技术。我察出不但于实验科学上的发明为然，即于历史科学上最佳的探讨，内容的详定，文字的改造，及高等的批评等也是如此。在这种种境域内，曾由同是这个技术而得到最佳的结果。这个技术主体上是具有大胆提出假设，和（加）上诚恳留意于制裁与证实。这个实验的思想技术，堪当创造的智力（creative intelligence）这个名称，因其在运用想象机智以寻求证据，做成实验上，和在自思想有成就的结实所发出满意的结果上，实实在在是有创造性的。

奇怪至极，这种功利主义的逻辑竟使我变成了一个做历史探讨工作的人。我曾用进化的方法去思想，而这种有进化性思想习惯，就做我此后在思想史及文学工作上的成功之钥。尤更奇怪的，这个历史的思想方法并没有使我成为一个守旧的人，而时常是进步的人。例如，我在中国对于文学革命的辩论，全是根据无可否认的历史进化的事实，且一向都非我的对方所能答复得来的。

## 七

我母亲于 1918 年逝世。她的逝世，就是引导我把我在这广大世界中摸索了十四年多些的信条第一次列成条文的时机。这个信条系于 1919 年发表在以《不朽》（Immortality，My Religion）为题的一篇文章里面。

因有我在幼童时期读书得来的学识，我早久就已摒弃了个人死后生存的观念了。好多年来，我都是以一种“三不朽”的古说为满意，这种古说我是在《春秋左氏传》里面找出来的。传记里载贤臣叔孙豹于纪元前五四八年（时孔子还只有三岁。译者按，即鲁襄公二十四年）谓有立德、立功、立言三不朽。此三者“虽久不忘，此之谓不朽”。这种学说引动我心有如是之甚，以至我每每向我的外国朋友谈起，并给了它一个名字，叫作“三 W 的不朽主义”（三 W 即 Worth，Work，Words 三个字的头一个字母）。

我母亲的逝世使我重新想到这个问题，我就开始觉得三不朽的学说有修正的必要。第一层，其弱点在太过概括一切。在这个世界上，有多少人其在德行功绩言语上的成就，其哲理上的智慧能久久不忘的呢？例如哥伦布是可以不朽了，但是他那些别的水手怎样呢？那些替他造船或供给他用具的人，那许多或由作有勇敢的思考，或由在海洋中做有成无成的探险，替他铺下道路的前导又怎样呢？简括的说，一个人应有多大的成就，才可以得不朽呢？

次一层，这个学说对于人类的行为没有消极的裁制。美德固是不朽的了，但是恶德又怎样呢？我们还要再去借重审判日或地狱之火吗？

我母亲的活动从未超出家庭间琐屑细事之外，但是她的左右力，能清清楚楚的从来吊祭她的男男女女的脸上看得出来。我检阅我已死的母亲的生平，我追忆我父亲个人对她毕生左右的力量，及其对我本身垂久的影响，我遂诚信一切事物都是不朽的。我们所做的一切什么人，我们所干的一切什么事，我们所讲的一切什么话，从在世界上某个地方自有其影响这个意义看来，都是不朽的。这个影响又将依次在别个地方有其效果，而此事又将继续入于无限的空间与时间。

正如列勃涅慈（Leibnitz）有一次所说：“人人都感觉到在宇宙中所经历的一切，以及那目睹一切的人，可以从经历其他各处的事物，甚至曾经并将识别现在的事物中，解识出在时间与空间上已被移动的事物。我们是看不见一切的，但一切事物都在那里，达到无穷境无穷期。”一个人就是他所吃的东西，所以达柯塔的务农者，加利芳尼亚的种果者，以及千百万别的粮食供给者的工作，都是生活在他的身上。一个人就是他所想的东西，所以凡曾于他有所左右的人——自苏格拉底（Socrates）、柏拉图（Plato）、孔子以至于他本区教会的牧师和抚育保姆——都是生活在他的身上。一个人也就是他所享乐的东西，所以无数美术家和以技取悦的人，无论现尚生存或久已物故，有名无名，崇高粗俗，都是生活在他的身上。诸如此类，以至于无穷。

一千四百年前，有一个人写了一篇论“神灭”的文章，被认为亵渎神圣，有如是之甚，以致其君皇敕七十个大儒来相驳难，竟给其驳倒。但是五百年后，有一位史家把这篇文章在他的伟大的史籍中纪了一个撮要。又过了九百年，然后有一个十一岁的小孩偶然碰到这个三十五个字的简单撮要，而这三十五个字，于埋没了一千四百年之后，突然活了起来而生活于他的身上，更由他而生活于几千几百个男男女女的身上。

1912 年，我的母校来了一位英国讲师，发表一篇演说：《论中国建立共和的不可能》。他的演讲当时我觉得很为不通，但是我以他对于母音 O 的特异的发音方法为有趣，我就坐在那里摹拟以自娱。他的演说久已忘记了，但是他对于母音 O 的发音方法，这些年来却总与我不离，说不定现在还在我的几千百个学生的口上，而从没有觉察到是由于我对于布兰特先生（Mr. J. C. P. Bland）的恶作剧的摹仿，而布兰特先生也是从不知道的。

两千五百年前，希马拉雅山的一个山峡里死了一个乞丐。他的尸体在路旁已在腐溃了，来了一个少年王子，看见这个怕人的景象，就从事思考起来。他想到人生及其他一切事物的无常，遂决心脱离家庭，前往旷野中去想出一个自救以救人类的方法。多年后，他从旷野里出来，做了释迦佛，而向世界宣布他所找出的拯救的方法。这样，甚至一个死丐尸体的腐溃，对于创立世界上一个最大的宗教，也曾不知不觉的贡献了其一部分。

这一个推想的线索引导我信了可以称为社会不朽（Social lmmortality）的宗教，因为这个推想在大体上全系根据于社会对我的影响，日积月累而成小我，小我对于其本身是些什么，对于可以称社会、人类或大自然的那个大我有些什么施为，都留有一个抹不去的痕迹这番意思。小我是会要死的，但是他还是继续存活在这个大我身上。这个大我乃是不朽的，他的一切善恶功罪，他的一切言行思想，无论是显著的或细微的，对的或不对的，有好处或有坏处——样样都是生存在其对于大我所产生的影响上。这个大我永远生存，做了无数小我胜利或失败的垂久宏大的佐证。

这个社会不朽的概念之所以比中国古代三不朽学说更为满意，就在于包括英雄圣贤，也包括贱者微者，包括美德，也包括恶德，包括功德，也包括罪孽。就是这项承认善的不朽，也承认恶的不朽，才构成这种学说道德上的许可。一个死尸的腐烂可以创立一个宗教，但也可以为患全个大陆。一个酒店侍女偶发一个议论，可以使一个波斯僧侣豁然大悟，但是一个错误的政治或社会改造议论，却可以引起几百年的杀人流血。发现一个极微的杆菌，可以福利几千百万人，但是一个害痨的人吐出的一小点痰涎，也可以害死大批的人，害死几世几代。

人所做的恶事，的确是在他们身后还存在的！就是明白承认行为的结果才构成我们道德责任的意识。小我对于较大的社会的我负有巨大的债项，把他干的什么事情，作的什么思想，做的什么人物，概行对之负起责任，乃是他的职分。人类之为现在的人类，固是由我们祖先的智行愚行所造而成，但是到我们做完了我们分内时，我们又将由人类将成为怎么样而受裁判了。我们要说，“我们之后是大灾大厄”吗？抑或要说，“我们之后是幸福无疆”吗？

## 八

1923 年，我又得了一个时机把我的信条列成更普通的条文。地质学家丁文江氏所著，在我所主编的一个周报上发表，论《科学与人生观》的一篇文章，开始了一场用差不多延迟了一个足年的长期论战。在中国凡有点地位的思想家，全都曾参与其事。到一九二三年终，由某个善经营的出版家把这论战的文章收集起来，字数竟达二十五万。我被请为这个集子作序。我的序言给这本已繁重的文集又加了一万字，而以我所拟议的“新宇宙观和新人生观的轮廓”为结论，不过有些含有敌意的基督教会，却以恶作剧的口吻，称其为“胡适的新十诫”，我现在为其自有其价值而选择出来：

（1）根据于天文学和物理学的知识，叫人知道空间的无限之大。

（2）根据于地质学及古生物学的知识，叫人知道时间的无穷之长。

（3）根据于一切科学，叫人知道宇宙及其中万物的运行变迁皆是自然的——自己如此的——正用不着什么超自然的主宰或造物者。

（4）根据于生物学的科学知识，叫人知道生物界的生存竞争的浪费与惨酷——因此叫人更可以明白那“有好生之德”的主宰的假设是不能成立的。

（5）根据于生物学、生理学、心理学的知识，叫人知道人不过是动物的一种；他和别种动物只有程序的差异，并无种类的区别。

（6）根据于生物的科学及人类学、人种学、社会学的知识，叫人知道生物及人类社会演进的历史和演进的原因。

（7）根据于生物的及心理的科学，叫人知道一切心理的现象都是有因的。

（8）根据于生物学及社会学的知识，叫人知道道德礼教是变迁的，而变迁的原因都是可以用科学的方法寻求出来的。

（9）根据于新的物理化学的知识，叫人知道物质不是死的，是活的；不是静的，是动的。

（10）根据于生物学及社会学的知识，叫人知道个人——“小我”——是要死灭的，而人类——“大我”——是不死的，不朽的；叫人知道“为全种万世而生活”就是宗教，就是最高的宗教。而那些替个人谋死后的“天堂”“净土”的宗教，乃是自私自利的宗教。

我结论道：

这种新人生观是建筑在二三百年的科学常识之上的一个大假设，我们也许可给他加上“科学的人生观”的尊号。但为避免无谓的争论起见，我主张叫他做“自然主义的人生观”。

我们在那个自然的宇宙里，在那无穷之大的空间里，在那无穷之长的时间里，这个平均高五尺六寸，上寿不过百年的两手动物——人——真是一个藐乎其小的微生物了。在那个自然主义的宇宙里，天行是有常度的，物变是有自然法则的，因果的大法支配着他——人——的一切生活，生存竞争的惨剧鞭策着他的一切行为——这个两手动物的自由真是很有限的了。

然而那个自然主义的宇宙里的这个渺小的两手动物，却也有他的相当的地位和相当的价值。他用的两手和一个大脑，居然能做出许多器具，想出许多方法，造成一点文化。他不但驯伏了许多禽兽，他还能考究宇宙间的自然法则，利用这些法则来驾驭天行，到现在他居然能叫电气给他赶车，以太阳给他送信了。

他的智慧的长进就是他的能力的增加。然而智慧的长进却又使他的胸襟扩大，想象力提高。他也曾拜物拜畜生，也曾怕神怕鬼，但他现在渐渐的脱离了这种种幼稚的时期，他现在渐渐明白：空间之大只增加他对于宇宙的美感；时间之长只使他格外明了祖宗创业之艰难；天行之有常只增加他制裁自然界的能力。

甚至于因果律之笼罩一切，也并不见得束缚他的自由。因为因果律的作用，一方面使他可以由因求果，由果推因，解释过去，预测未来；一方面又使他可以运用他的智慧，创造新因，以求新果。甚至于生存竞争的观念也并不见得就使他成为一个冷酷无情的畜生，也许还可以格外增加他对于同类的同情心，格外使他深信互助的重要，格外使他注重人为的努力，以减免天然竞争的惨酷与浪费。总而言之，这个自然主义的人生观里，未尝没有美，未尝没有诗意，未尝没有道德的责任，未尝没有充分运用创造的智慧的机会。

原载1931年1—2月美国《论坛》月刊，
收入1931年上海良友版《中国四大思想家信仰之自述》，向真译

# 我怎样到外国去

## 01

戊申（1908 年）九月间，中国公学闹出了一次大风潮，结果是大多数学生退学出来，另组织一个中国新公学。这一次风潮为的是一个宪法的问题。

中国公学在最初的时代，纯然是一个共和国家，评议部为最高立法机关，执行部的干事即由公选产生出来。不幸这种共和制度实行了九个月（丙午二月至十一月），就修改了。修改的原因，约有几种：一是因为发起的留日学生逐渐减少，而新招来的学生逐渐加多，已不是当初发起时学生与办事人完全不分界限的情形了；二是因为社会和政府对于这种共和制度都很疑忌；三是因为公学既无校舍，又无基金，有请求官款补助的必要，所以不能不避免外界对于公学内部的疑忌。

为了这种种原因，公学的办事人就在丙午（1906 年）年的冬天，请了郑孝胥、张謇、熊希龄等几十人作中国公学的董事，修改章程，于是学生主体的制度，就变成了董事会主体的制度。董事会根据新章程，公举郑孝胥为监督。一年后，郑孝胥辞职，董事会又举夏敬观为监督。这两位都是有名的诗人，他们都不常到学校，所以我们也不大觉得监督制的可畏。

可是在董事会与监督之下，公学的干事就不能由同学公选了。评议部是新章所没有的。选举的干事改为学校聘任的教务长，庶务长，斋务长了。这几位办事人，外面要四出募捐，里面要担负维持学校的责任，自然感觉他们的地位有稳定的必要。况且前面已说过，校章的修改也不是完全没有理由的。但我们少年人可不能那样想。中国公学的校章上明明载着"非经全体三分之二承认，不得修改"。这是我们的宪法上载着的唯一的修正方法。三位干事私自修改校章，是非法的，评议部的取消也是非法的。这里面也还有个人的问题。当家日子久了，总难免"猫狗皆嫌"，何况同学之中有许多本是干事诸君的旧日同辈的朋友呢！在学校上课的同学自然在学业上日日有长进，而干事诸君办事久了，学问上没有进境，却当着教务长一类的学术任务，自然有时难免受旧同学的轻视。法的问题和这种人的问题混合在一块，风潮就不容易避免了。

代议制的评议部取消之后，全体同学就组织了一个"校友会"，其实就等于今日各校的学生会。校友会曾和三干事争了几个月，干事答应了校章可由全体学生修改。又费了几个月的时间，校友会把许多修正案整理成一个草案，又开了几次会，才议定了一本校章。一年多的争执，经过了多少度的磋商，新监督夏先生与干事诸君均不肯承认这新改的校章。

到了戊申（1908年）九月初三日，校友会开大会报告校章交涉的经过，会尚未散，监督忽出布告，完全否认学生有订改校章之权，这竟是完全取消干事承认全体修改校章的布告了。接着又出了两道布告，一道说"集会演说，学堂悬为严禁……校友会以后不准再行开会"。一道说学生代表朱经、朱绂华"倡首煽众，私发传单，侮辱职员，要挟发布所自改印章程，屡诫不悛，纯用意气，实属有意破坏公学。照章应即斥退，限一日内搬移出校”。

初四日，全体学生签名停课，在操场上开大会。下午干事会又出布告，开除学生罗君毅、周烈忠、文之孝等七人，并且说：“如仍附从停课，即当将停课学生全行解散，另行组织。”初五日，教员出来调停，想请董事会出来挽救。但董事会不肯开会。初七日学生大会遂决议筹备万一学校解散后的办法。

初八日董事陈三立先生出来调停，但全校人心已到了很激昂的程度，不容易挽回了。初九日，校中布告：“今定于星期日暂停膳食，所有被胁诸生可先行退出校外，暂住数日。准于今日午后一时起，在环球中国学生会发给旅膳费。俟本公学将此案办结后，再行布告来校上课。”

这样的压迫手段激起了校中绝大多数同学的公愤。他们决定退学，遂推举干事筹备另创新校的事。退学的那一天，秋雨淋漓，大家冒雨搬到爱而近路庆祥里新租的校舍里。厨房虽然寻来了一家，饭厅上桌凳都不够，碗碟也不够。大家都知道这是我们自己创立的学校，所以不但不叫苦，还要各自掏腰包，捐出钱来作学校的开办费。有些学生把绸衣、金表，都拿去当了钱来捐给学堂做开办费。

十天之内，新学校筹备完成了，居然聘教员，排功课，正式开课了。校名定为“中国新公学”，学生有一百六七十人。在这风潮之中，最初的一年因为我是新学生，又因为我告了长时期的病假，所以没有参与同学和干事的争执；到了风潮正激烈的时期，我被举为大会书记，许多记录和宣言都是我做的；虽然不在被开除之列，也在退学之中。朱经、李琴鹤、罗君毅被举做干事。有许多旧教员都肯来担任教课。学校虽然得着社会上一部分人的同情，捐款究竟很少，经费很感觉困难。李琴鹤君担任教务干事，有一天他邀我到他房里谈话，他要我担任低年级各班的英文，每星期教课三十点钟，月薪八十元；但他声明，自家同学作教员，薪俸是不能全领的，总得欠着一部分。

我这时候还不满十七岁，虽然换了三个学堂，始终没有得着一张毕业证书。我若继续上课，明年可以毕业了。但我那时确有不能继续求学的情形。我家本没有钱。父亲死后，只剩下几千两的存款，存在同乡店家生息，一家人全靠这一点出息过日子。后来存款的店家倒账了，分摊起来，我家分得一点小店业。我的二哥是个有干才的人，他往来汉口上海两处，把这点小店业变来变去，又靠他的同学朋友把他们的积蓄寄存在他的店里，所以他能在几年之中合伙撑起一个规模较大的瑞兴泰茶叶店。但近几年之中，他的性情变了，一个拘谨的人变成了放浪的人；他的费用变大了，精力又不能贯注到店事，店中所托的人又不很可靠，所以店业一年不如一年。后来我家的亏空太大了，上海的店业不能不让给债权人。当戊申的下半年，我家只剩汉口一所无利可图的酒栈（两仪栈）了。这几个月以来，我没有钱住宿舍，就寄居在《竞业旬报》社里（也在庆祥里)。从七月起，我担任《旬报》的编辑，每出一期报，社中送我十块钱的编辑费。住宿和饭食都归社中担负。我家中还有母亲，眼前就得要我寄钱赡养了。母亲也知道家中破产就在眼前，所以寄信来要我今年回家去把婚事办了。我斩钉截铁地阻止了这件事，名义上是说求学要紧，其实是我知道家中没有余钱给我办婚事，我也没有钱养家。

正在这个时候，李琴鹤君来劝我在新公学作教员。我想了一会，就答应了。从此以后，我每天教六点钟的英文，还要改作文卷子。十七八岁的少年人，精力正强，所以还能够勉强支持下去，直教到第二年（1909 年）冬天中国新公学解散时为止。

以学问论，我那时怎配教英文？但我是个肯负责任的人，肯下苦功去预备功课，所以这一年之中还不曾有受窘的时候。我教的两班后来居然出了几个有名的人物：毓泰（树人)、杨铨（杏佛)、严庄（敬齐)，都做过我的英文学生。后来我还在校外收了几个英文学生，其中有一个就是张奚若。可惜他们后来都不是专习英国文学；不然，我可真“抖”了！

《竞业旬报》停刊之后，我搬进新公学去住。这一年的教书生活虽然很苦，于我自己却有很大的益处。我在中国公学两年，受姚康侯和王云五两先生的影响很大，他们都最注重文法上的分析，所以我那时虽不大能说英国话，却喜欢分析文法的结构，尤其喜欢拿中国文法来做比较。现在做了英文教师，我更不能不把字字句句的文字弄得清楚。所以这一年之中，我虽没有多读英国文学书，却在文法方面得着很好的练习。

中国新公学在最困苦的情形之下支持了一年多，这段历史是很悲壮的。那时候的学堂多不讲究图书仪器的设备，只求做到教员好，功课紧，管理严，就算好学堂了。新公学的同学因为要争一口气，所以成绩很好，管理也不算坏。但经费实在太穷，教员只能拿一部分的薪俸，干事处常常受收房捐和收巡捕捐的人的恶气；往往因为学校不能付房捐与巡捕捐，同学们大家凑出钱来，借给干事处。有一次干事朱经农君（即朱经）感觉学校经费困难已到了绝地，他忧愁过度，神经错乱，出门乱走，走到了徐家汇的一条小河边，跳下河去，幸遇人救起，不曾丧命。

这时候，中国公学的吴淞新校舍已开始建筑了，但学生很少。内地来的学生，到了上海，知道了两个中国公学的争持，大都表同情于新公学，所以新公学的学生总比老公学多。例如张奚若（原名耘）等一些陕西学生，到了上海，赶不上招考时期，他们宁可在新公学附近租屋补习，却不肯去老公学报名。所以“中国新公学”的招牌一天不去，“中国公学”是一天不得安稳发展的。老公学的职员万不料我们能支持这么久。他们也知道我们派出去各省募捐的代表，如朱绂华、朱经农、薛传斌等，都有有力的介绍，也许有大规模的官款补助的可能。新公学募捐若成功，这个对峙的局面更不容易打消了。

老公学的三干事之中，张邦杰（俊生）先生当风潮起时在外省募捐未归；他回校后极力主张调停，收回退学的学生。不幸张先生因建筑吴淞校舍，积劳成疾，不及见两校的合并就死了。新公学董事长李平书先生因新校经济不易维持，也赞成调停合并。调停的条件大致是：

凡新公学的学生愿意回去的，都可回去；新公学的功课成绩全部承认；新公学所有亏欠的债务，一律由老公学担负清偿。新公学一年之中亏欠已在一万元以上，捐款究竟只是种不能救急的希望；职员都是少年人，牺牲了自己的学业来办学堂，究竟不能持久。所以到了己酉(1909 年）十月，新公学接受了调停的条件，决议解散：愿回旧校者，自由回去。我有题新校合影的五律二首，七律一首，可以纪念我们在那时候的感情，所以我抄在这里：

**十月题新校合影，时公学将解散**

无奈秋风起，艰难又一年。
颠危俱有责，成败岂由天？
黯黯愁兹别，悠悠祝汝贤。
不堪回首处，沧海已桑田。
此地一为别，依依无限情。
凄凉看日落，萧瑟听风鸣。
应有天涯感，无忘城下盟！
相携入图画，万虑苦相萦。

**十月再题新校教员合影**

也知胡越同舟谊，无奈惊涛动地来。
江上飞鸟犹绕树，尊前残烛已成灰。
昙花幻相空余恨，鸿爪遗痕亦可哀。
莫笑劳劳作刍狗，且论臭味到岑苔。

这都算不得诗，但“应有天涯感，无忘城下盟”两句确是当时的心理。合并之后，有许多同学都不肯回老公学去，也是为此。这一年的经验，为一个理想而奋斗，为一个团体而牺牲，为共同生命而合作，这些都在我们一百六十多人的精神上留下磨不去的影子。二十年来，无人写这一段历史，所以我写这几千字，给我的一班老同学留一点“鸿爪遗痕”。

少年人的理想主义受打击之后，反动往往是很激烈的。在戊申己酉（1908—1909）两年之中，我的家事败坏到不可收拾的地步。己酉年，大哥和二哥回家，主张分析家产；我写信回家，说我现在已能自立了，不要家中的产业。其实家中本没有什么产业可分，分开时，兄弟们每人不过得着几亩田，半所屋而已。那一年之中，我母亲最心爱的一个妹子和一个弟弟先后死了，她自己也病倒了。我在新公学解散之后，得了两三百元的欠薪，前途茫茫，毫无把握，哪敢回家去？只好寄居在上海，想寻一件可以吃饭养家的事。在那个忧愁烦闷的时候，又遇着一班浪漫的朋友，我就跟着他们堕落了。

［注］这一段是去年（1931 年）夏间写的，写成之后，我恐怕我的记载有不正确或不公平的地方，所以把原稿送给王敬芳先生（抟沙），请他批评修改。他是我们攻击的干事之一，是当日风潮的一个主要目标。但事隔二十多年，我们都可以用比较客观的眼光来回看当年的旧事了。他看了之后，写了一封几千字的长信给我，承认我的话“说得非常心平气和，且设身处地地委曲体谅，令我极端佩服”，又指出一些与当日事实不符的地方。他指出的错误，我都改正了。所以这一段小史，虽是二十多年后追记的，应该没有多大的错误。我感谢王先生的修正，并且盼望我的老同学朱经农、罗君毅诸先生也给我同样的修正。

王先生在他的长信里说了几句很感慨的话，我认为很值得附录在此。他说：“我是当初反对取缔规则最力的人，但是今日要问我取缔规则到底对于中国学生有多大害处，我实在答应不出来。你是当时反对公学最力的人，看你这篇文章，今昔观察也就不同得多了。我想青年人往往因感情的冲动，理智便压抑了。中国学校的风潮，大多数是由于这种原因。学校中少一分风潮，便多一分成就。盼望你注意矫正这种流弊。”

我是赞成这话的，但是我要补充一句：学校的风潮不完全由于青年人的理智被感情压抑了，其中往往是因为中年人和青年人同样失去了运用理智的能力。专责备青年人是不公允的。中国公学最近几次的风潮都是好例子。

二十一，九，二十七

## 02

中国新公学有一个德国教员，名叫何德梅（Ottomeir），他的父亲是德国人，母亲是中国人，他能说广东话、上海话、官话。什么中国人的玩意儿，他全会。我从新公学出来，就搬在他隔壁的一所房子里住，这两所房子是通的，他住东屋，我和几个四川朋友住西屋。和我同住的人，有林君墨（恕）、但怒刚（懋辛）诸位先生；离我们不远，住着唐桂梁（蟒）先生，是唐才常的儿子。这些人都是日本留学生，都有革命党的关系；在那个时候各地的革命都失败了，党人死的不少，这些人都很不高兴，都很牢骚。何德梅常邀这班人打麻将，我不久也学会了。我们打牌不赌钱，谁赢谁请吃雅叙园。我们这一班人都能喝酒，每人面前摆一大壶，自斟自饮。从打牌到喝酒，从喝酒又到叫局，从叫局到吃花酒，不到两个月，我都学会了。

幸而我们都没有钱，所以都只能玩一点穷开心的玩意儿：赌博到吃馆子为止，逛窑子到吃“镶边”的花酒或打一场合股份的牌为止。有时候，我们也同去看戏。林君墨和唐桂梁请了一位小喜禄来教我们唱戏，同学之中有欧阳予倩，后来成了中国戏剧界的名人。我最不行，一句也学不会，不上两天我就不学了。此外，我还有一班小朋友，同乡有许怡荪、程乐亭、章希吕诸人，旧同学有郑仲诚、张蜀川、郑铁如诸人。怡荪见我随着一班朋友发牢骚，学堕落，他常常规劝我。但他在吴淞复旦公学上课，是不常来的；而这一班玩的朋友是天天见面的，所以我那几个月之中真是在昏天黑地里胡混，有时候，整夜的打牌；有时候，连日的大醉。

有一个晚上，闹出乱子来了。那一晚我们在一家“堂子”里吃酒，喝得不少了，出来又到一家去“打茶围”。那晚上雨下得很大，下了几点钟还不止。君墨桂梁留我打牌，我因为明天要教书（那时我在华童公学教小学生的国文），所以独自雇人力车走了。他们看我能谈话，能在一叠“局票”上写诗词，都以为我没有喝醉，也就让我一个人走了。

其实我那时已大醉了，谈话写字都只是我的“下意识”的作用，我全不记忆。出门上车以后，我就睡着了。

直到第二天天明时，我才醒来，眼睛还没有睁开，就觉得自己不是睡在床上，是睡在硬的地板上！我疑心昨夜喝醉了，睡在家中的楼板上，就喊了一声“老彭”！——老彭是我雇的一个湖南仆人，喊了两声，没有人答应，我已坐起来了，眼也睁开了。

奇怪得很！我睡在一间黑暗的小房里，只有前面有亮光，望出去好像没有门。我仔细一看，口外不远还好像有一排铁栅栏。我定神一听，听见栏杆外有皮鞋走路的声响。一会儿，狄托狄托的走过来了，原来是一个中国巡捕走过去。

我有点明白了，这大概是巡捕房，只不知道我怎样到了这儿来的。我想起来问一声，这时候才觉得我一只脚上没有鞋，又觉得我身上的衣服都是湿透了的。我摸来摸去，摸不着那一只皮鞋；只好光着一只袜子站起来，扶着墙壁走出去，隔着栅栏招呼那巡捕，问他这是什么地方。

他说：“这是巡捕房。”

“我怎么会进来的？”

他说：“你昨夜喝醉了酒，打伤了巡捕，半夜后进来的。”

“什么时候我可以出去？”

“天刚亮一会，早呢！八点钟有人来，你就知道了。”

我在亮光之下，才看见我的旧皮袍不但是全湿透了，衣服上还有许多污泥。我觉得脸上有点疼，用手一摸，才知道脸上也有污泥，并且有破皮的疤痕。难道我真同人打了架吗?

这是一个春天的早晨，一会儿就是八点钟了。果然有人来叫我出去。

在一张写字桌边，一个巡捕头坐着，一个浑身泥污的巡捕立着回话，那巡捕头问:

“就是这个人?”

“就是他。”

“你说下去。”

那浑身泥污的巡捕说:

“昨夜快十二点钟时候，我在海宁路上班，雨下得正大，忽然（他指着我）他走来了，手里拿着一只皮鞋敲着墙头，狄托狄托的响。我拿巡捕灯一照，他开口就骂。”

“骂什么?”

“他骂‘外国奴才’！我看他喝醉了，怕他闯祸，要带他到巡捕房里来。他就用皮鞋打我，我手里有灯，抓不住他，被他打了好几下。后来我抱住他，抢了他的鞋子，他就和我打起来了。两个人抱住不放，滚在地上。下了一夜大雨，马路上都是水，两个人在泥水里打滚。我的灯也打碎了，身上脸上都被他打了。他脸上的伤是在石头上擦破了皮。我吹了叫子，唤住了一部空马车，两个马夫帮我捉住他，关在马车里，才能把他送进来。我的衣服是烘干了，但是衣服上的泥都不敢弄掉，这都是在马路当中滚的。”

我看他脸上果然有伤痕，但也像是擦破了皮，不像是皮鞋打的。他解开上身，也看不出什么伤痕。

巡捕头问我，我告诉了我的真姓名和职业，他听说我是在华童公学教书，自然不愿得罪我。他说，还得上堂问一问，大概要罚几块钱。

他把桌子上放着的一只皮鞋和一条腰带还给我。我穿上了鞋子，才想起我本来穿有一件缎子马褂。我问他要马褂，他问那泥污的巡捕，他回说："昨夜他就没有马褂。"

我心里明白了。

我住在海宁路的南林里，那一带在大雨的半夜里是很冷静的。我上了车就睡着了。车夫到了南林里附近，一定是问我到南林里第几弄。我大概睡得很熟，不能回答了。车夫叫我不醒，也许推我不醒，他就起了坏心思，把我身上的钱摸去了，又把我的马褂剥去了。帽子也许是他拿去了的，也许是丢了的。他大概还要剥我的皮袍，不想这时候我的"下意识"醒过来了，就和他抵抗。那一带是没有巡捕的，车夫大概是拉了车子跑了，我大概追他不上，自己也走了。皮鞋是跳舞鞋式的，没有鞋带，所以容易掉下来；也许是我跳下车来的时候就掉下来了，也许我拾起了一只鞋子来追赶那车夫。车夫走远了，我赤着一只脚在雨地里自然追不上。我慢慢地依着"下意识"走回去。醉人往往爱装面子，所以我丢了东西反唱起歌来了——也许唱歌是那个巡捕的胡说，因为我的意识生活是不会唱歌的。

这是我自己用想象来补充的一段，是没有法子证实的了。但我想到在车上熟睡的一段，不禁有点不寒而栗，身上的水湿和脸上的微伤哪能比那时刻的生命危险呢？

巡捕头许我写一封短信叫人送到我的家中。那时候郑铁如（现在的香港中国银行行长）住在我家中，我信上托他带点钱来准备罚款。

上午开堂问事的时候，几分钟就完了，我被罚了五元，做那个巡捕的养伤费和赔灯费。

我到了家中，解开皮袍，里面的棉袄也湿透了，一解开来，里面热气蒸腾：湿衣裹在身上睡了一夜，全蒸热了！我照镜子，见脸上的伤都只是皮肤上的微伤，不要紧的。可是一夜的湿气倒是可怕。

同住的有一位四川医生，姓徐，医道颇好。我请他用猛药给我解除湿气。他下了很重的泻药，泻了几天；可是后来我手指上和手腕上还发出了四处的肿毒。

那天我在镜子里看见我脸上的伤痕，和浑身的泥湿，我忍不住叹一口气，想起“天生我材必有用”的诗句，心里百分懊悔，觉得对不住我的慈母——我那在家乡时时刻刻悬念着我，期望着我的慈母！我没有掉一滴眼泪，但是我已经过了一次精神上的大转机。

我当日在床上就写信去辞了华童公学的职务，因为我觉得我的行为玷辱了那个学校的名誉。况且我已决心不做那教书的事了。

那一年（庚戌，1910 年）是考试留美赔款官费的第二年。听说，考试取了备取的还有留在清华学校的希望。我决定关起门来预备去应考试。

许怡荪来看我，也力劝我摆脱一切去考留美官费。我所虑的有几点：一是要筹养母之费，二是要还一点小债务，三是要筹两个月的费用和北上的旅费。怡荪答应替我去设法。后来除他自己之外，帮助我的有程乐亭的父亲松堂先生，和我的族叔祖节甫先生。

我闭户读了两个月的书，就和二哥绍之一同北上。到了北京，蒙二哥的好朋友杨景苏先生（志洵）的厚待，介绍我住在新在建筑中的女子师范学校（后来的女师大）校舍里，所以费用极省。在北京一个月，我不曾看过一次戏。

杨先生指点我读旧书，要我从《十三经注疏》用功起。我读汉儒的经学，是从这个时候起的。留美考试分两场，第一场考国文英文，及格者才许考第二场的各种科学。国文试题为“不以规矩不能成方圆说”，我想这个题目不容易发挥，又因我平日喜欢看杂书，就做了一篇乱谈考据的短文，开卷就说：

矩之作也，不可考矣。规之作也，其在周之末世乎？

下文我说《周髀算经》作圆之法足证其时尚不知道用规作圆；又孔子说“不逾矩”，而不并举规矩，至墨子、孟子始以规矩并用，足证规之晚出。这完全是一时异想天开的考据，不料那时看卷子的先生也有考据癖，大赏识这篇短文，批了一百分。英文考了六十分，头场平均八十分，取了第十名。第二场考的各种科学，如西洋史，如动物学，如物理学，都是我临时抱佛脚预备起来的，所以考得很不得意。幸亏头场的分数占了大便宜，所以第二场我还考了个第五十五名。取送出洋的共七十名，我很挨近榜尾了。

南下的旅费是杨景苏先生借的。到了上海，节甫叔祖许我每年遇必要时可以垫钱寄给我的母亲供家用。怡荪也答应帮助。没有这些好人的帮忙，我是不能北去，也不能放心出国的。

我在学校里用胡洪骍的名字；这回北上应考，我怕考不取为朋友学生所笑，所以临时改用胡适的名字。从此以后，我就叫胡适了。

二十一，九，二十七夜

此篇原载 1932 年 11 月 10 日《新月》第 4 卷第 4 号

# 建设的文学革命论

## ——国语的文学、文学的国语

## 一

我的《文学改良刍议》发表以来，已有一年多了。这十几个月之中，这个问题居然引起了许多很有价值的讨论，居然受了许多很可使人乐观的响应。我想我们提倡文学革命的人，固然不能不从破坏一方面下手。但是我们仔细看来，现在的旧派文学实在不值得一驳。什么桐城派的古文哪，《文选》派的文学哪，江西派的诗哪，梦窗派的词哪，《聊斋志异》派的小说哪——都没有破坏的价值。他们所以还能存在国中，正因为现在还没有一种真有价值、真有生气、真可算作文学的新文学起来代他们的位置。有了这种“真文学”和“活文学”，那些“假文学”和“死文学”，自然会消灭了。所以我望我们提倡文学革命的人，对于那些腐败文学，个个都该存一个“彼可取而代也”的心理，个个都该从建设一方面用力，要在三五十年内替中国创造出一派新中国的活文学。

我现在做这篇文章的宗旨，在于贡献我对于建设新文学的意见。

我且先把我从前所主张破坏的八事引来做参考的资料：

一、不做“言之无物”的文字。

二、不做“无病呻吟”的文字。

三、不用典。

四、不用套语烂调。

五、不重对偶——文须废骈，诗须废律。

六、不做不合文法的文字。

七、不摹仿古人。

八、不避俗话俗字。

这是我的“八不主义”，是单从消极的、破坏的一方面着想的。

自从去年归国以后，我在各处演说文学革命，便把这“八不主义”都改作了肯定的口气，又总括作四条，如下：

一、要有话说，方才说话。这是“不做言之无物的文字”一条的变相。

二、有什么话，说什么话；话怎么说，就怎么说。这是二、三、四、五、六诸条的变相。

三、要说我自己的话，别说别人的话。这是“不摹仿古人”一条的变相。

四、是什么时代的人，说什么时代的话。这是“不避俗话俗字”的变相。

这是一半消极，一半积极的主张。一笔表过，且说正文。

## 二

我的《建设新文学论》的唯一宗旨只有十个大字：“国语的文学，文学的国语”。我们所提倡的文学革命，只是要替中国创造一种国语的文学。有了国语的文学，方才可有文学的国语。有了文学的国语，我们的国语才可算得真正国语。国语没有文学，便没有生命，便没有价值，便不能成立，便不能发达。这是我这一篇文字的大旨。

我曾仔细研究：中国这二千年何以没有真有价值真有生命的“文言的文学”？我自己回答道：“这都因为这二千年的文人所做的文学都是死的，都是用已经死了的语言文字做的。死文字决不能产出活文学。所以中国这二千年只有些死文学，只有些没有价值的死文学。”

我们为什么爱读《木兰辞》和《孔雀东南飞》呢？因为这两首诗是用白话做的。为什么爱读陶渊明的诗和李后主的词呢？因为他们的诗词是用白话做的。为什么爱杜甫的《石壕吏》、《兵车行》诸诗呢？因为他们都是用白话做的。为什么不爱韩愈的《南山》呢？因为他用的是死字死话……简单说来，自从《三百篇》到于今，中国的文学凡是有一些价值有一些儿生命的，都是白话的，或是近于白话的。其余的都是没有生气的古董，都是博物院中的陈列品！

再看近世的文学：何以《水浒传》、《西游记》、《儒林外史》、《红楼梦》可以称为“活文学”呢？因为它们都是用一种活文字做的。若是施耐庵、吴承恩、吴敬梓、曹雪芹都用了文言做书，他们的小说一定不会有这样生命，一定不会有这样价值。

读者不要误会，我并不曾说凡是用白话做的书都是有价值有生命的。我说的是：用死了的文言决不能做出有生命有价值的文学来。这一千多年的文学，凡是有真正文学价值的，没有一种不带有白话的性质，没有一种不靠这个“白话性质”的帮助。换言之：白话能产出有价值的文学，也能产出没有价值的文学；可以产出《儒林外史》，也可以产出《肉蒲团》。但是那已死的文言只能产出没有价值没有生命的文学，决不能产出有价值有生命的文学；只能做几篇《拟韩退之〈原道〉》或《拟陆士衡〈拟古〉》，决不能做出一部《儒林外史》。若有人不信这话，可先读明朝古文大家宋濂的《王冕传》，再读《儒林外史》第一回的《王冕传》，便可知道死文学和活文学的分别了。

为什么死文字不能产生活文学呢？这都由于文学的性质。一切语言文字的作用在于达意表情；达意达得妙，表情表得好，便是文学。

那些用死文言的人，有了意思，却须把这意思翻成几千年前的典故；有了感情，却须把这感情译为几千年前的文言。明明是客子思家，他们须说“王粲登楼”、“仲宣作赋”；明明是送别，他们却须说“《阳关》三叠”“一曲《渭城》”；明明是贺陈宝琛七十岁生日，他们却须说是贺伊尹、周公、傅说。更可笑的：明明是乡下老太婆说话，他们却要叫她打起唐宋八家的古文腔儿；明明是极下流的妓女说话，他们却要她打起胡天游、洪亮吉的骈文调子！……请问这样做文章，如何能达意表情呢？既不能达意，既不能表情，哪里还有文学呢？即如那《儒林外史》里的王冕，是一个有感情、有血气、能生动、能谈笑的活人。这都因为做书的人能用活言语活文字来描写他的生活神情。那宋濂集子里的王冕，便成了一个没有生气、不能动人的死人。为什么呢？因为宋濂用了二千年前的死文字来写二千年后的活人；所以不能不把这个活人变作二千年前的木偶，才可合那古文家法。古文家法是合了，那王冕也真“作古”了！

因此我说，“死文言决不能产出活文学”。中国若想有活文学，必须用白话，必须用国语，必须做国语的文学。

## 三

上节所说，是从文学一方面着想，若要活文学，必须用国语。如今且说从国语一方面着想，国语的文学有何等重要。

有些人说：“若要用国语做文学，总须先有国语。如今没有标准的国语，如何能有国语的文学呢？”我说这话似乎有理，其实不然。国语不是单靠几位言语学的专门家就能造得成的；也不是单靠几本国语教科书和几部国语字典就能造成的。若要造国语，先须造国语的文学。有了国语的文学，自然有国语。这话初听了似乎不通。但是列位仔细想想便可明白了。天下的人谁肯从国语教科书和国语字典里面学习国语？所以国语教科书和国语字典，虽是很要紧，决不是造国语的利器。

真正有功效有势力的国语教科书，便是国语的文学，便是国语的小说、诗文、戏本。国语的小说、诗文、戏本通行之日，便是中国国语成立之时。试问我们今日居然能拿起笔来作几篇白话文章，居然能写得出好几百个白话的字，可是从什么白话教科书上学来的吗？可不是从《水浒传》、《西游记》、《红楼梦》、《儒林外史》等书学来的吗？这些白话文学的势力，比什么字典教科书都还大几百倍。《字典》说“这”字该读“鱼彦反”，我们偏读它做“者个”的者字。《字典》说“么”字是“细小”，我们偏把它用作“什么”、“那么”的么字。字典说“没”字是“沉也”、“尽也”，我们偏用它做“无有”的“无”字解。《字典》说“的”字有许多意义，我们偏把它用来代文言的“之”字、“者”字“所”字和“徐徐尔，纵纵尔”的“尔”字……总而言之，我们今日所用的“标准白话”，都是这几部白话的文学定下来的。我们今日要想重新规定一种“标准国语”，还须先造无数国语的《水浒传》、《西游记》、《儒林外史》、《红楼梦》。

所以我以为我们提倡新文学的人，尽可不必问今日中国有无标准国语。我们尽可努力去作白话的文学。我们可尽量采用《水浒传》、《西游记》、《儒林外史》、《红楼梦》的白话。有不合今日的用的，便不用它；有不够用的，便用今日的白话来补助；有不得不用文言的，便用文言来补助。这样做去，决不愁语言文字不够用，也决不用愁没有标准白话。中国将来的新文学用的白话，就是将来中国的标准国语。造中国将来白话文学的人，就是制定标准国语的人。

我这种议论并不是“向壁虚造”的。我这几年来研究欧洲各国国语的历史，没有一种国语不是这样造成的。没有一种国语是教育部的老爷们造成的。没有一种是言语学专门家造成的。没有一种不是文学家造成的。我且举几条例为证：

一、意大利。五百年前，欧洲各国但有方言，没有“国语”。欧洲最早的国语是意大利文。那时欧洲各国的人多用拉丁文著书通信。到了十四世纪的初年，意大利的大文学家但丁（Dante）极力主张用意大利话来代拉丁文。他说拉丁文是已死了的文字，不如他本国俗话的优美。所以他自己的杰作《喜剧》，全用脱斯堪尼（Tuscany）（意大利北部的一邦）的俗话。这部《喜剧》，风行一世，人都称它作“神圣喜剧”。那“神圣喜剧”的白话后来便成了意大利的标准国语。后来的文学家包卡嘉（Boccacio，1313—1375）和洛伦查（Lorenzo de Medici）诸人也都用白话作文学。所以不到一百年，意大利的国语便完全成立了。

二、英国。英伦虽只是一个小岛国，却有无数方言。现在通行全世界的“英文”，在五百年前还只是伦敦附近一带的方言，叫做“中部土话”。当十四世纪时，各处的方言都有些人用来作书。后来到了十四世纪的末年，出了两位大文学家，一个是赵叟（Chaucer，1340—1400），一个是威克列夫（Wycliff，1320—1384）。赵叟作了许多诗歌，散文都用这“中部土话”。威克列夫把耶教的《旧约》、《新约》也都译成“中部土话”。有了这两个人的文学，便把这“中部土话”变成英国的标准国语。后来到了十五世纪，印刷术输进英国，所印的书多用这“中部土语”，国语的标准更确定了。到十六、十七两世纪，莎士比亚和“伊丽莎白时代”的无数文学大家，都用国语创造文学。从此以后，这一部分的“中部土话”，不但成了英国的标准国语，几乎竟成了全地球的世界语了！

此外，法国、德国及其他各国的国语，大都是这样发生的，大都是靠着文学的力量才能变成标准的国语的。我也不去一一的细说了。

意大利国语成立的历史，最可供我们中国人的研究。为什么呢？因为欧洲西部北部的新国，如英吉利、法兰西、德意志，他们的方言和拉丁文相差太远了，所以他们渐渐的用国语著作文学，还不算稀奇。只有意大利是当年罗马帝国的京畿近地，在拉丁文的故乡，各处的方言又和拉丁文最近。在意大利提倡用白话代拉丁文，真正和在中国提倡用白话代汉文，有同样的艰难。所以英、法、德各国语，一经文学发达以后，便不知不觉的成为国语了。在意大利却不然。当时反对的人很多，所以那时的新文学家，一方面努力创造国语的文学，一方面还要做文章鼓吹何以当废古文，何以不可不用白话。有了这种有意的主张〔最有力的是但丁（Dante）和阿儿白狄（Alberti）两个人〕，又有了那些有价值的文学，才可造出意大利的“文学的国语”。

我常问我自己道：“自从施耐庵以来，很有了些极风行的白话文学，何以中国至今还不曾有一种标准的国语呢?”我想来想去，只有一个答案。这一千年来，中国固然有了一些有价值的白话文学，但是没有一个人出来明目张胆的主张用白话为中国的“文学的国语”。有时陆放翁高兴了，便作一首白话诗；有时柳耆卿高兴了，便作一首白话词；有时朱晦庵高兴了，便写几封白话信，作几条白话札记；有时施耐庵、吴敬梓高兴了，便作一两部白话的小说。这都是不知不觉的自然出产品，并非是有意的主张。因为没有“有意的主张”，所以作白话的只管作白话，作古文的只管作古文，作八股的只管作八股。因为没有“有意的主张”，所以白话文学从不曾和那些“死文学”争那“文学正宗”的位置。白话文学不成为文学正宗，故白话不曾成为标准国语。

我们今日提倡国语的文学，是有意的主张，要使国语成为“文学的国语”。有了文学的国语，方有标准的国语。

## 四

上文所说“国语的文学，文学的国语”，乃是我们的根本主张。如今且说要实行做到这个根本主张，应该怎样进行。

我以为创造新文学的进行次序，约有三步：(一）工具；(二）方法；(三）创造。前两步是预备，第三步才是实行创造新文学。

(一）工具。古人说得好：“工欲善其事，必先利其器”，写字的要笔好，杀猪的要刀快。我们要创造新文学，也须先预备下创造新文学的“工具”。我们的工具就是白话。我们有志造国语文学的人，应该赶紧筹备这个万不可少的工具。预备的方法，约有两种：

甲、多读模范的白话文学。例如《水浒传》、《西游记》、《儒林外史》、《红楼梦》；宋儒语录，白话信札；元人戏曲，明清传奇的说白；唐宋的白话诗词，也该选读。

乙、用白话作各种文学。我们有志造新文学的人，都该发誓不用文言作文：无论通信，做诗，译书，做笔记，做报馆文章，编学堂讲义，替死人作墓志，替活人上条陈……都该用白话来做。我们从小到如今，都是用文言作文，养成了一种文言的习惯，所以虽是活人，只会作死人的文字。若不下一些狠劲，若不用点苦工夫，决不能使用白话圆转如意。若单在《新青年》里面作白话文字，此外还依旧作文言的文字，那真是“一日暴之，十日寒之”的政策，决不能磨练成白话的文学家。

不但我们提倡白话文学的人应该如此做去。就是那些反对白话文学的人，我也奉劝他们用白话来做文字。为什么呢？因为他们若不能做白话文字，便不配反对白话文学。譬如那些不认得中国字的中国人，若主张废汉文，我一定骂他们不配开口。若是我的朋友钱玄同要主张废汉文，我决不敢说他不配开口了。那些不会做白话文字的人来反对白话文学，便和那些不懂汉文的人要废汉文，是一样的荒谬。所以我劝他们多作些白话文字，多作些白话诗歌，试试白话是否有文学的价值。如果试了几年，还觉得白话不如文言，那时再来攻击我们，也还不迟。

还有一层，有些人说：“作白话很不容易，不如作文言的省力。”这是因为中毒太深之过。受病深了，更宜赶紧医治，否则真不可救了。其实作白话并不难。我有一个侄儿，今年才十五岁，一向在徽州不曾出过门。今年他用白话写信来，居然写得极好。我们徽州话和官话差得很远，我的侄儿不过看了一些白话小说，便会作白话文字了。这可见作白话并不是难事，不过人性懒惰的居多数，舍不得抛“高文典册”的死文字罢了。

（二）方法。我以为中国近来文学所以这样腐败，大半虽由于没有适用的“工具”，但是单有“工具”，没有方法，也还不能造新文学。做木匠的人，单有锯凿钻刨，没有规矩师法，决不能造成木器。文学也是如此。若单靠白话便可造新文学，难道把郑孝胥、陈三立的诗翻成了白话，就可算得新文学了吗？难道那些用白话作的《新华春梦记》、《九尾龟》，也可算作新文学吗？我以为现在国内新起的一班“文人”，受病最深的所在，只在没有高明的文学方法。我且举小说一门为例。现在的小说（单指中国人自己著的），看来看去，只有两派。一派最下流的，是那些学《聊斋志异》的札记小说。篇篇都是“某生，某处人，生有异禀，下笔千言……一日于某地遇一女郎……好事多磨……遂为情死”，或是“某地某生，游某地，眷某妓，情好綦笃，‘遂订白头之约……而大妇妒甚，不能相容，女抑郁以死……生抚尸一恸几绝。”……此类文字，只可抹桌子，同不值一驳。还有那第二派是那些学《儒林外史》或是学《官场现形记》的白话小说。上等的如《广陵潮》，下等的如《九尾龟》。这一派小说，只学了《儒林外史》的坏处，却不曾学得它的好处。《儒林外史》的坏处在于体裁结构太不紧严，全篇是杂凑起来的。例如娄府一群人自成一段；杜府两公子自成一段；马二先生又成一段；虞博士又成一段；萧云仙、郭孝子，又各自成一段。分出来，可成无数札记小说；接下去，可长至无穷无极。《官场现形记》便是这样。如今的章回小说，大都犯这个没有结构，没有布局的懒病。却不知道《儒林外史》所以能有文学价值者，全靠一副写人物的画工本领。我十年不曾读这书了，但是我闭了眼睛，还觉得书中的人物，如严贡生，如马二先生，如杜少卿，如权勿用……个个都是活的人物。正如读《水浒》的人，过了二三十年，还不会忘记鲁智深、李逵、武松、石秀……一班人。请问列位读过《广陵潮》和《九尾龟》的人，过了两三个月，心目中除了一个“文武全才”的章秋谷之外，还记得几个活灵活现的书中人物？——所以我说，现在的“新小说”，全是不懂得文学方法的。既不知布局，又不知结构，又不知描写人物，只作成了许多又长又臭的文字；只配与报纸的第二张充篇幅，却不配在新文学上占一个位置——小说在中国近年，比较的说来，要算文学中最发达的一门了。小说尚且如此，别种文学，如诗歌戏曲，更不用说了。

如今且说什么叫做“文学的方法”呢？这个问题不容易回答，况且又不是这篇文章的本题，我且约略说几句：

大凡文学的方法可分三类：

(1) 集收材料的方法。中国的“文学”，大病在于缺少材料。那些古文家，除了墓志、寿序、家传之外，几乎没有一毫材料。因此，他们不得不作那些极无聊的《汉高帝斩丁公论》《汉文帝唐太宗优劣论》。至于近人的诗词，更没有什么材料可说了。近人的小说材料，只有三种：一种是官场，一种是妓女，一种是不官而官，非妓而妓的中等社会（留学生、女学生之可作小说材料者，亦附此类），除此之外，别无材料。最下流的，竟至登告白征求这种材料。作小说竟须登告白征求材料，便是宣告文学家破产的铁证。我以为将来的文学家收集材料的方法，约如下：

甲、推广材料的区域

官场、妓院与龌龊社会三个区域，决不够采用。即如今日的贫民社会，如工厂之男女工人、人力车夫、内地农家、各处大负贩及小店铺，一切痛苦情形，都不曾在文学上占一位置。并且今日新旧文明相接触，一切家庭惨变，婚姻苦痛，女子之位置，教育之不适宜……种种问题，都可供文学的材料。

乙、注重实地的观察和个人的经验

现今文人的材料大都是关了门虚造出来的，或是间接又间接的得来的。因此我们读这种小说，总觉得浮泛敷衍，不痛不痒的，没有一毫精彩。真正文学家的材料大概都有“实地的观察和个人自己的经验”做个根底。不能做实地的观察，便不能做文学家；全没有个人的经验，也不能做文学家。

丙、要用周密的理想作观察经验的补助

实地的观察和个人的经验，同是极重要，但是也不能全靠这两件。例如施耐庵若单靠观察和经验，决不能作出一部《水浒传》。个人所经验的，所观察的，究竟有限。所以必须有活泼精细的理想（Imagination），把观察经验的材料，一一的体会出来，一一的整理如式，一一的组织完全；从已知的推想到未知的，从经验过的推想到不曾经验过的，从可观察的推想到不可观察的。这才是文学家的本领。

（2）结构的方法。有了材料，第二步须要讲究结构。结构是个总名词，内中所包甚广，简单说来，可分剪裁和布局两步。

甲、剪裁。有了材料，先要剪裁。譬如做衣服，先要看哪块料可做袍子，哪块料可做背心。估计定了，方可下剪。文学家的材料也要如此办理。先须看这些材料该用作小诗呢，还是作长歌呢？该用作章回小说呢，还是作短篇小说呢？该用作小说呢，还是作戏本呢？筹划定了，方才可以剪下那些可用的材料，去掉那些不中用的材料；方才可以决定作什么体裁的文字。

乙、布局。体裁定了，再可讲布局。有剪裁，方可决定“做什么”；有布局，方可决定“怎样做”。材料剪定了，须要筹算怎样做去始能把这材料用得最得当又最有效力。例如唐朝天宝时代的兵祸，百姓的痛苦，都是材料。这些材料，到了杜甫的手里，便成了诗料。如今且举他的《石壕吏》一篇，作布局的例。这首诗只写一个过路的客人一晚上在一个人家内偷听得的事情。只用一白二十个字，却不但把那一家祖孙三代的历史都写出来，并且把那时代兵祸之惨，壮丁死亡之多，差役之横行，小民之苦痛，都写得逼真活现，使人读了生无限的感慨。这是上品的布局功夫。又如古诗《上山采蘼芜，下山逢故夫》一篇，写一家夫妇的惨剧，却不从“某人娶妻甚贤，后别有所欢，遂出妻再娶”说起，只挑出那前妻山上下来遇着故夫的时候下笔，却也能把那一家的家庭情形写得充分满意。这也是上品的布局功夫。——近来的文人全不讲求布局，只顾凑足多少字可卖几块钱，全不问材料用的得当不得当，动人不动人。他们今日作上回的文章，还不知道下一回的材料在何处！这样的文人怎样造得出有价值的新文学呢！

(3) 描写的方法。局已布定了，方才可讲描写的方法。描写的方法，千头万绪，大要不出四条：

1. 写人。2. 写境。3. 写事。4. 写情。

写人要举动、口气、身份、才性……都要有个性的区别：件件都是林黛玉，决不是薛宝钗；件件都是武松，决不是李逵。写境要一喧、一静、一石、一山、一云、一鸟……也都要有个性的区别。《老残游记》的大明湖，决不是西湖，也决不是洞庭湖；《红楼梦》里的家庭，决不是《金瓶梅》里的家庭。写事要线索分明，头绪清楚，近情近理，亦正亦奇。写情要真、要精、要细腻婉转、要淋漓尽致——有时须用境写人，用情写人，用事写人；有时须用人写境，用事写境，用情写境……这里面的千变万化，一言难尽。

如今且回到本文。我上文说的，创造新文学的第一步是工具，第二步是方法。方法的大致，我刚才说了。如今且问，怎样预备方才可得着一些高明的文学方法？我仔细想来，只有一条法子，就是赶紧多多的翻译西洋的文学名著做我们的模范。我这个主张，有两层理由：

第一，中国文学的方法实在不完备，不够做我们的模范。即以体裁而论，散文只有短篇，没有布置周密，论理精严，首尾不懈的长篇；韵文只有抒情诗，绝少纪事诗，长篇诗更不曾有过；戏本更在幼稚时代，但略能纪事掉文，全不懂结构；小说好的，只不过三四部，这三四部之中，还有许多疵病；至于最精彩之“短篇小说”“独幕戏”，更没有了。若从材料一方面看来，中国文学更没有做模范的价值。才子佳人、封王挂帅的小说；风花雪月、涂脂抹粉的诗；不能说理、不能言情的“古文”；学这个、学那个的一切文学；这些文字，简直无一毫材料可说。至于布局一方面，除了几首实在好的诗之外，几乎没有一篇东西当得“布局”两个字！——所以我说，从文学方法一方面看去，中国的文学实在不够给我们做模范。

第二，西洋的文学方法，比我们的文学，实在完备得多，高明得多，不可不取例。即以散文而论，我们的古文家至多比得上英国的倍根（Bacon）和法国的孟太恩（Montaigne），至于像柏拉图（Plato）的“主客体”，赫胥黎（Huxley）等的科学文字，包士威尔（Boswell）和莫烈（Morlev）等的长篇传记，弥儿（Mill）、弗林克令（Franklin）、吉朋（Gibbon）等的“自传”，太恩（Taine）和白克儿（Buckle）等的史论……都是中国从不曾梦见过的体裁。更以戏剧而论，二千五百年前的希腊戏曲，一切结构的功夫，描写的功夫，高出元曲何止十倍。近代的莎士比亚（Shakespeare）和莫逆尔（Moliere）更不用说了，最近六十年来，欧洲的散文戏本，千变万化，远胜古代，体裁也更发达了。最重要的，如“问题戏”，专研究社会的种种重要问题；“寄托戏”（Symbolie Drama），专以美术的手段作的“意在言外”的戏本；“心理戏”，专描写种种复杂的心境，作极精密的解剖；“讽刺戏”，用嬉笑怒骂的文章，达愤世救世的苦心。

我写到这里，忽然想起今天梅兰芳正在唱新编的《天女散花》，上海的人还正在等着看新排的《多尔衮》呢！我也不往下数了。——更以小说而论，那材料之精确，体裁之完备，命意之高超，描写之工切，心理解剖之细密，社会问题讨论之透彻……真是美不胜收。至于近百年新创的“短篇小说”，真如芥子里面藏着大千世界；真如百炼的精金，曲折委婉，无所不可；真可说是开千古未有的创局，掘百世不竭的宝藏。

以上所说，大旨只在约略表示西洋文学方法的完备。因为西洋文学真有许多可给我们做模范的好处，所以我说：我们如果真要研究文学的方法，不可不赶紧翻译西洋的文学名著，做我们的模范。

现在中国所译的西洋文学书，大概都不得其法，所以收效甚少。我且拟几条翻译西洋文学名著的办法如下：

(1) 只译名家著作，不译第二流以下的著作。我以为国内真懂得西洋文学的学者应该开一会议，公共选定若干种不可不译的第一流文学名著，约数如一百种长篇小说，五百篇短篇小说，三百种戏剧，五十家散文，为第一部《西洋文学丛书》，期五年译完，再选第二部。译成之稿，由这几位学者审查，并一一为作长序及著者略传，然后付印；其第二流以下，如哈葛得之流，一概不选。诗歌一类，不易翻译，只可从缓。

（2）全用白话韵文之戏曲，也都译为白话散文。用古文译书，必失原文的好处。如林琴南的“其女珠，其母下之”，早成笑柄，且不必论。前天看见一部侦探小说《圆室案》中，写一位侦探“勃然大怒，拂袖而起”。不知道这位侦探穿的是不是康桥大学的广袖制服！——这样译书，不如不译。又如林琴南把莎士比亚的戏曲，译成了记叙体的古文！这真是莎士比亚的大罪人，罪在《圆室案》译者之上。

（三）创造。上面所说工具与方法两项，都只是创造新文学的预备。工具用得纯熟自然了，方法也懂了，方才可以创造中国的新文学。至于创造新文学是怎样一回事，我可不配开口了。我以为现在的中国，还没有做到实行预备创造新文学的地步，尽可不必空谈创造的方法和创造的手段。我们现在且先去努力做那第一第二两步预备的功夫罢！

原载 1918 年 4 月 15 日《新青年》第 4 卷第 4 号

# 治学方法：大胆的假设、小心的求证

**钱校长，各位先生，各位同学：**

……

我看到讲台前有许多位文史方面的老朋友们，我真是胆怯，因为我不是讲天文学、地质学、物理、化学，是在文史方面讲治学方法。在诸位先生面前讲这个题目真是班门弄斧了。

我预备讲三次：第一次讲治学方法的引论，第二次讲方法的自觉，第三次讲方法与材料的关系。

今天我想随便谈谈治学的方法。我个人的看法，无论什么科学——天文、地质、物理、化学等等——分析起来，都只有一个治学方法，就是做研究的方法。什么是做研究呢？就是说，凡是要去研究一个问题，都是因为有困难问题发生，要等我们去解决它，所以做研究的时候，不是悬空的研究。所有的学问，研究的动机和目标是一样的。研究的动机，总是因为发生困难，有一个问题，从前没有看到，现在看到了；从前觉得没有解决的必要，现在觉得有解决的必要的。凡是做学问、做研究，真正的动机都是求某种问题某种困难的解决；所以动机是困难，而目的是解决困难。这并不是我一个人的说法，凡是有做学问做研究经验的人，都承认这个说法。真正说起来，做学问就是研究；研究就是求得问题的解决。所有的学问，做研究的动机是一样的，目标是一样的，所以方法也是一样的。不但是现在如此；我们研究西方的科学思想，科学发展的历史，再看看中国二千五百年来凡是合于科学方法的种种思想家的历史，知道古今中外凡是在做学问做研究上有成绩的人，他的方法都是一样的。古今中外治学的方法是一样的。为什么是一样呢？就是因为做学问做研究的动机和目标是一样的。从一个动机到一个目标，从发现困难到解决困难，当中有一个过程，就是所谓方法。从发现困难那一天起，到解决困难为止，当中这一个过程，可能很长，也可能很短。有的时候要几十年，几百年才能解决一个问题；有时候只要一个钟头就可以解决一个问题。这个过程就是方法。

刚才我说方法是一样的；方法是甚么呢？我曾经有很多时候，想用文字把方法做成一个公式、一个口号、一个标语，把方法扼要地说出来；但是从来没有一个满意的表现方式。现在我想起我二三十年来关于方法的文章里面，有两句话也许可以算是讲治学方法的一种很简单扼要的话。

那两句话就是："大胆的假设，小心的求证。"要大胆的提出假设，但这种假设还得想法子证明。所以小心的求证，要想法子证实假设或者否定假设，比大胆的假设还更重要。这十个字是我二三十年来见之于文字，常常在嘴里向青年朋友们说的。有的时候在我自己的班上，我总希望我的学生们能够了解。今天讲治学方法引论，可以说就是要说明什么叫做假设；什么叫做大胆的假设；怎么样证明或者否证假设。

刚才我说过，治学的方法，做研究的方法，都是基于一个困难。无论是化学、地质学、生物学、社会科学上的一个问题，都是一个困难。当困难出来的时候，本于个人的知识、学问，就不知不觉地提出假设，假定有某几种可以解决的方案。比方诸位在台湾这几年看见杂志上有讨论《红楼梦》的文章，就是所谓红学，到底《红楼梦》有什么可以研究的呢？《红楼梦》里发生了什么问题呢？普通人看《红楼梦》里面的人物，都是不发生问题的，但是有某些读者却感觉到《红楼梦》发生了问题：《红楼梦》究竟是什么意思？当时写贾宝玉、林黛玉这些人的故事有没有背景？有没有“微言大义”在里面？写了一部七八十万字的书来讲贾家的故事，讲一个纨绔子弟贾宝玉同许多漂亮的丫头，漂亮的姊妹们亲戚们的事情；有什么意义没有？这是一个问题。怎么样解决这个问题呢？当然你有一个假设，他也有一个假设。

在二三十年前，我写《红楼梦考证》的时候，有许多关于《红楼梦》引起的问题的假设的解决方案。有一种是说《红楼梦》含有种族思想，书中的人物都是影射当时满洲的官员，林黛玉是暗指康熙时候历史上一个有名的男人；薛宝钗、王凤姐和那些丫头们都是暗指历史上的人物。还有一种假设说贾宝玉是指一个满洲宰相明珠的儿子叫做纳兰性德——他是一个了不起的天才很高的文学家——那些丫头、姐妹亲戚们都是代表宰相明珠家里的一班文人清客；把书中漂亮的小姐们如林黛玉、薛宝钗、王凤姐、史湘云等人都改装过来化女为男。我认为这是很不可能，也不需要化装变性的说法。

后来我也提出一个假设。我的假设是很平常的。《红楼梦》这本书，从头一回起，作者就说这是我的自传，是我亲自所看见的事体。我的假设就是说，《红楼梦》是作者的自传，是写他亲自看见的家庭。贾宝玉就是曹雪芹；《红楼梦》就是写曹家的历史。曹雪芹是什么人呢？他的父亲叫曹頫，他的祖父叫做曹寅；一家三代四个人做江宁织造，做了差不多五十年。所谓宁国府、荣国府，不是别的，就是指他们祖父、父亲、两个儿子，三代四个人把持五十多年的江宁织造的故事。书中说到：“皇帝南巡的时候，我们家里接驾四次。”如果在普通人家，招待皇帝四次是可能倾家荡产的；这些事在当时是值得一吹的。所以曹雪芹虽然将真事隐去，仍然舍不得要吹一吹。曹雪芹后来倾家荡产做了文乞，成了叫化子的时候，还是读书喝酒，跟书中的贾宝玉一样。这是一个假设；我举出来作一个例子。

要解决“《红楼梦》有什么用意”这个问题，当然就有许多假设。

提出问题求解决，是很好的事情；但要先看这些假设是否能够得到证明。凡是解决一个困难的时候，一定要有证明。我们看这些假设，有的说这本书是骂满洲人的；是满洲人统治中国的时候，汉人含有民族隐痛，写出来骂满洲人的。有的说是写当时的一个大户人家，宰相明珠家中天才儿子纳兰性德的事。有的说是写康熙一朝的政治人物。而我的假设呢？我认为这部书不是谈民族的仇恨，也不是讲康熙时候的事。都不是的！从事实上照极平常的做学问的方法，我提出一个很平常的假设，就是《红楼梦》这本书的作者在开头时说的，他是在说老实话，把他所看见的可爱的女孩子们描写出来；所以书中描写的人物可以把个性充分表现出来。方才所说的“大胆的假设”就是这种假设。我恐怕我所提出的假设只够得上小胆的假设罢了！

凡是做学问，不特是文史方面的，都应当这样。譬如在化学实验室做定性分析，先是给你一盒东西，对于这盒东西你先要做几个假设，假设某种颜色的东西是什么，然后再到火上烧烧看，试验管发生了什么变化：这都是问题。这与《红楼梦》的解释一样的有问题；做学问的方法是一样的。我们的经验，我们的学问，是给我们一点知识以供我们提出各种假设的。所以“大胆的假设”就是人人可以提出的假设。因为人人的学问，人人的知识不同，我们当然要容许他们提出各种各样的假设。一切知识，一切学问是干什么用的呢？为什么你们在学校的这几年中有许多必修与选修的学科？都是给你们用；就是使你在某种问题发生的时候，脑背后就这边涌上一个假设，那边涌上一个假设。做学问，上课，一切求知识的事情，一切经验——从小到现在的经验，所有学校里的功课与课外的学问，为的都是供给你种种假设的来源，使你在问题发生时有假设的材料。如果遇上一个问题，手足无措，那就是学问、知识、经验，不能应用，所以看到一个问题发生，就没有法子解决。这就是学问知识里面不能够供给你一些活的材料，以为你做解决问题的假设之用。

单是假设是不够的，因为假设可以有许多。譬如《红楼梦》这一部小说，就引起了这么多假设。所以第二步就是我所谓“小心的求证”。在真正求证之先，假设一定要仔细选择。这许多假设，就是假定的解决方法，看哪一个假定的解决方法是比较近情理一点，比较可以帮助我们解决那个开始发生的那个困难问题。譬如《红楼梦》是讲的什么？有什么意思没有？有这么多的假定的解释来了，在挑选的时候先要看哪一个假定的解释比较能帮助你解决问题，然后说：对于这一个问题，我认为我的假设是比较能够满意解决的。譬如我的关于《红楼梦》的假设，曹雪芹写的是曹家的传记，是曹雪芹所看见的事实。贾母就是曹母，贾母以下的丫头们也都是他所看见的真实人物。当然名字是改了，姓也改了。但是我提出这一个假设，就是说《红楼梦》是曹雪芹的自传，最要紧的是要求证。我能够证实它，我的假设才站得住；不能证实，它就站不住。求证就是要看你自己所提出的事实是不是可以帮助你解决那个问题。要知道《红楼梦》在讲什么，就要做《红楼梦》的考证。现在我可以跟诸位做一个坦白的自白。我在做《红楼梦》考证那三十年中，曾经写了十几篇关于小说的考证，如《水浒传》、《儒林外史》、《三国演义》、《西游记》、《老残游记》、《三侠五义》等书的考证。而我费了最大力量的，是一部讲怕老婆的故事的书，叫做《醒世姻缘》，约有一百万字。我整整花了五年工夫，做了五万字的考证。也许有人要问，胡适这个人是不是发了疯呢？天下可做的学问很多，而且是学农的，为什么不做一点物理化学有关科学方面的学问呢？为什么花多年的工夫来考证《红楼梦》、《醒世姻缘》呢？我现在做一个坦白的自白，就是：我想用偷关漏税的方法来提倡一种科学的治学方法。我所有的小说考证，都是用人人知道的材料，用偷关漏税的方法，来讲做学问的方法的。譬如讲《红楼梦》，至少我对于研究《红楼梦》问题，我对它的态度的谨严，自己批评的严格，方法的自觉，同我考据研究《水经注》是一样的。我对于小说材料，看作同化学问题的药品材料一样，都是材料。我拿《水浒传》、《醒世姻缘》、《水经注》等书做学问的材料。拿一种人人都知道的材料用偷关漏税的方法，要人家不自觉的养成一种“大胆的假设，小心的求证”的方法。

假设是人人可以提的。譬如有人提出骇人听闻的假设也无妨。假设是愈大胆愈好。但是提出一个假设，要想法子证实它。因此我们有了大胆的假设以后，还不要忘了小心的求证。比如我考证《红楼梦》的时候，我得到许多朋友的帮助，我找到许多材料。我已经印出的本子，是已经改了多少次的本子。我先要考出曹雪芹于《红楼梦》以外有没有其他著作？他的朋友和同他同时代的人有没有什么关于他的著作？他的父亲、叔父们有没有什么关于他的记载？关于他一家四代五个人，尤其是关于他的祖父曹寅，有多少材料可以知道他那时候的地位？家里有多少钱，多么阔？是不是真正能够招待皇帝到四次？我把这些有关的证据都想法找了来，加以详密的分析，结果才得到一个比较认为满意的假设，认定曹雪芹写《红楼梦》，并不是什么微言大义；只是一部平淡无奇的自传——曹家的历史。我得到这一家四代五个人的历史，就可以帮助说明。当然，我的假设并不是说就完全正确；但至少可以在这里证明“小心”求证这个功夫是很重要的。

现在我再举一个例来说明。方才我说的先是发生问题，然后是解决问题。要真正证明一个东西，才做研究：要假设一个比较最能满意的假设，来解决当初引起的问题。譬如方才说的《红楼梦》，是比较复杂的。但是我认为经过这一番的研究，经过这一番材料的收集，经过这一番把普通人不知道的材料用有系统的方法来表现出来，叙述出来，我认为我这个假设在许多假设中，比较最能满意的解答“《红楼梦》说的是什么？有什么意思？”

方才我提到一部小说，恐怕是诸位没有看过的，叫做《醒世姻缘》，差不多有一百万字，比《红楼梦》还长，可以说是中国旧小说中最长的。这部书讲一个怕老婆的故事。他讨了一个最可怕的太太。这位太太用各种方法打丈夫的父母朋友。她对于丈夫，甚至于一看见就生气，不但是打，有一次用熨斗里的红炭从她丈夫的官服圆领口倒了进去，几乎把他烧死；有一次用洗衣的棒槌打了他六百下，也几乎打死他。把这样一个怕老婆的故事述叙了一百万字以上，结果还是没有办法解脱。为什么呢？说这是前世的姻缘。书中一小半，差不多有五分之一是写前世的事。后半部是讲第二世的故事。在前世被虐待的人，是这世的虐待者。婚姻问题是前世的姻缘，没有法子解脱的。想解脱也解脱不了，结果只能念经做好事。在现代摩登时代的眼光看，这是一个很迷信的故事。但是这部书是了不得的。用一种山东淄川的土话描写当时的人物有一种诙谐的风趣的；描写荒年的情形更是历历如绘。这可以说是世界上一部伟大的小说。我就提倡把这部书用新的标点符号标点出来，同书局商量翻印。写这本书的人是匿名，叫西周生。西周生究竟是什么人呢？于是我做了一个大胆的假设，这个假设可以说是大胆的。(方才说的，我对于《红楼梦》的假设，可以说是小胆的假设。) 我认为这部书就是《聊斋志异》的作者蒲松龄写的。我这个假设有什么根据呢？为什么引起我作这种假设呢？这个假设从哪里来的呢？平常的经验、知识、学问，都是给我们假设用的。我的证据是在《聊斋志异》上一篇题名为《江城》的小说。这个故事的内容结构与《醒世姻缘》一样。不过《江城》是一个文言的短篇小说；《醒世姻缘》是白话的长篇小说。《醒世姻缘》所描写的男主角所以怕老婆，是因为他前世曾经杀过一个仙狐，下一世仙狐就转变为一个女人做他的太太，变得很凶很可怕。《聊斋志异》里的短篇《江城》所描写的，也是因为男主角杀过一个长生鼠，长生鼠也就转世变为女人来做他的太太，以报复前世的冤仇。这两个故事的结构太一样了，又都同时出在淄川，所以我就假设西周生就是蒲松龄。我又用语言学的方法，把书里面许多方言找出来。运气很好，正巧那几年国内发现了蒲松龄的几部白话戏曲，尤其是长篇的戏曲，当中有一篇是将《江城》的故事编写成白话戏曲的。我将这部戏曲里的方言找出来，和《醒世姻缘》里面的方言详细比较，有许多特别的字集成为一个字典，最后就证明《醒世姻缘》和《江城》的白话戏曲的作者是同一个小区域里的人。再用别的方法来证明那个时代的荒年；后来从历史的记载里得到同样的结论。

考证完了以后，就有书店来商量印行，并排好了版。我因为想更确实一点，要书局等一等；一等就等了五年。到了第五年才印出来。当时傅先生很高兴——因为他是作者的同乡，都是山东人。我举一个例，就是说明要大胆的假设，而单只假设还是不够的。后来我有一个在广西桂县的学生来了封信，告诉我说，这个话不但你说，从前已经有人说过了。乾隆时代的鲍廷博，他说留仙（蒲松龄）除了《聊斋志异》以外，还有一部《醒世姻缘》。因鲍廷博是刻书的，曾刻行《聊斋志异》。他说的话值得注意。我经过几年的间接证明，现在至少有个直接的方法帮助我证明了。

我所以举这些例，把这些小说当成待解决的问题看，目的不过是要拿这样人人都知道的材料，来灌输介绍一种做学问的方法。这个方法的要点，就是方才我说的两句话："大胆的假设，小心的求证。"如果一个有知识有学问有经验的人遇到一个问题，当然要提出假设，假定的解决方法。最要紧的是还要经过一番小心的证实，或者否证它。如果你认为证据不充分，就宁肯悬而不决，也不去下判断。再去找材料。所以小心的求证很重要。

时间很短促，最后我要引用台大故校长傅先生的一句口号，来结束这次讲演。他这句口号是在民国十七年开办历史语言研究所时的两句名言，就是"上穷碧落下黄泉，动手动脚找东西"。这两句话前一句是白居易《长恨歌》中的一句，后一句是傅先生加上的。今天傅校长已经逝去，可是今天在座的教授李济之先生却还大为宣传这个口号，可见这的确是我们治学的人应该注意的。假设人人能提，最要紧的是能小心的求证；为了要小心的求证，就必须："上穷碧落下黄泉，动手动脚找东西。"今天讲的很浅近，尤其是在座有许多位文史系平常我最佩服的教授，还请他们多多指教。

1952 年 12 月 1 日在台湾大学的演讲

# 杂志第一期作的新生活

## ——为《新生活》

哪样的生活可以叫做新生活呢？

我想来想去，只有一句话：新生活就是有意思的生活。

你听了必定要问我，有意思的生活又是什么样子的生活呢？

我且先说一两件实在的事情做个样子，你就明白我的意思了。

前天你没有事做，闲的不耐烦了，你跑到街上的一个小酒店里，打了四两白干，喝完了，又要四两，再添上四两。喝得大醉了，同张大哥吵了一回嘴，几乎打起架来。后来李四哥来把你拉开，你气忿忿的又要了四两白干，喝的人事不知，幸亏李四哥把你扶回去睡了。昨儿早上，你酒醒了，大嫂子把前天的事告诉你，你懊悔的很，自己埋怨自己："昨儿为什么要喝那么多酒呢？可不是糊涂吗？"

你赶快上张大哥家去，作了许多揖，赔了许多不是，自己怪自己糊涂，请张大哥大量包涵。正说时，李四哥也来了，王三哥也来了。他们"三缺一"，要你陪他们打牌。你坐下来，打了十二圈牌，输了一百多吊钱。你回得家来，大嫂子怪你不该赌博，你又懊悔的很，自己怪自己道："是呵，我为什么要陪他们打牌呢？可不是糊涂吗？"

诸位，像这样子的生活，叫做糊涂生活，糊涂生活便是没有意思的生活。你做完了这种生活，回头一想："我为什么要这样干呢？"你自己也回答不出究竟为什么。

诸位，凡是自己说不出"为什么这样做"的事，都是没有意思的生活。

反过来说，凡是自己说得出"为什么这样做"的事，都可以说是有意思的生活。

生活的"为什么"，就是生活的意思。

人同畜生的分别，就在这个"为什么"上。你到万牲园里去看那白熊一天到晚摆来摆去不肯歇，那就是没有意思的生活。我们做了人，应该不要学那些畜生的生活。畜生的生活只是糊涂，只是胡混，只是不晓得自己为什么如此做。一个人做的事应该件件事回答得出一个"为什么"。

我为什么要干这个？为什么不干那个？回答得出，方才可算是一个人的生活。

我们希望中国人都能做这种有意思的新生活。其实这种新生活并不十分难，只消时时刻刻问自己为什么这样做，为什么不那样做，就可以渐渐的做到我们所说的新生活了。

诸位，千万不要说"为什么"这三个字是很容易的小事。你打今天起，每做一件事，便问一个为什么——为什么不把辫子剪了？为什么不把大姑娘的小脚放了？为什么大嫂子脸上搽那么多的脂粉？为什么出棺材要用那么多叫花子？为什么娶媳妇也要用那么多叫花子？为什么骂人要骂他的爹妈？为什么这个？为什么那个？——你试办一两天，你就会觉得这三个字的趣味真是无穷无尽，这三个字的功用也无穷无尽。

诸位，我们恭恭敬敬的请你们来试试这种新生活。

1919 年 8 月

# 从拜神到无神

## 01

纷纷歌舞赛蛇虫，酒醴牲牢告洁丰。

果有神灵来护佑，天寒何故不临工？

这是我父亲在郑州办河工时（光绪十四年，1888 年）做的十首《郑工合龙纪事诗》的一首。他自己有注道："霜雪既降，凡俗所谓'大王''将军'代身临工者皆绝迹不复见矣。""大王""将军"都是祀典里的河神；河工区域内的水蛇虾蟆，往往被认为大王或将军的化身，往往享受最隆重的祀祭礼拜。河工是何等大事，而国家的治河官吏不能不向水蛇虾蟆磕头乞怜，真是一个民族的最大耻辱。我父亲这首诗不但公然指斥这种迷信，并且用了一个很浅近的证据，证明这种迷信的荒诞可笑。这一点最可表现我父亲的思想的倾向。

我父亲不曾受过近世自然科学的洗礼，但他很受了程颐、朱熹一系的理学的影响。理学家因袭了古代的自然主义的宇宙观，用"气"

和“理”两个基本观念来解释宇宙，敢说“天即理也”，“鬼神者，二气（阴阳）之良能也”。这种思想，虽有不彻底的地方，很可以破除不少的迷信。况且程朱一系极力提倡“格物穷理”，教人“即物而穷其理”，这就是近世科学的态度。我父亲做的《原学》，开端便说：

> 天地氤氲，万物化生。

这是采纳了理学家的自然主义的宇宙观。他做的《学为人诗》的结论是：

> 为人之道，非有他术：
> 穷理致知，反躬践实，
> 黾勉于学，守道勿失。

这是接受了程朱一系格物穷理的治学态度。

这些话都是我四五岁时就念熟了的。先生怎样讲解，我记不得了；我当时大概完全不懂得这些话的意义。我父亲死的太早，我离开他时，还只是三岁小孩，所以我完全不曾受着他的思想的直接影响。他留给我的，大概有两方面：一方面是遗传，因为我是“我父亲的儿子”。一方面是他留下了一点程朱理学的遗风；我小时跟着四叔念朱子的《小学》，就是理学的遗风；四叔家和我家的大门上都贴着“僧道无缘”的条子，也就是理学家庭的一个招牌。

我记得我家新屋大门上的“僧道无缘”条子，从大红色褪到粉红，又渐渐变成了淡白色，后来竟完全剥落了。我家中的女眷都是深信神佛的。我父亲死后，四叔又上任做学官去了，家中的女眷就自由拜神佛了。女眷的宗教领袖是星五伯娘，她到了晚年，吃了长斋，拜佛念经，四叔和三哥（是她过继的孙子）都不能劝阻她，后来又添上了二哥的丈母，也是吃长斋念佛的，她常来我家中住。这两位老太婆做了好朋友，常劝诱家中的几房女眷信佛。家中人有病痛，往往请她们念经许愿还愿。

二哥的丈母颇认得字，带来了《玉历抄传》《妙庄王经》一类的善书，常给我们讲说目连救母游地府，妙庄王的公主（观音）出家修行等等故事。我把她带来的书都看了，又在戏台上看了《观音娘娘出家》全本连台戏，所以脑子里装满了地狱的惨酷景象。

后来三哥得了肺痨病，生了几个孩子都不曾养大。星五伯娘常为三哥拜神佛，许愿，甚至于召集和尚在家中放焰口超度冤魂。三哥自己不肯参加行礼，伯娘常叫我去代替三哥跪拜行礼。我自己幼年身体也很虚弱，多病痛，所以我母亲也常请伯娘带我去烧香拜佛。依家乡的风俗，我母亲也曾把我许在观音菩萨座下做弟子，还给我取了个佛名，上一字是个“观”字，下一字我忘了。我母亲爱我心切，时时教我拜佛拜神总须诚心敬礼。每年她同我上外婆家去，十里路上所过庙宇路亭，凡有神佛之处，她总教我拜揖。有一年我害肚痛，眼睛里又起翳，她代我许愿：病好之后亲自到古塘山观音菩萨座前烧香还愿。后来我病好了，她亲自跟伯娘带了我去朝拜古塘山。山路很难走，她的脚是终年疼的，但她为了儿子，步行朝山，上山时走几步便须坐下歇息，却总不说一声苦痛。我这时候自然也是很诚心的跟着她们礼拜。

我母亲盼望我读书成名，所以常常叮嘱我每天要拜孔夫子。禹臣先生学堂壁上挂着一幅朱印石刻的吴道子画的孔子像，我们每晚放学时总得对他拜一个揖。我到大姊家去拜年，看见了外甥章砚香（比我大几岁）供着一个孔夫子神龛，是用大纸匣子做的，用红纸剪的神位，用火柴盒子做的祭桌，桌子上贴着金纸剪的香炉烛台和供献，神龛外边贴着许多红纸金纸的圣庙匾额对联，写着“德配天地，道冠古今”一类的句子。我看了这神龛，心里好生羡慕，回到家里，也造了一座小圣庙。我在家中寻到了一只燕窝匣子，做了圣庙大庭；又把匣子中间挖空一方块，用一只小匣子糊上去，做了圣庙的内堂，堂上也设了祭桌、神位、香炉、烛台等。我在两厢又添设了颜渊、子路一班圣门弟子的神位，也都有小祭桌。我借得了一部《联语类编》，抄出了许多圣庙联匾句子，都用金银锡箔做成匾对，请近仁叔写了贴上。这一座孔庙很费了我不少的心思。我母亲见我这样敬礼孔夫子，她十分高兴，给我一张小桌子专供这神龛，并且给我一个铜香炉；每逢初一和十五，她总教我焚香敬礼。

这座小圣庙，因为我母亲的加意保存，到我二十七岁从外国回家时，还不曾毁坏。但我的宗教虔诚却早已摧毁破坏了。我在十一二岁时便已变成了一个无神论者。

## 02

有一天，我正在温习朱子的《小学》，念到了一段司马温公的家训，其中有论地狱的话，说：

> 形既朽灭，神亦飘散，虽有剉烧舂磨，亦无所施……

我重读了这几句话，忽然高兴得直跳起来。《目连救母》、《玉历钞传》等书里的地狱惨状，都呈现在我眼前，但我觉得都不怕了。放焰口的和尚陈设在祭坛上的十殿阎王的画像，和十八层地狱的种种牛头马面用钢叉把罪人叉上刀山，叉下油锅，抛下奈何桥下去喂饿狗毒蛇——这种种惨状也都呈现在我眼前，但我现在觉得都不怕了。我再三念这句话："形既朽灭，神亦飘散，虽有剉烧舂磨，亦无所施。"我心里很高兴，真像地藏王菩萨把锡杖一指，打开地狱门了。

这件事我记不清在哪一年了，大概在十一岁时。这时候，我已能够自己看古文书了。禹臣先生教我看《纲鉴易知录》，后来又教我改看《御批通鉴辑览》。《纲鉴易知录》有句读，故我不觉吃力。《御批通鉴辑览》须我自己用朱笔点读，故读的很迟缓。有一次二哥从上海回来，见我看《御批通鉴辑览》，他不赞成；他对禹臣先生说，不如看《资治通鉴》。于是我就点读《资治通鉴》了。这是我研究中国史的第一步。我不久便很喜欢这一类历史书，并且感觉朝代帝王年号的难记，就想编一部《历代帝王年号歌诀》！近仁叔很鼓励我做此事，我真动手编这部七字句的历史歌诀了。此稿已遗失了，我已不记得这件野心工作编到了哪一朝代。但这也可算是我的整理国故的破土工作。可是谁也想不到司马光的《资治通鉴》竟会大大的影响我的宗教信仰，竟会使我变成一个无神论者。

有一天，我读到《资治通鉴》第一百三十六卷，中有一段记范缜(齐梁时代人，死时约在西历 510 年）反对佛教的故事，说：

> 缜著《神灭论》，以为“形者神之质，神者形之用也。神之于形，犹利之于刃。未闻刃没而利存，岂容形亡而神在哉?”此论出，朝野喧哗，难之，终不能屈。

我先已读司马光论地狱的话了，所以我读了这一段议论，觉得非常明白，非常有理。司马光的话教我不信地狱，范缜的话使我更进一步，就走上了无鬼神的路。范缜用了一个譬喻，说形和神的关系就像刀子和刀口的锋利一样；没有刀子，便没有刀子的“快”了；那么，没有形体，还能有神魂吗？这个譬喻是很浅显的，恰恰合一个初开知识的小孩子的程度，所以我越想越觉得范缜说的有道理。司马光引了这三十五个字的《神灭论》，居然把我脑子里的无数鬼神都赶跑了。从此以后，我不知不觉的成了一个无鬼无神的人。

我那时并不知道范缜的《神灭论》全文载在《梁书》(卷四八）里，也不知道当时许多人驳他的文章保存在《弘明集》里。我只读了这三十五个字，就换了一个人。大概司马光也受了范缜的影响，所以有“形既朽灭，神亦飘散”的议论；大概他感谢范缜，故他编《资治通鉴》时，硬把《神灭论》摘了最精彩的一段，插入他的不朽的历史里。他决想不到，八百年后这三十五个字竟感悟了一个十二岁的小孩子，竟影响了他一生的思想。

《资治通鉴》又记述范缜和竟陵王萧子良讨论“因果”的事，这一段在我的思想上也发生了很大的影响。原文如下：

> 子良笃好释氏，招致名僧，讲论佛法。道俗之盛，江左未有。或亲为众僧赋食行水，世颇以为失宰相体。
>
> 范缜盛称无佛。子良曰，“君不信因果，何得有富贵贫贱？”缜曰，“人生如树花同发，随风而散，或拂帘幌，坠茵席之上；或关篱墙，落粪溷之中。坠茵席者，殿下是也。落粪溷者，下官是也。贵贱虽复殊途，因果竟在何处？”子良无以难。

这一段议论也只是一个譬喻，但我当时读了只觉得他说的明白有理，就熟读了记在心里。我当时实在还不能了解范缜的议论的哲学意义。他主张一种“偶然论”，用来破坏佛教的果报轮回说。我小时听惯了佛家果报轮回的教训，最怕来世变猪变狗，忽然看见了范缜不信因果的譬喻，我心里非常高兴，胆子就大得多了。他和司马光的神灭论教我不怕地狱；他的无因果论教我不怕轮回。我喜欢他们的话，因为他们教我不怕。我信服他们的话，因为他们教我不怕。

## 03

我的思想经过了这回解放之后，就不能虔诚拜神拜佛了。但我在我母亲面前，还不敢公然说出不信鬼神的议论。她叫我上分祠里去拜祖宗，或去烧香还愿，我总不敢不去，满心里的不愿意，我终不敢让她知道。

我十三岁的正月里，到大姊家去拜年，住了几天，到十五日早晨，才和外甥砚香同回我家去看灯。他家的一个长工挑着新年糕饼等物什，跟着我们走。

半路上到了中屯外婆家，我们进去歇脚，吃了点心，又继续前进。中屯村口有个三门亭，供着几个神像。我们走进亭子，我指着神像对砚香说："这里没有人看见，我们来把这几个烂泥菩萨拆下来抛到毛厕里去，好吗？"

这样突然主张毁坏神像，把我的外甥吓住了。他虽然听我说过无鬼无神的话，却不曾想到我会在这路亭里提议实行捣毁神像。他的长工忙劝阻我道："糜舅，菩萨是不好得罪的。"我听了这话，更不高兴，偏要拾石子去掷神像。恰好村子里有人下来了，砚香和那长工就把我劝走了。

我们到了我家中，我母亲煮面给我们吃，我刚吃了几筷子，听见门外锣鼓响，便放下面，跑出去看舞狮子了。这一天来看灯的客多，家中人都忙着照料客人，谁也不来管我吃了多少面。我陪着客人出去玩，也就忘了肚子饿了。

晚上陪客人吃饭，我也喝了一两杯烧酒。酒到了饿肚子里，有点作怪。晚饭后，我跑出大门外，被风一吹，我有点醉了，便喊道："月亮，月亮，下来看灯！"别人家的孩子也跟着喊，"月亮，月亮，下来看灯！"

门外的喊声被屋里人听见了，我母亲叫人来唤我回去。我怕她责怪，就跑出去了。来人追上去，我跑的更快。有人对我母亲说，我今晚上喝了烧酒，怕是醉了。我母亲自己出来唤我，这时候我已被人追回来了。但跑多了，我真有点醉了，就和他们抵抗，不肯回家。母亲抱住我，我仍喊着要月亮下来看灯。许多人围拢来看，我仗着人多，嘴里仍旧乱喊。母亲把我拖进房里，一群人拥进房来看。

这时候，那位跟我们来的章家长工走到我母亲身边，低低的说："外婆（他跟着我的外甥称呼），糜舅今夜怕不是吃醉了吧？今天我们从中屯出来，路过三门亭，糜舅要把那几个菩萨拖下来丢到茅厕里去。他今夜嘴里乱说话，怕是得罪了神道，神道怪下来了。"

这几句话，他低低地说，我靠在母亲怀里，全听见了。我心里正怕喝醉了酒，母亲要责罚我；现在我听了长工的话，忽然想出了一条妙计。我想："我胡闹，母亲要打我；菩萨胡闹，她不会责怪菩萨。"于是我就闹的更凶，说了许多疯话，好像真有鬼神附在我身上一样！

我母亲着急了，叫砚香来问，砚香也说我日里的确得罪了神道。母亲就叫别人来抱住我，她自己去洗手焚香，向空中祷告三门亭的神道，说我年小无知，触犯了神道，但求神道宽宏大量，不计较小孩的罪过，宽恕了我。我们将来一定亲到三门亭去烧香还愿。

这时候，邻舍都来看我，挤满了一屋子的人，有些妇女还提着"火篇"（徽州人冬天用瓦炉装炭火，外面用篾丝作篮子，可以随身携带，名为火篇），房间里闷热的很。我热的脸都红了，真有点像醉人。

忽然门外有人报信，说，"龙灯来了，龙灯来了！"男男女女都往外跑，都想赶到十字街口去等候看灯。一会儿，一屋子的人都散完了，只剩下我和母亲两个人。房里的闷热也消除了，我也疲倦了，就不知不觉的睡着了。

母亲许的愿好像是灵应了。第二天，她教训了我一场，说我不应该瞎说，更不应该在神道面前瞎说。但她不曾责罚我，我心里高兴，万想不到我的责罚却在一个月之后。

过了一个月，母亲同我上中屯外婆家去。她拿出钱来，在外婆家办了猪头供献，备了香烛纸钱，她请我母舅领我到三门亭里去谢神还愿。我母舅是个虔诚的人，他恭恭敬敬的摆好供献，点起香烛，陪着我跪拜谢神。我忍住笑，恭恭敬敬的行了礼——心里只怪我自己当日扯谎时，不曾想到这样比挨打还更难为情的责罚！

直到我二十七岁回家时，我才敢对母亲说那一年元宵节，附在我身上胡闹的不是三门亭的神道，只是我自己。母亲也笑了。

十九，十二，二十五，在北京

此篇原载《新月》第3卷第4号

# 不朽——我的宗教

不朽有种种说法，但是总括看来，只有两种说法是真有区别的。一种是把“不朽”解做灵魂不灭的意思，一种就是《春秋左传》上说的“三不朽”。

（一）神不灭论。宗教家往往说灵魂不灭，死后须受末日的裁判：做好事的享受天国天堂的快乐，做恶事的要受地狱的苦痛。这种说法，几千年来不但受了无数愚夫愚妇的迷信，居然还受了许多学者的信仰。但是古今来也有许多学者对于灵魂是否可离形体而存在的问题，不能不发生疑问。最重要的如南北朝人范缜的《神灭论》说：“形者神之质，神者形之用……神之于质，犹利之于刀；形之于用，犹刀之于利。……舍利无刀，舍刀无利。未闻刀没而利存，岂容形亡而神在?”宋朝的司马光也说：“形既朽灭，神亦飘散，虽有剉烧舂磨，亦无所施。”但是司马光说的“形既朽灭，神亦飘散”，还不免把形与神看作两件事，不如范缜说的更透切。范缜说人的神灵即是形体的作用，形体便是神灵的形质。正如刀子是形质，刀子的利钝是作用；有刀子方才有利钝，没有刀子便没有利钝。人有形体方才有作用：这个作用，我们叫做“灵魂”。若没有形体，便没有作用了，便没有灵魂了。范缜这篇《神灭论》出来的时候，惹起了无数人的反对。梁武帝叫了七十几个名士作论驳他，都没有什么真有价值的议论。其中只有沈约的《难神灭论》说："利若遍施四方，则利体无处复立；利之为用正存一边毫毛处耳。神之与形，举体若合，又安得同乎？若以此譬为尽耶，则不尽；若谓本不尽耶，则不可以为譬也。"这一段是说刀是无机体，人是有机体，故不能彼此相比。这话固然有理，但终不能推翻"神者形之用"的议论。近世唯物派的学者也说人的灵魂并不是什么无形体，独立存在的物事，不过是神经作用的总名；灵魂的种种作用都即是脑部各部分的机能作用；若有某部被损伤，某种作用即时废止；人幼年时脑部不曾完全发达，神灵作用也不能完全，老年人脑部渐渐衰耗，神灵作用也渐渐衰耗。这种议论的大旨，与范缜所说"神者形之用"正相同。但是有许多人总舍不得把灵魂打消了，所以咬住说灵魂另是一种神秘玄妙的物事，并不是神经的作用。这个"神秘玄妙"的物事究竟是什么，他们也说不出来，只觉得总应该有这么一件物事。既是"神秘玄妙"，自然不能用科学试验来证明他，也不能用科学试验来驳倒他。既然如此，我们只好用实验主义（Pragmatism）的方法，看这种学说的实际效果如何，以为评判的标准。依此标准看来，信神不灭论的固然也有好人，信神灭论的也未必全是坏人。即如司马光范缜赫胥黎一类的人，说不信灵魂不灭的话，何尝没有高尚的道德？更进一层说，有些人因为迷信天堂、天国、地狱、末日裁判，方才修德行善，这种修行全是自私自利的，也算不得真正道德。总而言之，灵魂灭不灭的问题，于人生行为上实在没有什么重大影响；既没有实际的影响，简直可说是不成问题了。

（二）三不朽说。《左传》说的三种不朽是：1. 立德的不朽，2. 立功的不朽，3. 立言的不朽。"德"便是个人人格的价值，像墨翟、耶稣一类的人，一生刻意孤行，精诚勇猛，使当时的人敬爱信仰，使千百年后的人想念崇拜。这便是立德的不朽。"功"便是事业，像哥伦布发现美洲，像华盛顿造成美洲共和国，替当时的人开一新天地，替历史开一新纪元，替天下后世的人种下无量幸福的种子。这便是立功的不朽。“言”便是语言著作，像那《诗经》三百篇的许多无名诗人，又像陶潜、杜甫、莎士比亚、易卜生一类的文学家，又像柏拉图、卢梭、弥尔顿一类的文学家，又像牛顿、达尔文一类的科学家，或是作了几首好诗使千百年后的人欢喜感叹；或是做了几本好戏使当时的人鼓舞感动，使后世的人发愤兴起；或是创出一种新哲学，或是发明了一种新学说，或在当时发生思想的革命，或在后世影响无穷。这便是立言的不朽。总而言之，这种不朽说，不问人死后灵魂能不能存在，只问他的人格、他的事业、他的著作有没有永远存在的价值。即如基督教徒说耶稣是上帝的儿子，他的灵魂永远存在，我们正不用驳这种无凭据的神话，只说耶稣的人格、事业和教训都可以不朽，又何必说那些无谓的神话呢？又如孔教会的人到了孔丘的生日，一定要举行祭孔的典礼，还有些人学那“朝山进香”的法子，要赶到曲阜孔林去对孔丘的神灵表示敬意。其实孔丘的不朽全在他的人格与教训，不在他那“在天之灵”。大总统多行两次丁祭，孔教会多走两次“朝山进香”，就可以使孔丘格外不朽了吗？更进一步说，像那《三百篇》里的诗人，也没有姓名，也没有事实，但是他们都可说是立言的不朽。为什么呢？因为不朽全靠一个人的真价值，并不靠姓名事实的流传，也不靠灵魂的存在。试看古今来的多少大发明家，那发明火的，发明养蚕的，发明缫丝的，发明织布的，发明水车的，发明舂米的水碓的，发明规矩的，发明秤的……虽然姓名不传，事实湮没，但他们的功业永远存在，他们也就都不朽了。这种不朽比那个人的小小灵魂的存在，可不是更可宝贵，更可羡慕吗？况且那灵魂的有无还在不可知之中，这三种不朽——德、功、言——可是实在的。这三种不朽可不是比那灵魂的不灭更靠得住吗？

以上两种不朽论，依我个人看来，不消说得，那“三不朽说”是比那“神不灭说”好得多了。但是那“三不朽说”还有三层缺点，不可不知。第一，照平常的解说看来，那些真能不朽的人只不过那极少数有道德、有功业、有著述的人。还有那无量平常人难道就没有不朽的希望吗？世界上能有几个墨翟、耶稣，几个哥伦布、华盛顿，几个杜甫、陶潜，几个牛顿、达尔文呢？这岂不成了一种“寡头”的不朽论吗？第二，这种不朽论单从积极一方面着想，但没有消极的裁制。那种灵魂的不朽论既说有天国的快乐，又说有地狱的苦楚，是积极消极两方面都顾着的。如今单说立德可以不朽，不立德又怎样呢？立功可以不朽，有罪恶又怎样呢？第三，这种不朽论所说的“德、功、言”三件，范围都很含糊。究竟怎样的人格方才可算是“德”呢？怎样的事业方才可算是“功”呢？怎样的著作方才可算是“言”呢？我且举下个例。哥伦布发现美洲固然可算得立了不朽之功，但是他船上的水手火头又怎样呢？他那只船的造船工人又怎样呢？他船上用的罗盘器械的制造工人又怎样呢？他所读的书的著作者又怎样呢？……举这一条例，已可见“三不朽”的界限含糊不清了。

因为要补足这三层缺点，所以我想提出第三种不朽论来请大家讨论。我一时想不起别的好名字，姑且称他作“社会的不朽论”。

（三）社会的不朽论。社会的生命，无论是看纵剖面，还是看横截面，都像一种有机的组织。从纵剖面看来，社会的历史是不断的；前人影响后人，后人又影响更后人；没有我们的祖宗和那无数的古人，又哪里有今日的我和你？没有今日的我和你，又哪里有将来的后人？没有那无量数的个人，便没有历史，但是没有历史，那无数的个人也决不是那个样子的个人；总而言之，个人造成历史，历史造成个人。从横截面看来，社会的生活是交互影响的：个人造成社会，社会造成个人；社会的生活全靠个人分工合作的生活，但个人的生活，无论如何不同，都脱不了社会的影响；若没有那样这样的社会，决不会有这样那样的我和你；若没有无数的我和你，社会也决不是这个样子。来勃尼慈（Leibnitz）说得好：

> 这个世界乃是一片大充实（Plenum 为真空 Vacuum 之对），

其中一切物质都是接连着的。一个大充实里面有一点变动，全部的物质都要受影响，影响的程度与物体距离的远近成正比例。世界也是如此。每一个人不但直接受他身边亲近的人的影响，并且间接又间接的受距离很远的人的影响。所以世间的交互影响，无论距离远近，都受得着的。所以世界上的人，每人受着全世界一切动作的影响。如果他有周知万物的智慧，他可以在每人的身上看出世间一切施为，无论过去未来都可看得出，在这一个现在里面便有无穷时间空间的影子。

从这个交互影响的社会观和世界观上面，便生出我所说的“社会的不朽论”来。我这“社会的不朽论”的大旨是：

我这个“小我”不是独立存在的，是和无量数“小我”有直接或间接的交互关系的；是和社会的全体和世界的全体都有互为影响的关系的；是和社会世界的过去和未来都有因果关系的。种种从前的因，种种现在无数“小我”和无数他种势力所造成的因，都成了我这个“小我”的一部分。我这个“小我”，加上了种种从前的因，又加上了种种现在的因，传递下去，又要造成无数将来的“小我”。这种种过去的“小我”，和种种现在的“小我”，和种种将来无穷的“小我”，一代传一代，一点加一滴；一线相传，连绵不断；一水奔流，滔滔不绝——这便是一个“大我”。“小我”是会消灭的，“大我”是永远不灭的。“小我”是有死的，“大我”是永远不死，永远不朽的。“小我”虽然会死，但是每一个“小我”的一切作为，一切功德罪恶，一切语言行事，无论大小，无论是非，无论善恶，一一都永远留存在那个“大我”之中。那个“大我”，便是古往今来一切“小我”的纪功碑、彰善祠、罪状判决书、孝子慈孙百世不能改的恶谥法。这个“大我”是永远不朽的，故一切“小我”的事业，人格，一举一动，一言一笑，一个念头，一场功劳，一桩罪过，也都永远不朽。这便是社会的不朽，“大我”的不朽。

那边“一座低低的土墙，遮着一个弹三弦的人”。那三弦的声浪，在空间起了无数波澜；那被冲动的空气质点，直接间接冲动无数旁的空气质点；这种波澜，由近而远，至于无穷空间；由现在而将来，由此刹那以至于无量刹那，至于无穷时间——这已是不灭不朽了。那时间，那“低低的土墙”外边来了一位诗人，听见那三弦的声音，忽然起了一个念头；由这一个念头，就成了一首好诗；这首好诗传诵了许多人；人读了这诗，各起种种念头；由这种种念头，更发生无量数的念头，更发生无数的动作，以至于无穷。然而那“低低的土墙”里面那个弹三弦的人又如何知道他所发生的影响呢？

一个生肺病的人在路上偶然吐了一口痰。那口痰被太阳晒干了，化为微尘，被风吹起空中，东西飘散，渐吹渐远，至于无穷时间，至于无穷空间。偶然一部分的病菌被体弱的人呼吸进去，便发生肺病，由他一身传染一家，更由一家传染无数人家。如此辗转传染，至于无穷空间，至于无穷时间。然而那先前吐痰的人的骨头早已腐烂了，他又如何知道他所种的恶果呢？

一千五六百年前有一个叫做范缜的人说了几句话道：“神之于形，犹利之于刀；未闻刀没而利存，岂容形亡而神在？”这几句话在当时受了无数人的攻击。到了宋朝有个司马光把这几句话记在他的《资治通鉴》里。一千五六百年之后，有一个十一岁的小孩子——就是我——看到《资治通鉴》这几句话，心里受了一大感动，后来便影响了他半生的思想行事。然而那说话的范缜早已死了一千五六百年了！

二千六七百年前，在印度地方有一个穷人病死了，没人收尸，尸首暴露在路上，已腐烂了。那边来了一辆车，车上坐着一个王太子，看见了这个腐烂发臭的死人，心中起了一念；由这一念，辗转发生无数念。后来那位王太子把王位也抛了，富贵也抛了，父母妻子也抛了，独自去寻思一个解脱生老病死的方法。后来这位王子便成了一个教主，创了一种哲学的宗教，感化了无数人。他的影响势力至今还在；将来即使他的宗教全灭了，他的影响势力终久还存在，以至于无穷。这可是那腐烂发臭的路毙所曾梦想到的吗？

以上不过是略举几件事，说明上文说的“社会的不朽”“大我的不朽”。这种不朽论，总而言之，只是说个人的一切功德罪恶，一切言语行事，无论大小好坏，都留下一些影响在那个“大我”之中，都与这永远不朽的“大我”一同永远不朽。

上文我批评那“三不朽论”的三层缺点：1. 只限于极少数的人；2. 没有消极的裁制；3. 所说“功、德、言”的范围太含糊了。如今所说“社会的不朽”，其实只是把那“三不朽论”的范围更推广了。既然不论事业功德的大小，一切都可不朽，那第一、第三两层短处都没有了。冠绝古今的道德功业固可以不朽，那极平常的“庸言庸行”、油盐柴米的琐屑、愚夫愚妇的细事、一言一笑的微细，也都永远不朽。那发现美洲的哥伦布固可以不朽，那些和他同行的水手火头，造船的工人，造罗盘器械的工人，供给他粮食衣服银钱的人，他所读的书的著作家，生他的父母，生他父母的父母祖宗，以及生育训练那些工人商人的父母祖宗，以及他以前和同时的社会……都永远不朽。社会是有机的组织，那英雄伟人可以不朽，那挑水的，烧饭的，甚至于浴堂里替你擦背的，甚至于每天替你家掏粪倒马桶的，也都永远不朽。至于那第二层缺点，也可免去。如今说立德不朽，行恶也不朽；立功不朽，犯罪也不朽；“流芳百世”不朽。“遗臭万年”也不朽；功德盖世因是不朽的善因，吐一口痰也有不朽的恶果。我的朋友李守常先生说得好：“稍一失脚，必致遗留层层罪恶种子于未来无量的人——即未来无量的我——永不能消除，永不能忏悔。”这就是消极的裁制了。

中国儒家的宗教提出一个父母的观念，和一个祖先的观念，来做人生一切行为的裁制力。所以说。“一出言而不敢忘父母，一举足而不敢忘父母。”父母死后，又用丧礼祭礼等等见神见鬼的方法，时刻提醒这种人生行为的裁制力。所以又说，“斋明盛服，以承祭祀，洋洋乎如在其上，如在其左右。”又说，“斋三日，则见其所为斋者；祭之日，入室，然必有见乎其位；周还出户，肃然必有闻乎其容声；出户而听，忾然必有闻乎其叹息之声。”这都是“神道设教”，见神见鬼的手段。这种宗教的手段在今日是不中用了。还有那种“默示”的宗教、神权的宗教、崇拜偶像的宗教，在我们心里也不能发生效力，不能裁制我们一生的行为。以我个人看来，这种“社会的不朽”观念很可以做我的宗教了。我的宗教的教旨是：

> 我这个现在的“小我”，对于那永远不朽的“大我”的无穷过去，须负重大的责任。对于那永远不朽的“大我”的无穷未来，也须负重大的责任。我须要时时想着，我应该如何努力利用现在的“小我”，方才可以不辜负了那“大我”的无穷过去，方才可以不遗害那“大我”的无穷未来！

原载 1919 年 2 月 15 日《新青年》第 6 卷第 2 号

# 中国新文学运动小史

## 《中国新文学大系》第一集的《导言》

### 01

中国新文学运动的历史，我们至今还不能有一种整个的叙述。为什么呢？第一，因为时间太逼近了，我们的记载与论断都免不了带着一点主观情感的成分，不容易得着客观的、严格的史的记录。第二，在这短短的二十年里，这个文学运动的各个方面的发展是不很平均的，有些方面发展的很快，有些方面发展的稍迟；如散文和短篇小说就比长篇小说和戏剧发展的早多了。一个文学运动的历史的估价，必须包括它的出产品的估价。单有理论的接受，一般影响的普遍，都不够证实那个文学运动的成功。所以在今日新文学的各方面都还不曾有大数量的作品可以供史家评论的时候，这部历史是写不成的。

文学革命的目的是要用活的语言来创作新中国的新文学——来创作活的文学，人的文学。新文学的创作有了一分的成功，即是文学革命有了一分的成功。“人们要用你结的果子来评判你。”正如政治革命的目的是要建立一个新的社会秩序，那个新社会秩序的成败即是那个政治革命的成败。文学革命产生出来的新文学不能满足我们赞成革命者的期望，就如同政治革命不能产生更满意的社会秩序一样，虽有最圆满的革命理论，都只好算作不兑现的纸币了。

这一集的理论文字，代表民国六年（1904—1910）到九年之间（1917—1920）的文学革命的理论，大都是从《新青年》《新潮》《每周评论》《少年中国》几个杂志里选择出来的，因为这几个刊物都是中国新文学运动的急先锋，都是它的最早的主要宣传机关。

这一集所收的文字，分作三组：第一组是一篇序幕，记文学革命在国外怎样发生的历史；这虽然是一种史实的记载，其实后来许多革命理论的纲领都可以在这里看见了。在这篇文章说明之前我应该扼要的叙述这个文学革命运动的历史的背景。这个背景的一个重要方面，是古文在那四五十年中作最后挣扎的一段历史（参看我的《五十年来之中国文学》）。那个时代是桐城派古文的复兴时期。从曾国藩到吴汝纶，桐城派古文得着最有力的提倡，得着很大的响应。曾国藩说的“举天下之美，无以易乎桐城姚氏者也”，最可以代表当时文人对这个有势力的文派的信仰。我们在今日回头看桐城派古文在当日的势力之大，传播之广，也可以看出一点历史的意义。桐城派古文的抬头，就是骈俪文体的衰落。自从韩愈提出“文从字顺各识职”的古文标准以后，一些“古文”大家大都朝着“文从字顺”的方向努力。只有这条路可以使那已死的古文勉强应用，所以在这一千年之中，古文越做越通顺了。——宋之欧、苏，明之归有光、钱谦益，清之方苞、姚鼐，都比唐之韩、柳更通顺明白了。到曾国藩，这一派的文字可算是到了极盛的时代。他们不高谈秦汉，甚至于不远慕唐宋，竟老老实实的承认桐城古文为天下之至美！这不是无意的降格，这是有意的承认古文的仿作越到后来越有进步。所以王先谦《续古文辞类纂》的自序说：

> 学者将欲杜歧趋，遵正轨，姚氏而外，取法梅曾（梅曾亮、曾国藩），足矣。

姚鼐、曾国藩的古文差不多统一了19世纪晚期的中国散文。散文体做到了明白通顺的一条路，它的应用的能力当然比那骈俪文和模仿殷盘周诰的假古文大多了。这也是一个转变时代的新需要。这是桐城古文得势的历史意义。

在那个社会与政治都受绝大震荡的时期，古文应用的方面当然比任何过去时期更多更广了。总计古文在那四五十年中，有这么多的用处：第一，是时务策论的文章，如冯桂芬的《校邠庐抗议》，如王韬的报馆文章，如郑观应、邵作舟、汤寿潜诸家的“危言”，都是古文中的“策士”一派。后起的政论文家如谭嗣同，如梁启超，如章士钊，也都是先从桐城古文入手的。第二是翻译外国的学术著作。最有名的严复，就出于桐城派古文家吴汝纶的门下。吴汝纶赞美严复的《天演论》，说“其书乃骎骎与晚周诸子相上下”，严复自己也说“精理微言，用汉以前字法句法则为达易，用近世利俗文字则求达难”。其实严复的译文全是学桐城古文，有时参用佛经译文的句法；不过他翻译专门术语，往往极力求古雅，所以外貌颇有古气。第三是用古文翻译外国小说。最著名的译人林纾也出于吴汝纶的门下；其他用古文译小说的人，也往往是学桐城古文的，或是间接模仿林纾的古文的。

古文经过桐城派的廓清，变成通顺明白的文体，所以在那几十年中，古文家还能勉强挣扎，要想运用那种文体来供给一个骤变的时代需要。但时代变的太快了，新的事物太多了，新的知识太复杂了，新的思想太广博了，那种简单的古文体，无论怎样变化，终不能应付这个新时代的要求，终于失败了。失败最大的是严复式的译书。严复自己在《群己权界论》的凡例里曾说：

> 海外读吾译者，往往以不可猝解，訾其艰深。不知原书之难且实过之。理本奥衍，与不佞文字固无涉也。

这是他的译书失败的铁证。今日还有学严复译书的人，如章士钊先生，他们的译书是不会有人读的了。

其次是林纾的翻译小说的失败。用古文写的小说，最流行的是蒲松龄的《聊斋志异》;《聊斋志异》有圈点详注本，故士大夫阶级多能阅读。古文到了桐城一派，叙事记言多不许用典，比聊斋时代的古文干净多了。所以林纾译的小说，没有注释典故的必要，然而用古文译书，不加圈读，懂得的人就很少。林译小说都用圈断句，故能读者较多。但能读这类古文小说的人，实在是很少的。林纾的名声大了，他的小说每部平均能销几百本，在当时要算销行最广的了，但当时一切书籍（除小学教科书外）的销路都是绝可怜的小！后来周树人、周作人两先生合译《域外小说集》，他们都能直接从外国文字译书，他们的古文也比林纾更通畅细密，然而他们的书在十年之中只销了二十一册！这个故事可以使我们明白，用古文译小说，也是一样劳而无功的死路，因为能读古文小说的人实在太少了。至于古文不能翻译外国近代文学的复杂文句和细致描写，这是能读外国原书的人都知道的，更不用说了。

严格说来，谭嗣同、梁启超的议论文已不是桐城派所谓“古文”了。梁启超自己说他亡命到国外以后，做文章即：

> 自解放，务为平易畅达，时杂以俚语，韵语，及外国语法；纵笔所至不检束。学者竞效之，号新文体。老辈则痛恨，诋为野狐。然其文条理明晰，笔锋常带情感，对于读者，别有一种魔力焉。

这种“新文体”是古文的大解放。靠着圈点和分段的帮助，这种解放的文体居然能做长篇的议论文章了；每遇一个抽象的题目，往往列举譬喻，或列举事例，每一譬喻或事例各自成一段，其体势颇像分段写的八股文的长比，而不受骈四俪六的拘束，所以气势汪洋奔放，而条理浅显，容易使读者受感动。在一个感受绝大震荡的过渡社会里，这种解放的新文体曾有很伟大的魔力。但议论的文字不是完全走情感的一条路的。经过了相当时期的教育发展，这种奔放的情感文字渐渐的被逼迫而走上了理智的辩驳文字的路。梁启超中年的文章也渐渐从奔放回到细密，全不像他壮年的文章了。后起的政论家，更不能不注重逻辑的谨严，文法的细密，理论的根据。章士钊生于桐城古文大本营的湖南，他的文章很有桐城气息。他一面受了严复的古文译书的影响，一面又颇受了英国19世纪政论文章的影响，所以他颇想做出一种严密的说理文章。同时的政论家也颇受他的影响，朝着这个方面做去。这种文章实在是和严复的译书很相像的：严复是用古文翻外国书，章士钊是用古文说外国话。说的人非常费劲，读的人也得非常费劲，才读得懂。章士钊一班人的政论当然也和严复的译书同其命运，因为“不可猝解”。于是这第三个方面的古文应用也失败了。

在那二三十年中，古文家力求应用，想用古文来译学术书，译小说，想用古文来说理论政，然而都失败了。此外如章炳麟先生主张回到魏晋的文章，“将取千年朽蠹之余，反之正则”，更富有复古的意味，应用的程度更小了，失败更大了。他们的失败，总而言之，都在于难懂难学。文字的功用在于达意，而达意的范围以能达到最大多数人为最成功。在古代社会中，最大多数人是和文字没交涉的。做文章的人，高的只求绝少数的“知音”的欣赏，低的只求能“中试官”的口味。所以他们心目中从来没有“最大多数人”的观念。所以凡最大多数人都能欣赏的文学杰作，如《水浒传》，如《西游记》，都算不得文学！这一个根本的成见到了那个过渡的骤变的时代，还不曾打破，所以严复、林纾、梁启超、章炳麟、章士钊诸人都还不肯抛弃那种完全为绝少数人赏玩的文学工具，都还妄想用那种久已僵死的文字来做一个新时代达意表情说理的工具。他们都有革新国家社会的热心，都想把他们的话说给多数人听。可是他们都不懂得为什么多数人不能读他们的书，听他们的话！严复说的最妙：

理本奥衍，与不佞文字固无涉也。

在这十三个字里，我们听见了古文学的丧钟，听见了古文学家自己宣告死刑。他们仿佛很生气的对多数人说："我费尽气力做文章，说我的道理，你们不懂，是你们自己的罪过，与我的文章无干！"

在这样的心理之下，古文应用的努力完全失败了。

## 02

可是在这个时期，那"最大多数人"也不是完全被忽略了。当时也有一班远见的人，眼见国家危亡，必须唤起那最大多数的民众来共同担负这个救国的责任。他们知道民众不能不教育，而中国的古文古字是不配做教育民众的利器的。这时候，基督教的传教士早已在各地造出各种方言字母来拼读各地的土话，并且用土话字母来翻译新约，来传播教义了。日本的骤然强盛，也使中国士大夫注意到日本的小学教育，因此也有人注意到那五十假名的教育功用。西方和东方的两种音标文字的影响，就使中国维新志士渐渐觉悟字母的需要。

最早创造中国拼音字母的人大都是沿海各省和西洋传教士接触最早的人。如厦门卢戆章造的"切音新法"，如福建龙溪蔡锡勇造的"传音快字"，如广东香山王炳耀造的"拼音字谱"，都是这个字母运动的先锋。卢戆章的字母，在戊戌变法的时期，曾由他的同乡京官林辂存运动都察院奏请颁行天下。蔡锡勇和他的儿子蔡璋继续改良他们的"快字"，演成"蔡氏速记术"，开创了中国的速记术。

戊戌变法的一个领袖，直隶宁河县人王照（死于1933年），当新政推翻时亡命到日本，庚子乱后他改装偷回中国，隐居在天津，发愿要创造"官话字母"，共六十余母，用两拼之法，"专拼白话"；因"语言必归一致"，故他主张用北京话作标准（以前卢蔡诸家的字母都是方言字母，不曾有专拼官话的计划）。王照是一个很有见识的人，他的主张很有许多地方和后来主张白话文学的人相同。他说：

余今奉告当道者：富强治理，在各精其业各扩其职各知其分之齐氓，不在少数之英隽也。朝廷所应注意而急图者宜在此也。茫茫九州，芸芸亿兆，呼之不省，唤之不应，劝导禁令毫无把握，而乃舞文弄墨，袭空论以饰高名，心目中不见细民，妄冀富强之效出于策略之转移焉，苟不当其任，不至其时，不知其术之穷也！(《官话合声字母原序》)

这就是说：富强治理的根本在于那最大多数的齐氓，细民。他在戊戌变法时，也曾“妄冀富强之效出于策略之转移”；但他后来觉悟了，知道“其术之穷”了，所以他冒大险回国，要从教育那“芸芸亿兆”下手。他知道各国教育的普及都靠“文言一致，拼音简便”，所以他发愤要造出一种统一中国语言文字的官话字母。他很明白的说，这种字母是“专拼白话的”。他说：

吾国古人造字，以便民用，所命之音必与当时语言无异，此一定之理也。而语言代有变迁，文亦随之。……故以孔子之文较夏殷之文，则改变句法，增添新字，显然大异。可知系就当时俗言肖声而出，著之竹简，欲妇孺闻而即晓。凡也，已，焉，乎，等助词为夏殷之书所无者，实不啻今之白话文增入呀，么，哪，咧等字。孔子不避其鄙俚，因圣人之心专以便民为务，无“文”之见存也。后世文人欲借文以饰智警愚，于是以摩古为高，文字不随语言，二者日趋日远，文字既不足当语言之符契，其口音即迁流愈速……异者不可复同，而同国渐如异域。(同上)

这是最明白的主张“言文一致”，要文字“当语言之符契”，要文字跟着那活的话言变迁。这个主张的逻辑的结论当然是提倡白话文了。

王照很明白一切字母只可以拼白话，决不能拼古文。他的《字语凡例》说：

> 此字母……专拼俗语，肖之即无误矣。今如两人晤谈终日。从未闻有相诘曰："尔所说之晚为早晚之晚耶？为茶碗之碗耶？尔所说之茶为茶叶之茶耶？为查核之查耶？"可知全句皆适肖白话，即无误会也，若用以拼文词，则使读者在在有混淆误解之弊，故万不可用此字母拼文词。（原第十二条）

音标的文字必须是"适肖白话"的文字。所以王照的字母是要用来拼写白话的。后来提倡"读音统一"的人，不懂得这个道理，竟把他们制定的字母叫做"注音字母"，用来做"读音统一"之用，那就是根本违背当年创造官话字母的原意了。

王照的字母运动在当年很得着许多有名的人的同情赞助。天津的严修，桐城派的领袖吴汝纶，北洋大臣袁世凯，两江总督周馥，浙江桐乡的劳乃宣，都是王照的同志。袁世凯在北洋，周馥在南京，都曾提倡字母的传授。劳乃宣是一位"等韵学"的专家，他采用了王照的官话字母，又添制了江宁（南京）音谱，苏州音谱，和闽广音谱，合成《简字全谱》。他在光绪戊申（1908 年）有《进呈简字谱录折》，说：

> 今日欲救中国，非教育普及不可；欲教育普及，非有易识之字不可；欲为易识之字，非用拼音之法不可。

他很乐观的计算：

> 此字传习极易，至多不过数月而可成。以一人授五十人计之，一传而五十人，再传而二千五百人，三传而十二万五千人，四传

而六百二十五万人，五传而三万一千二百五十万人。中国四万万人，五六传而可遍。果以国家全力行之，数年之内可以通国无不识字之人。将见山陬海澨，田夫野老，妇人孺子，人人能观书，人人能阅报。凡人生当明之道义，当知之世务，皆能通晓。彼此意所欲言，皆能以笔札相往复。官府之命令皆能下达而无所舛误；人民之意见皆能上陈而无所壅蔽。明白洞达，薄海大同。(《桐乡劳先生遗稿》卷四)

我们看劳乃宣和王照的议论，可以知道那时候一些先见的人确曾很注意那最大多数的民众。他们要想唤醒那无数“各精其业，各扩其职，各知其分之齐氓”，所以想提倡一种字母给他们做识字求知识的利器。

从庚子乱后到辛亥革命的前夕，这个“官话字母”的运动（也叫做“简字”的运动）逐渐推行，虽然不曾得着满清政府的赞助，却得了社会上一些名流的援助。吴汝纶于光绪二十八年（1902 年）到日本考察教育，看了日本教育普及和语言统一的功效，很受感动。回国后即上书给管学大臣张百熙，极力主张用北京官话“使天下语言一律”。吴汝纶死后（他死在 1903 年），张百熙、张之洞等的《奏定学堂章程》的《学务纲要》里就有“以官音统一天下之语言，故自师范以及高等小学堂，均于国文　科内附人官话一门”的规定。这种规定很有利于官话字母的运动，所以在以后几年之中，官话字母“传习至十三省境，拼音官话书报社……编印之初学修身伦理历史地理地文植物动物外交等拼音官话书，销至六万余部”（据王照《小航文存》卷一，页三二）。到了宣统二年（1910 年）资政院成立时，议员中有劳乃宣、严复、江谦，都是提倡拼音文字的。他们在资政院里提出推行官话简字的议案，审查的结果，决议“谋国语教育，则不得不添造音标文字”，“请议长会同学部具奏，请旨饬下迅速筹备施行”。后来学部把这个议案交中央教育会议讨论：主持教育会议的人如张謇、张元济、傅增湘，也都是赞成这个主张的，所以也通过了一个“统一国语办法案”。但不久武昌革命起来了，清朝倒了，民国成立了。在那个政治大变动之中，王照、劳乃宣诸人努力十年造成的音标文字运动就被当前更浓厚的政治斗争的兴趣笼罩下去，暂时衰歇了（以上的记载，参用黎锦熙的《国语运动小史》，王照的《小航文存》，劳乃宣的《年谱》和《遗稿》）。

民国元年，蔡元培先生建议，请由教育部召集大会，推行拼音字。不久蔡先生辞职走了，董鸿袆代理部务，召集“读音统一会”。民国二年二月十五日，读音统一会开会：吴敬恒先生被选为正会长，王照为副会长。这个会开了三个月，争论很激烈，结果是制定了三十九个字母——后来称为“注音字母”。字母的形式换了，于是前十年流行的拼音白话书报全不适用了。这副新的注音字母，中间又被搁置了六年，直到民国七年年底，教育部才正式颁布。颁布之后，政府和民间至今没有用这字母来编印拼音的书报。民国十一年，教育部颁布了国语统一筹备会制定的“注音字母书法体式”。民国十五年，国语统一筹备会发表了赵元任、钱玄同、刘复诸先生制定的“国语罗马字”。民国十七年，国民政府的大学院正式公布“国语罗马字拼音法式”，定为“国音字母第二式”。于是国音字母有了两种形式：一为用古字的注音字母，一为国语罗马字。在政府正式决定一种字母定为国音标准字母之前，大规模的编印拼音文字的书籍大概是不会有的事。

我们总括的观察这三十多年的音标文字运动，可以得几条结论。

第一，这三十多年的努力，还不曾得着一种公认为最适用的字母。王照的官话字母确有很多缺点，所以受声韵学者的轻视。注音字母还是承袭了王照的方法的缺点，虽然添了三个介音，可以“三拼”了，然而带鼻音韵尾的字还是沿用王照的老法子，没有把音素个别的分析出来。国语罗马字当然是一大进步，因为它在形式上采取了全国中学生都能认识的罗马字母，又在审音方面打破了两拼三拼的限制，使字母之数大减，而标音也更正确。国语罗马字的将来争点也许还在“声调”的标志问题。国语罗马字若抛弃了“声调”的标志，当然是最简易的字母。声调的标志，既然不完全根据于音理的自然，恐怕有“治丝而益棼之”的危险。依我们门外汉的看法，倒不如爽性不标声调，使现在的音标文字做将来废除四声的先锋，岂不更好？——这种评论已是题外的话了。总而言之，标准字母的不曾决定，阻碍了这三十多年的音标文字教育的进行。这是音标文字运动失败的一个根本原因。

第二，音标文字是必须替代汉字的，而那个时期（尤其是那个时期的前半期）主张音标文字的人都还不敢明目张胆的提倡用拼音文字来替代汉字。这完全是时代的关系，我们不能过于责备他们。汉文的权威太大了，太尊严了，那时最大胆的人也不敢公然主张废汉字——其实他们就根本没有想到汉字是应该废的。最大胆的王照也得说：

> 今余私制此字母，纯为多数愚稚便利之计，非敢用之于读书临文。（《字母原序》）

劳乃宣说的更明白了：

> 中国六书之旨，广大精微，万古不能磨灭。简字（即字母）仅足为粗浅之用，其精深之义仍非用汉文不可。简字之于汉文，但能并行不悖，断不能稍有所妨。（《进呈简字谱录折》）

又说：

> 今请于简易识字学塾内附设此科。本塾正课仍以用学部课本教授汉字为主。简字仅为附属之科，专为不能识汉字者而设，与汉字正课并行不悖，两不相妨。盖资质不足以识千余汉字之人，本无识字之望，今令识此十数简字以代识字之用，乃增于能识汉字者之外，非分于能识汉字者之中也。（《请附设简字一科折》）

这样极端推崇汉字的人，他们提倡拼音文字，只是要为汉字添一种辅助工具，不是要革汉字的命。因为如此，所以桐城古文大家如吴汝纶、严复也可以赞成音标文字。吴汝纶游日本时，一面很钦羡日本的五十假名有统一语言的功用，一面却对日本学者说：

> 若文字之学，则中国故特胜，万国莫有能逮及之者！（《高田忠周古籀篇序》）

劳乃宣最能说明这种“两面心理”，他说：

> 字之为用，所以存其言之迹焉尔。……其体之繁简难易……各有所宜。欲其高深渊雅，则不厌繁难；取其便利敏捷，则必求简易。（《中国速记字谱序》）

这种心理的基础观念是把社会分作两个阶级，一边是“我们”士大夫，一边是“他们”齐氓细民。“我们”是天生聪明睿智的，所以不妨用二三十年窗下苦功去学那“万国莫有能逮及之”的汉字汉文。“他们”是愚蠢的，是“资质不足以识千余汉字之人”，所以我们必须给他们一种求点知识的简易法门。“我们”不厌繁难，而“他们”必求简易。在这种心理状态之下，汉文汉字的尊严丝毫没有受打击，拼音文字不过是士大夫丢给老百姓的一点恩物，决没有代替汉文的希望。士大夫一面埋头学做那死文字，一面提倡拼音文字，是不会有多大热心的。老百姓也不会甘心学那士大夫不屑学的拼音文字，因为老百姓也曾相信“将相本无种，男儿当自强”的宗教，如果他们要子弟读书识字，当然要他们能做八股，应科举，做状元宰相；他们决不会自居于“资质不足以识千余汉字”的阶级！所以提倡字母文字而没有废除汉字的决心，是不会成功的。这是音标文字运动失败的又一个根本原因。

第三，音标文字只可以用来写老百姓的活语言，而不能用来写士大夫的死文字。换句话说，拼音文字必须用“白话”做底子，拼音文学运动必须同时是白话文学运动。提倡拼音文字而不同时提倡白话文，是单有符号而无内容，那是必定失败的。王照最明白这一点，所以他再三说他的字母是“专拼俗话”的，“万不可用此字母拼文词”。王照很明白的说，他的字母运动必须是一个“白话教育”的运动。但民国成立以来，政客官僚多从文士阶级出身，他们大都不感觉白话文的好处，也不感觉汉文的难学；至于当权的武人，他们虽然往往不认得几担大字，却因此最迷信汉文汉字，往往喜欢写大字，做歪诗。所以到了革命以后，大家反不重视那最大多数人的教育工具了！这班政客武人的心里好像这样想：我们不靠老百姓的力量，也居然可以革命，可见普及教育并不是必要的了！在革命的前夕，我们还看见教育家江谦在他的“小学教育改良刍议”里说：“初等小学前三年，非主用合声简字国语，则教育断无普及之望。”这是很大胆的喊声。“合声简字国语”即是用字母拼音的白话文。但革命之后，这种喊声反而销沉了。民国二年的“读音统一会”是一个文人学者的会议，他们大都是舍不得抛弃汉文汉字的；当时政府的领袖也不是重视民众教育的。据王照的记载：

> 蔡孑民原意专为白话教育计，绝非为读古书注音。……而……开会宗旨规程……先定会名曰“读音统一”。读音云者，读旧书之音注也。既为读旧书之音注，自不得违音韵学家所命之字音，则多数人通用之语言自然被摒矣。……
>
> 正式开会之日，吴某（吴敬恒先生）登台演说，标出读书注音一大题目，于白话教育之义一字不提。……余（王照）登台演说造新字母原以拼白话为紧要主义，听者漠不为动，盖以其与会名不合，疑为题外之文也。（《书摘录官话字母原书各篇后》）

从拼官话的字母，退缩到读书注音的字母，这是绝大的退步。何况那注音的字母又还被教育部委托的学者搁置到六年之久方才公布呢？在那六年之中，北京有一班学者组织了一个国语研究会，成立于民国五年。他们注意之点是统一国语的问题，比那“读音统一”似乎进一步了；但他们的学者气味太重，他们不知道国语的统一决不是靠一两部读音字典做到的，所以他们的研究工作偏向于字母的形体，六千多汉字的注音，国音字典的编纂等项，这都是汉字注音的工作。他们完全忽略了“国语”是一种活的语言；他们不知道“统一国语”是承认一种活的语言，用它做教育与文学的工具，使全国的人渐渐都能用它说话、读书、作文。他们忽略了那活的语言，所以他们的国语统一工作只是汉字注音的工作，和国语统一无干，和白话教育也无干。这是那个音标文字运动失败的又一个根本原因。

## 03

以上两大段说的是文学革命的历史背景。这个背景有不相关联的两幕：一幕是士大夫阶级努力想用古文来应付一个新时代的需要，一幕是士大夫之中的明白人想创造一种拼音文字来教育那“芸芸亿兆”的老百姓。这两个潮流始终合不拢来。士大夫始终迷恋着古文字的残骸，“以为宇宙古今之至美，无可以易吾文者”（用王树枬《故旧文存》自序中语）。但他们又哀怜老百姓无知无识，资质太笨，不配学那“宇宙古今之至美”的古文，所以他们想用一种“便民文字”来教育小孩子，来“开通”老百姓。他们把整个社会分成两个阶级了：上等人认汉字，念八股，做古文；下等人认字母，读拼音文字的书报。当然这两个潮流始终合不拢来了。

他们全不了解，教育工具是彻上彻下，贯通整个社会的。小孩子学一种文字，是为他们长大时用的；他们若知道社会的“上等人”全瞧不起那种文字，全不用那种文字来著书立说，也不用那种文字来求功名富贵，他们决不肯去学，他们学了就永远走不进“上等”社会了！

一个国家的教育工具只可有一种，不可有两种。如果汉文汉字不配作教育工具，我们就应该下决心去废掉汉文汉字。如果教育工具必须是一种拼音文字，那么，全国上上下下必须一律采用这种拼音文字。如果拼音文字只能拼读白话文，那么，全国上上下下必须一律采用白话文。

那时候的中国知识分子是被困在重重矛盾之中的：

（一）他们明知汉文汉字太繁难，不配作教育的工具，可是他们总不敢说汉文汉字应该废除。

（二）他们明知白话文可以作"开通民智"的工具，可是他们自己总瞧不起白话文，总想白话文只可用于无知百姓，而不可用于上流社会。

（三）他们明白音标文字是最有效的教育工具，可是他们总不信这种音标文字是应该用来替代汉文汉字的。

这种种矛盾都由于缺乏一个自觉的文学革命运动。当时缺乏三种自觉的革命见解：

第一，那种所谓"宇宙古今之至美"的古文学是一种僵死了的残骸，不值得我们的迷恋。

第二，那种所谓"引车卖浆之徒"的俗话是有文学价值的活语言，是能够产生有价值有生命的文学的，并且早已产生出无数人人爱读的文学杰作来了。

第三，因为上面的两层理由，我们必须推倒那僵死的古文学，建立那有生命有价值的白话文学。

只有这些革命的见解可以解决上述的重重矛盾。打破了那"宇宙古今之至美"的迷梦，汉文的尊严和权威自然倒下来了。承认了那"引车卖浆之徒"的文学是中国正宗，白话文自然不会受社会的轻视了。有了活的白话文学的作品做底子，如果我们还要进一步提倡音标文字，那个音标文字运动成功的可能性就大得多了。

民国五、六年起来的中国文学革命运动，正是要供给这个时代所缺乏的几个根本见解。

我在《逼上梁山》一篇自述里，很忠实的记载了这个文学革命运动怎样“偶然”在国外发难的历史。我的朋友陈独秀先生曾说：

> 常有人说，白话文的局面是胡适之陈独秀一班人闹出来的。其实这是我们的不虞之誉。中国近来产业发达，人口集中，白话文完全是应这个需要而发生而存在的。适之等若在三十年前提倡白话文，只需章行严一篇文章便驳得烟消灰灭。此时章行严的崇论宏议有谁肯听？（《科学与人生观序》）

独秀这番议论是站在他的经济史观立场说的。我的《逼上梁山》一篇，虽然不是答复他的，至少可以说明历史事实的解释不是那么简单的，不是一个“最后之因”就可以解释了的。即如一千一百年前的临济和尚、德山和尚的徒弟们，在他们的禅林里听讲，忽然不用古文，而用一种生辣痛快的白话文来记载他们老师的生辣痛快的说话，就开创了白话散文的“语录体”。这件史实和“产业发达，人口集中”有什么相干！白话文产生了无数的文学杰作之后，忽然出了一个李梦阳，又出了一个何景明，他们提倡文学复古，散文回到秦汉，诗回到盛唐，居然也可以轰动一时，成为风气。后来方苞、姚鼐、曾国藩诸人出来，奠定桐城派古文的权威，也一样的轰动一时，成为风气。这些史实，难道都和产业的发达不发达，人口的集中不集中，有什么因果的关系！文学史上的变迁，“代有升降，而决不相沿，各极其变，各穷其趣”（用袁宏道的话），其中各有多元的，个别的，个人传记的原因，都不能用一个“最后之因”去解释说明。

中国白话文学的运动当然不完全是我们几个人闹出来的，因为这里的因子是很复杂的。我们至少可以指出这些最重要的因子：第一，是我们有了一千多年的白话文学作品；禅门语录，理学语录，白话诗词曲子，白话小说。若不靠这一千多年的白话文学作品把白话写定了，白话文学的提倡必定和提倡拼音文字一样的困难，决不能几年之内风行全国。第二，是我们的老祖宗在两千年之中，渐渐的把一种大同小异的“官话”推行到了全国的绝大部分：从满洲里直到云南，从河套直到桂林，从丹阳直到川边，全是官话区域。若没有这一大块地盘的人民全说官话，我们的“国语”问题就无从下手了。第三，是我们的海禁开了，和世界文化接触了，有了参考比较的资料，尤其是欧洲近代国家的国语文学次第产生的历史，使我们明了我们自己的国语文学的历史，使我们放胆主张建立我们自己的文学革命。——这些都是超越个人的根本因素，都不是我们几个人可以操纵的，也不是“产业发达，人口集中”一个公式可以包括的。

此外，还有几十年的政治的原因。第一，是科举制度的废除(1905 年)。八股废了，试帖诗废了；策论又跟着八股试帖废了，那笼罩全国文人心理的科举制度现在不能再替古文学做无敌的保障了。第二，是满清帝室的颠覆，专制政治的根本推翻，中华民国的成立(1911—1912 年)。这个政治大革命虽然不算大成功，然而它是后来种种革新事业的总出发点，因为那个顽固腐败势力的大本营若不颠覆，一切新人物与新思想都不容易出头。戊戌（1898 年）的百日维新，当不起一个顽固老太婆的一道谕旨，就全盘推翻了。独秀说：

> 适之等若在三十年前提倡白话文，只需章行严一篇文章便驳得烟消灰灭。

这话是很有理的。我们若在满清时代主张打倒古文，采用白话文，只需一位御史的弹本就可以封报馆捉拿人了。但这全是政治的势力，和“产业发达，人口集中”无干。当我们在民国时代提倡白话文的时候，林纾的几篇文章并不曾使我们烟消灰灭，然而徐树铮和安福部的政治势力却一样能封报馆捉人。今日的“产业发达，人口集中”岂不远过民国初元了？然而一两个私人的政治势力也往往一样可以阻碍白话文的推行发展。幸而帝制推倒以后，顽固的势力已不能集中作威作福了，白话文运动虽然时时受点障害，究竟还不到“烟消灰灭”的地步。这是我们不能不归功到政治革命的先烈的。

至于我们几个发难的人，我们也不用太妄自菲薄，把一切都归到那“最后之因”。陆象山说得最好：

> 且道天地间有个朱元晦陆子静，便添得些子。无了后便减得些子。

白话文的局面，若没有“胡适之陈独秀一班人”，至少也得迟出现二三十年。这是我们可以自信的。《逼上梁山》一篇是要用我保存的一些史料来记载一个思想产生的历史。这个思想不是“产业发达，人口集中”产生出来的，是许多个别的，个人传记所独有的原因合拢来烘逼出来的。从清华留美学生监督处一位书记先生的一张传单，到凯约嘉湖上一只小船的打翻；从进化论和实验主义的哲学，到一个朋友的一首打油诗；从但丁（Dante）、却叟（Chaucer）、马丁·路德（Martin Luther）诸人的建立意大利英吉利德意志的国语文学，到我儿童时代偷读的《水浒传》、《西游记》、《红楼梦》——这种种因子都是独一的，个别的；他们合拢来，逼出我的“文学革命”的主张来。我想，如果独秀肯写他的自传，他的思想转变的因素也必定有同样的复杂，也必定不是经济史观包括得了的。治历史的人应该向这种传记材料里去寻求那多元的，个别的因素，而不应该走偷懒的路，妄想用一个“最后之因”来解释一切的历史事实。无论你抬出来的“最后之因”是“神”，是“性”，是“心灵”，或是“生产方式”，都可以解释一切历史：但是，正因为个个“最后之因”都可以解释一切历史，所以都不能解释任何历史了！等到你祭起了你那“最后之因”的法宝解决一切历史之后，你还得解释“同在这个‘最后之因’之下，陈独秀为什么和林琴南不同？胡适为什么和梅光迪、胡先骕不同？”如果你的

"最后之因"可以解释胡适，同时又可以解释胡先骕，那岂不是同因而不同果，你的"因"就不成真因了。所以凡可以解释一切历史的"最后之因"，都是历史学者认为最无用的玩意儿，因为他们其实都不能解释什么具体的历史事实。

## 04

现在我们可以叙述中国新文学运动的理论了。

简单说来，我们的中心理论只有两个：一个是我们要建立一种"活的文学"，一个是我们要建立一种"人的文学"。前一个理论是文字工具的革新，后一种是文学内容的革新。中国新文学运动的一切理论都可以包括在这两个中心思想的里面。

我最初提出的"八事"，和独秀提出的"三大主义"，都顾到形式和内容的两方面。我提到"言之有物"，"不摹仿古人"，"不作无病之呻吟"，都是文学内容的问题。独秀提出的三大主义——推倒贵族文学，建设国民文学；推倒古典文学，建设写实文学；推倒山林文学，建设社会文学——也不曾把内容和形式分开。钱玄同先生响应我们的第一封信也不曾把这两方面分开。但我们在国外讨论的结果，早已使我们认清这回作战的单纯目标只有一个，就是用白话来作一切文学的工具。我在 1916 年 7 月，就有了这几条结论：

> 今日之文言乃是一种半死的文字，今日之白话是一种活的语言。白话不但不鄙俗，而且甚优美适用。白话并非文言之退化，乃是文言之进化。白话可以产生第一流文学，已产生小说、戏剧、语录、诗词，此四者皆有史事可证。白话的文学为中国千年来仅有之文学；其非白话文学，皆不足与于第一流文学之列。

所以我的总结论是：

今日所需乃是一种可读，可听，可歌，可讲，可记的言语。要读书不须口译，演说不须笔译，要施诸讲坛舞台而皆可，诵之村妪妇孺皆可懂。不如此者，非活的言语也，决不能成为吾国之国语也，决不能产生第一流的文学也。（看《逼上梁山》第四节）

所以我的《文学改良刍议》的最后一条就是提出这个主张：

……以今世历史进化的眼光观之，则白话文学之为中国文学之正宗，又为将来文学必用之利器，可断言也。

以此之故，吾主张今日作文作诗宜采用俗语俗字。与其用三千年前之死字，不如用二十世纪之活字；与其用不能行远不能普及之秦汉六朝文字，不如作家喻户晓之《水浒》、《西游》文字也。

这个“白话文学工具”的主张，是我们几个青年学生在美洲讨论了一年多的新发明，是向来论文学的人不曾自觉的主张的。凡向来旧文学的一切弊病——如骈偶，如用典，如烂调套语，如摹仿古人——都可以用这一个新工具扫的干干净净。独秀指出旧文学该推倒的种种的毛病——雕琢，阿谀，陈腐，铺张，迂晦，艰涩——也都可以用这一把斧头砍的干干净净。例如我们那时谈到“不用典”一项，我们自己费了大劲，说来说去总说不圆满；后来玄同指出用白话可以“驱除用典”了，正是一针见血的话。

所以文学革命的作战方略，简单说来，只有“用白话作文作诗”一条是最基本的。这一条中心理论，有两个方面：一面要推倒旧文学，一面要建立白话为一切文学的工具。在那破坏的方面，我们当时采用的作战方法是“历史进化的文学观”，就是说：

文学者，随时代而变迁者也。一时代有一时代之文学……各因时势风会而变，各有其特长。……唐人不当作商周之诗，宋人

不当作相如子云之赋，即令作之，亦必不工。逆天背时，故不能工也。……今日之中国，当造今日之文学。(《文学改良刍议》二)

后来我在《历史的文学观念论》里，又详细说明这个见解。这种思想固然是达尔文以来进化论的影响，但中国文人也曾有很明白的主张文学随时代变迁的。最早倡此说的是明朝晚期公安袁氏三弟兄（看袁宗道的《论文上下》；袁宏道的《雪涛阁集序》，《小修诗序》；袁中道的《花雪赋行》，《宋元诗序》。诸篇均见沈启无编的《近代散文抄》，北平人文书店出版）。清朝乾隆时代的诗人袁枚、赵翼也都有这种见解，大概都颇受了三袁的思想的影响。我当时不曾读袁中郎弟兄的集子；但很爱读《随园集》中讨论诗的变迁的文章。我总觉得，袁枚虽然明白了每一时代应有那个时代的文学，他的历史眼光还不能使他明白他们那个时代的文学正宗已不是他们作古文古诗的人，而是他们同时代的吴敬梓、曹雪芹了。

我们要用这个历史的文学观来做打倒古文学的武器，所以屡次指出古今文学变迁的趋势，无论在散文或韵文方面，都是走向白话文学的大路。

夫白话之文学，不足以取富贵，不足以邀声誉，不列于文学之正宗，而卒不能废绝者，岂无故耶？岂不以此为吾文学趋势自然如此，故不可禁遏而日以昌大耶？愚以深信此理，故又以为今日之文学当以白话文学为正宗。(《历史的文学观念论》)

从文学史的趋势上承认白话文学为“正宗”。这就是正式否认骈文古文律诗古诗是“正宗”。这是推翻向来的正统，重新建立中国文学史上的正统。所以我说：

然则吾辈又何必攻古文家乎？吾辈主张“历史的文学观念”，

而古文家则反对此观念也。吾辈以为今人当造今人之文学，而古文家则以为今人作文必法马、班、韩、柳，其不法马、班、韩、柳者非文学之“正宗”也。吾辈之攻古文家，正以其不明文学之趋势而强欲作一千年二千年以上之古文。此说不破，则白话之文学无有列为文学正宗之一日，而世之文人将犹鄙薄之以为小道邪径而不肯以全力经营造作之。如是，则吾国将永无以全副精神实地试验白话文学之日。夫不以全副精神造文学而望文学之发生，此犹不耕而求获，不食而求饱也，亦终不可得矣。施耐庵、曹雪芹诸人所以能有成者，正赖其有特别胆力，能以全力为之耳。（同上）

我们特别指出白话文学是中国文学史上的“自然趋势”，是不够打倒死文学的权威的，必须还有一种自觉的，有意的主张，方才能够做到文学革命的效果。欧洲近代国语文学的起来，都有这种自觉的主张，所以收效最快。中国有了一千多年的白话文学，只因为无人敢公然主张用白话文学来替代古文学，所以白话文学始终只是民间的“俗文学”，不登大雅之堂，不能取死文学而代之。我们再三指出这个文学史的自然趋势，是要利用这个自然趋势所产生的活文学来正式替代古文学的正统地位。简单说来，这是用谁都不能否认的历史事实来做文学革命的武器。

我特别注重这个历史的看法，这固然是我个人的历史癖，但在当时这种新的文学史见解不但是需要的，并且是最有效的武器。国内一班学者文人并非不熟中国历史上的重要事实，他们所缺乏的只是一种新的看法。譬如孔子，旧看法是把他看作“德侔天地，道冠古今”的大圣人，新看法是把他看作许多哲人里面的一个。把孔子排在老子、墨子一班人之中，用百家平等的眼光去评量他们的长短得失，我们就当然不会过分的崇拜迷信孔子了。文学史也是一样的。旧日讲文学史的人，只看见了那死文学的一线相承，全不看见那死文学的同时还有一条“活文学”的路线。他们只看见韩愈、柳宗元，却不知道韩、柳同时还有几个伟大的和尚正在那儿用生辣痛快的白话来讲学。他们只看见许衡、姚燧、虞集、欧阳玄，却不知道许衡、姚燧、虞集、欧阳玄同时还有关汉卿、马东篱、贯酸斋等等无数的天才正在那儿用漂亮朴素的白话来唱小曲，编杂剧。他们只看见了李梦阳、何景明、王世贞，至多只看见了公安、竟陵的偏锋文学，他们却看不见何、李、袁、谭诸人同时还有无数的天才正在那儿用生动美丽的白话来创作《水浒传》《金瓶梅》《西游记》和《三言》《二拍》的短篇小说，《擘破玉》《打枣竿》《挂枝儿》的小曲子。他们只看见了方苞、姚鼐、恽敬、张惠言、曾国藩、吴汝纶，他们全不看见方、姚、曾、吴同时还有更伟大的天才正在那儿用流利深刻的白话来创作《醒世姻缘》《儒林外史》《红楼梦》《镜花缘》《海上花列传》。我们在那时候所提出的新的文学史观，正是要给全国读文学史的人们戴上一副新的眼镜，使他们忽然看见那平时看不见的琼楼玉宇，奇葩瑶草，使他们忽然惊叹天地之大，历史之全！大家戴了新眼镜去重看中国文学史，拿《水浒传》《金瓶梅》来比当时的正统文学，当然不但何、李的假古董不值得一笑，就是公安、竟陵也都成了扭扭捏捏的小家子了！拿《儒林外史》《红楼梦》来比方、姚、曾、吴，也当然再不会发那“举天下之美，无以易乎桐城姚氏者也”的伧陋见解了！所以那历史进化的文学观，初看去好像貌不惊人，其实是一种“哥白尼的天文革命”：哥白尼用太阳中心说代替了地中心说，此话一出就使天地易位，宇宙变色；历史进化的文学观用白话正统代替了古文正统，就使那“宇宙古今之至美”从那七层宝座上倒栽下来，变成了“选学妖孽，桐城谬种”！（这两个名词是玄同创的。）从“正宗”变成了“谬种”，从“宇宙古今之至美”变成了“妖魔”“妖孽”，这是我们的“哥白尼革命”。

在建设的方面，我们主张要把白话建立为一切文学的唯一工具。所以我回国之后，决心把一切枝叶的主张全抛开，只认定这一个中心的文学工具革命论是我们作战的“四十二生的大炮”。这时候，蔡元培先生介绍北京国语研究会的一班学者和我们北大的几个文学革命论者会谈。他们都是抱着“统一国语”的弘愿的，所以他们主张要先建立一种“标准国语”。我对他们说：标准国语不是靠国音字母或国音字典定出来的。凡标准国语必须是“文学的国语”，就是那有文学价值的国语。国语的标准是伟大的文学家定出来的，决不是教育部的公文定得出来的。国语有了文学价值，自然受文人学士的欣赏使用，然后可以用来做教育的工具，然后可以用来做统一全国语言的工具。所以我主张，不要管标准的有无，先从白话文学下手，先用白话来努力创造有价值有生命的文学。

所以我在民国七年四月发表《建设的文学革命论》，把文学革命的目标化零为整，归结到“国语的文学，文学的国语”十个大字：

> 我们所提的文学革命，只是要替中国创造一种国语的文学。有了国语的文学，方才可以有文学的国语。有了文学的国语，我们的国语才可算得真正国语。国语没有文学，便没有价值，便不能成立，便不能发达。

这是《建设的文学革命论》的大旨。这时候，我们一班朋友聚在一处，独秀、玄同、半农诸人都和我站在一条线上，我们的自信心更强了。独秀早已宣言：

> 改良中国文学，当以白话为文学正宗之说，其是非甚明，必不容反对者有讨论之余地，必以吾辈所主张为绝对之是，而不容他人之匡正也。（六年五月）

玄同也极端赞成这几句话。他说：

> 此等论调虽若过悍，然对于迂谬不化之选学妖孽与桐城谬种，

> 实不能不以如此严厉面目加之。（六年七月二日寄胡适书）

我受了他们的“悍”化，也更自信了。在那篇文里，我也武断的说：

> 这二千年的文人所做的文学都是死的，都是用已经死了的语言文字做的。死文字决不能产出活文学。所以中国这二千年只有些死文学，只有些没有价值的死文学。……中国若想有活文学，必须用白话，必须用国语，必须做国语的文学。

在下文我提出“文学的国语”的问题。

> 我们提倡新文学的人，尽可不必问今日中国有无标准国语，我们尽可努力去做白话的文学。我们可尽量采用《水浒》、《西游记》、《儒林外史》、《红楼梦》的白话；有不合今日的用的，便不用他；有不够用的，便用今日的白话来补助；有不得不用文言的，便用文言来补助。这样做去，决不愁语言文字不够用，也决不愁没有标准国语。中国将来的新文学用的白话，就是将来中国的标准国语。造中国将来白话文学的人，就是制定标准国语的人。

我的家乡土话是离官话很远的；我在学校里学得的上海话也不在官话系统之内。我十六七岁时在《竞业旬报》上写了不少的白话文，那时我刚学四川话。我写的白话差不多全是从看小说得来的。我的经验告诉我：《水浒》《红楼》《西游》《儒林外史》一类的小说早已给了我们许多白话教本，我们可以从这些小说里学到写白话文的技能。所以我大胆的劝大家不必迟疑，尽量的采用那些小说的白话来写白话文。其实那个时代写白话诗文的许多新作家，没有一个不是从旧小说里学来的白话做起点的。那些小说是我们的白话老师，是我们的国语模范文，是我们的国语“无师自通”速成学校。

直到《新潮》出版之后，傅斯年先生在他的《怎样做白话文》里，才提出两条最重要的修正案。他主张：第一，白话文必需根据我们说的活语言，必须先讲究说话。话说好了，自然能做好白话文。第二，白话文必不能避免“欧化”，只有欧化的白话方才能够应付新时代的新需要。欧化的白话文就是充分吸收西洋语言的细密的结构，使我们的文字能够传达复杂的思想，曲折的理论。傅先生提出的两点，都是最中肯的修正。旧小说的白话实在太简单了，在实际应用上，大家早已感觉有改变的必要了。初期的白话作家，有些是受过西洋语言文字的训练的，他们的作风早已带有不少的“欧化”成分。虽然欧化的程度有多少的不同，技术也有巧拙的不同，但明眼的人都能看出，凡具有充分吸收西洋文学的法度的技巧的作家，他们的成绩往往特别好，他们的作风往往特别可爱。所以欧化白话文的趋势可以说是在白话文学的初期已开始了。傅先生的另一个主张——从说话里学作白话文——在那个时期还不曾引起一般作家的注意。中国文人大都是不讲究说话的，况且有许多作家生在官话区域以外，说官话多不如他们写白话的流利。所以这个主张言之甚易，而实行甚难。直到最近时期，才有一些作家能够忠实的描摹活的语言的腔调神气，有时还能充分采纳各地的土话。近年小说最能表示这个趋势。近年白话文学的倾向是一面大胆的欧化，一面又大胆的方言化，就使白话文更丰富了。傅先生指出的两个方向，可以说是都开始实现了。

我们当时抬出“国语的文学，文学的国语”的作战口号，做到了两件事：一是把当日那半死不活的国语运动救活了；一是把“白话文学”正名为“国语文学”，也减少了一般人对于“俗语”“俚语”的厌恶轻视的成见。

我们在前一章已说过，民元以后的音标文字运动变成了读音注音的运动，变成了纸上的读音统一运动。他们虽然也有小学国文教科书改用国语的议论，但古文学的权威未倒，白话文学的价值未得一般文人的承认，他们的议论是和前一期的拼音文字运动同样的无力量的。士大夫自己若不肯用拼音文字，我们就不能用拼音文字教儿童和老百姓；士大夫自己若不肯做白话文，我们也不配用白话教儿童和老百姓。我们深信：若要把白话变成教育的工具，我们必须先把白话认作最有价值最有生命的文学工具。所以我们不管那班国语先生们的注音工作和字典工作，我们只努力提倡白话的文学，国语的文学。国语先生们到如今还不能决定国语应该用“京音”（北平语）作标准，还是用“国音”（读音统一会公决的国音）作标准。他们争了许久，才决定用“北平曾受中等教育的人的口语”为国语标准。但是我们提倡国语文学的人，从来不发生这种争执。《红楼梦》《儿女英雄传》的北京话固然是好白话，《儒林外史》和《老残游记》的中部官话也是好白话。甚至于《海上花列传》的用官话叙述，用苏州话对白，我们也承认是很好的白话文学。甚至于欧化的白话，只要有艺术的经营，我们都承认是正当的白话文学。这二十年的白话文学运动的进展，把“国语”变丰富了，变新鲜了，扩大了，加浓了，更深刻了。

我在那时曾提出一个历史的“国语”定义。我说：

> 我们如果考察欧洲近世各国国语的历史，我们应该知道没有一种国语是先定了标准才发生的；没有一国不是先有了国语然后有所谓标准的。
>
> 凡是国语的发生，必是先有了一种方言比较的通行最远，比较的产生了最多的活文学，可以采作国语的中坚分子；这个中坚分子的方言，逐渐推行出去，随时吸收各地方言的特别贡献，同时便逐渐变换各地的土话；这便是国语的成立。有了国语，有了国语的文学，然后有些学者起来研究这种国语的文法，发音法等等；然后有字典，词典，文典，言语学等等出来；这才是国语标准的成立。（《国语讲习所同学录序》，九年五月）

国语必须是一种具有双重资格的方言：第一须流行最广，第二已产生了有价值的文学。流行最广，所以了解的人多；已产生了文学，所以有写定的符号可用。一般人似乎不很明白这两个条件的重要。我们试看古白话的文件，“什么”或作“是没”，或作“是勿”；“这个”或作“者个”，或作“遮个”；“呢”字古人写作“聻”字；“们”字古写作“懑”字、“每”字。自从几部大小说出来之后，这些符号才渐渐统一了。文字符号写定之后，语言的教学才容易进行。所以一种方言必须具有那两重条件，方才有候补国语的资格：

> 我们现在提倡的国语，也有一个中坚分子，就是那从东三省到四川、云南、贵州，从长城到长江流域，最通行的一种大同小异的普通话。这种普通话在这七八百年中已产生了一些有价值的文学，已成了通俗文学——从《水浒传》《西游记》直到《老残游记》——的利器。它的势力，借着小说和戏剧的力量，加上官场和商人的需要，早已侵入那些在国语区域以外的许多的地方了。现在把这种已很通行又已产生文学的普通话认为国语，推行出去，使它们成为全国学校教科书的用语，使它成为全国报纸杂志的文学，使它成为现代和将来的文学用语：这是建立国语的唯一方法。（同上）

这是我们在建立国语方面的中心理论。

总而言之，我们所谓“活的文学”的理论，在破坏方面只是说“死文字决不能产生活文学”，只是要用一种新的文学史观来打倒古文学的正统而建立白话文学为中国文学的正宗；在建设方面只是要用那向来被文人轻视的白话来做一切文学的唯一工具，要承认那流行最广而又产生了许多第一流文学作品的白话是有“文学的国语”的资格的，可以用来创造中国现在和将来的新文学，并且要用那“国语的文学”

来做统一全民族的语言的唯一工具。

至今还有一班人信口批评当日的文学革命运动，嘲笑它只是一种“文字形式”的改革。对于这班人的批评，我在十六年前早已给他们留下答复了，那时候我说：

> 近来稍稍明白事理的人，都觉得中国文学有改革的必要。即如我的朋友任叔永他也说：“乌乎！适之！吾人今日言文学革命，乃诚见今日文学有不可不改革之处，非特文言白话之争而已。”甚至于南社的柳亚子也要高谈文学革命。但是他们的文学革命论只提出一种空荡荡的目的，不能有一种具体进行的计划。他们都说文学革命决不是形式上的革命，决不是文言白话的问题。等到有人问他们究竟他们所主张的革命“大道”是什么，他们可回答不出了。这种没有具体计划的革命——无论是政治的是文学的——决不能发生什么效果。我们认定文字是文学的基础，故文学革命的第一步就是文字问题的解决。我们认定“死文字定不能产生活文学”，故我们主张若要造一种活的文学，必须用白话来做文学的工具。我们也知道单有白话未必就能造出新文学；我们也知道新文学必须要有新思想做里子。但是我们认定文学革命须有先后的程序：先要做到文字体裁的大解放，方才可以用来做新思想新精神的运输品。我们认定白话实在有文学的可能，实在是新文学的唯一利器。（《尝试集》自序，八年八月）

我在十六年前也曾给他们留下更明白的答复：

> 文学革命的运动，不论古今中外，大概都是从“文的形式”一方面下手，大概都是先要求语言文字文体等方面的大解放。欧洲三百年前各国的国语文学起来替代拉丁文学时，是语言文字的大解放；十八十九世纪法国嚣俄、英国华茨活等人所提倡的文学

改革，是诗的语言文字的解放。……这一次中国文学的革命运动，也是先要求语言文字和文体的解放。新文学的语言是白话的，新文学的文体是自由的，是不拘格律的。初看起来，这都是“文的形式”一方面的问题，算不得重要。却不知道形式和内容有密切的关系。形式上的束缚，使精神不能有自由发展，使良好的内容不能充分表现。若想有一种新内容和新精神，不能不先打破那些束缚精神的枷锁镣铐。（《谈新诗》，八年十月）

现在那些说俏皮话的“文学革命家”为什么不回到二十年前的骈文古文里去寻求他们的革命“大道”呢？

05

现在要说说中国新文学运动的第二个作战口号：“人的文学”。

我在上文已说过，我们开始也曾顾到文学的内容的改革。例如玄同先生和我讨论中国小说的长信，就是文学内容革新的讨论。但当那个时期，我们还没有法子谈到新文学应该有怎样的内容。世界的新文艺都还没有踏进中国的大门里，社会上所有的西洋文学作品不过是林纾翻译的一些十九世纪前期的作品，其中最高的思想不过是迭更司的几部社会小说；至于代表十九世纪后期的革新思想的作品都是国内人士所不曾梦见。所以在那个贫乏的时期，我们实在不配谈文学内容的革新，因为文学内容是不能悬空谈的，悬空谈了也决不会发生有力的影响。例如我在《文学改良刍议》里曾说文学必须有“高远之思想，真挚之情感”，那就是悬空谈文学内容了。

民国七年一月《新青年》复活之后，我们决心做两件事：一是不作古文，专用白话作文；一是翻译西洋近代和现代的文学名著。那一年的六月里，《新青年》出了一本“易卜生专号”，登出我和罗家伦先生合译的《娜拉》全本剧本，和陶履恭先生译的《国民之敌》剧本。

这是我们第一次介绍西洋近代一个最有力量的文学家，所以我写了一篇《易卜生主义》。在那篇文章里，我借易卜生的话来介绍当时我们新青年社的一班人公同信仰的“健全的个人主义”。易卜生说：

> 我所最期望于你的是一种真正纯粹的为我主义，要使你有时觉得天下只有关于你的事最要紧，其余的都算不得什么。
>
> ……你要想有益于社会，最好的法子莫如把你自己这块材料铸造成器。……有时候，我真觉得全世界都像海上撞沉了的船，最要紧的还是救出自己。

娜拉抛弃了她的丈夫儿女，深夜出门走了，为的是让他相信自己“是一个人”，他有对他自己应尽的神圣责任：“无论如何，我务必努力做一个人!”《国民之敌》剧本里的主人翁斯铎曼医生宁可叫全体市民给他加上“国民之敌”的徽号，而不肯不说老实话，不肯不宣扬他所认得的真理。他最后宣言道：“世上最强有力的人就是那最孤立的人!”这样特立独行的人格就是易卜生要宣传的“真正纯粹的个人主义”。

次年（七年）12 月里，《新青年》（五卷六号）发表周作人先生的《人的文学》。这是当时关于改革文学内容的一篇最重要的宣言。他开篇就说：

> 我们现在应该提倡新的文学，简单的说一句，是“人的文学”，应该排斥的，便是反对的非人文学。

他解释这个“人”字如下：

> 我所说的人，乃是“从动物进化的人类”。其中有两个要点：（一）“从动物”进化的；（二）从动物“进化”的。
>
> 我们承认人是一种生物，他的生活现象与别的动物并无不同。

> 所以我们相信人的一切生活本能都是美的善的，应得完全满足。凡有违反人性不自然的习惯制度，都应排斥改正。
>
> 但我们又相信人是一种从动物进化的生物，他……有能改造生活的力量。所以我们相信人类以动物的生活为生存的基础，而其内面生活却渐与动物相远，终能达到高尚和平的境地。凡兽性的余留，与古代礼法可以阻碍人性向上的发展者，也都应排斥改正。……
>
> 换一句话说，所谓从动物进化的人，也便是指“灵肉一致”的人。……
>
> 人的理想生活……首先便是改良人类的关系……须营一种利己而又利他，利他即是利己的生活。第一，便是各人以心力的劳作换得适当的衣食住与医药，能保持健康的生存。第二，革除一切人道以下或人力以上的因袭的礼法，使人人能享自由真实的幸福生活。
>
> 我所说的人道主义，并非世间所谓“悲天悯人”或“博施济众”的慈善主义！乃是一种个人主义的人间本位主义。……用这人道主义为本，对于人生诸问题加以记录研究的文字，便谓之“人的文学”。

这是一篇最平实伟大的宣言（他的详细节目，至今还值得细读）。周先生把我们那个时代所要提倡的种种文学内容，都包括在一个中心观念里，这个观念他叫做“人的文学”。他要用这一个观念来排斥中国一切“非人的文学”（他列举了十大类），来提倡“人的文学”。他所谓“人的文学”，说来极平常，只是那些主张“人情以内，人力以内”的“人的道德”的文学。

在周作人先生所排斥的十类“非人的文学”之中，有《西游记》《水浒传》《七侠五义》等等。这是很可注意的。我们一面夸赞这些旧小说的文学工具（白话），一面也不能不承认他们的思想内容实在不高明，够不上“人的文学”。用这个新标准去评估中国古今的文学，真正站得住脚的作品就很少了。所以周先生的结论是：“还须介绍译述外国的著作，扩大读者的精神，眼里看见了世界的人类，养成人的道德，实现人的生活。”

关于文学内容的主张，本来往往含有个人的嗜好，和时代潮流的影响。《新青年》的一班朋友在当年提倡这种淡薄平实的“个人主义的人间本位”，也颇能引起一班青年男女向上的热情，造成一个可以称为“个人解放”的时代。然而当我们提倡那种思想的时候，人类正从一个“非人的”血战里逃出来，世界正在起一种激烈的变化。在这个激烈的变化里，许多制度与思想又都得经过一种“重新估价”。十几年来，当日我们一班朋友郑重提倡的新文学内容渐渐受一班新的批评家的指摘，而我们一班朋友也渐渐被人唤作落伍的维多利亚时代的最后代表者了！

那些更新颖的文学议论，不在我们编的这一册的范围之中，我们现在不讨论了。

## 06

我在这篇导言里，只做到了两点：第一是叙述并补充了文学革命的历史背景（音标文字运动的部分是补充的）。第二是简单的指出了文学革命的两个中心理论的含义，并且指出了这一次文学革命的主要意义实在只是文学工具的革命。这一册的题目是“建设理论集”，其实也可以叫做“革命理论集”，因为那个文学革命一面是推翻那几千年因袭下来的死工具，一面是建立那千年来已有不少文学的成绩的活工具；用那活的白话文学来替代那死的古文学，可以叫做大破坏，可以叫做大解放，也可以叫做“建设的文学革命”。

在那个文学革命的稍后一个时期，新文学的各个方面（诗、小说、戏剧、散文）都引起了不少的讨论。引起讨论最多的当然第一是诗，第二是戏剧。这是因为新诗和新剧的形式和内容都需要一种根本的革命；诗的完全用白话，甚至于不用韵，戏剧的废唱等等，其革新的成分都比小说和散文大的多，所以他们引起的讨论也特别多。文学革命在海外发难的时候，我们早已看出白话散文和白话小说都不难得着承认，最难的大概是新诗，所以我们当时认定建立新诗的唯一方法是要鼓励大家来用白话作新诗。后来作诗的人多了，有些是受了英美民族的文学的影响比较多的，于是新诗的理论也就特别多了。中国旧戏虽然已到了末路，但在当时也还有不少迷信唱功台步脸谱的人，所以在那拥护旧戏和主张新剧的争论里，也产生了一些关于戏剧的讨论。

我在本文开篇时说过，“人们要用你结的果子来评判你”，文学革命的第一个十年结的果子就是那近十年来努力创作的成绩。我们看了这二十年的新文学创作的成绩，至少可以说中国文学革命运动不是一个不孕的女人，不是一株不结实的果子树。耶稣在山上很感动的说：“收成是好的，可惜做工的人太少了！”中国文学革命的历史的基础全在那一千年中这儿那儿的一些大胆的作家，因为忍不住艺术的引诱，创作出来的一些白话文学。中国文学革命将来的最后胜利，还得靠今后的无数作家，在那点历史的基础之上，在这二十年来的新辟的园地之上，努力建筑起无数的伟大高楼大厦来。

在文学革命的初期提出的那些个别的问题之中，只有一个问题还没有得着充分的注意，也没有多大的进展——那就是汉字改用音标文字的问题（看钱玄同先生《中国今后之文学问题》和傅斯年先生的《汉语改用拼音文字的初步谈》两篇）。我在上文已说过，拼音文字只可以拼活的白话，不能拼古文；在那个古文学的权威毫未动摇的时代，大家看不起白话，更没有用拼音文字的决心，所以音标文字的运动不会有成功的希望。如果因为白话文学的奠定和古文学的权威的崩溃，音标文字在那不很辽远的将来能够替代了那方块的汉字做中国四万万人的教育工具和文学工具了，那才可以说是中国文学革命的更大收获了。

原载《中国新文学大系》第一集《建设理论集》，1935 年 10 月 15 日

上海良友图书印刷公司出版。此文后经胡适删改，改名为《中国新文学运动小史》，1958 年台北启明书局出版。

# 修身篇

# 一个最低限度的国学书目

## 序言

这个书目是我答应清华学校胡君敦元等四个人拟的。他们都是将要往外国留学的少年，很想在短时期中得着国故学的常识。所以我拟这个书目的时候，并不为国学有根底的人设想，只为普通青年人想得一点系统的国学知识的人设想。这是我要声明的第一点。

这虽是一个书目，却也是一个法门。这个法门可以叫作“历史的国学研究法”。这四五年来，我不知收到多少青年朋友询问“治国学有何门径”的信。我起初也学着老前辈们的派头，劝人从“小学”入手，劝人先通音韵训诂。我近来忏悔了！那种话是为专家说的，不是为初学人说的；是学者装门面的话，不是教育家引人入胜的法子。音韵训诂之学自身还不曾整理出个头绪系统来，如何可作初学人的入手功夫？十几年的经验使我不能不承认音韵训诂之学只可以做“学者”的工具，而不是“初学”的门径。老实说来，国学在今日还没有门径可说；那些国学有成绩的人大都是下死功夫笨干出来的。死功夫固是重要，但究竟不是初学的门径。对初学人说法，须先引起他的真兴趣，他然后肯下死功夫。在这个没有门径的时候，我曾想出一个下手方法来：就是用历史的线索做我们的天然系统，用这个天然继续演进的顺序做我们治国学的历程。这个书目便是依着这个观念做的。这个书目的顺序便是下手的法门。这是我要声明的第二点。

这个书目不单是为私人用的，还可以供一切中小学校图书馆及地方公共图书馆之用。所以每部书之下，如有最易得的版本，皆为注出。

**（一）工具之部**

《书目举要》（周贞亮，李之鼎）南城宜秋馆本。这是书目的书目。

《书目答问》（张之洞）刻本甚多，近上海朝记书庄有石印“增辑本”，最易得。

《四库全书总目提要》，附存目录，广东图书馆刻本，又点石斋石印本最方便。

《汇刻书目》（顾修）顾氏原本已不适用，当用朱氏增订本，或上海、北京书店翻印本，北京有益堂翻本最廉。

《续汇刻书目》（罗振玉）双鱼堂刻本。

《史姓韵编》（汪辉祖）刻本稍贵，石印本有两种。此为《二十四史》的人名索引，最不可少。

《中国人名大辞典》（商务印书馆）。

《历代名人年谱》（吴荣光）北京晋华书局新印本。

《世界大事年表》（傅运森）商务印书馆。

《历代地理韵编》《清代舆地韵编》（李兆洛）广东图书馆本，又坊刻《李氏五种》本。

《历代纪元编》（六承如）《李氏五种》本。

《经籍纂诂》（阮元等）点石斋石印本可用。读古书者，于寻常字典外，应备此书。

《经传释词》（王引之）通行本。

《佛学大辞典》（丁福保等译编）上海医学书局。

（二）思想史之部

《中国哲学史大纲》上卷（胡适）商务印书馆。

二十二子：《老子》《庄子》《管子》《列子》《墨子》《荀子》《尸子》《孙子》《孔子集语》《晏子春秋》《吕氏春秋》《贾谊新书》《春秋繁露》《扬子法言》《文子缵义》《黄帝内经》《竹书纪年》《商君书》《韩非子》《淮南子》《文中子》《山海经》浙江公立图书馆（即浙江书局）刻本。上海有铅印本亦尚可用。汇刻子书，以此部为最佳。

《四书》（《论语》，《大学》，《中庸》，《孟子》）最好先看白文，或用朱熹集注本。

《墨子间诂》（孙诒让）原刻本，商务印书馆影印本。

《庄子集释》（郭庆藩）原刻本，石印本。

《荀子集注》（王先谦）原刻本，石印本。

《淮南鸿烈集解》（刘文典）商务印书馆出版。

《春秋繁露义证》（苏舆）原刻本。

《周礼》通行本。

《论衡》（王充）通津草堂本（商务印书馆影印）；湖北崇文书局本。

《抱朴子》（葛洪）平津馆丛书本最佳，亦有单行的；湖北崇文书局本。

《四十二章经》金陵刻经处本。以下略举佛教书。

《佛遗教经》同上。

《异部宗轮论述记》（窥基）江西刻经处本。

《大方广佛华严经》（东晋译本）金陵刻经处。

《妙法莲华经》（鸠摩罗什译）同上。

《般若纲要》（葛彗）《大般若经》太繁，看此书很够了。扬州藏经院本。

《般若波罗蜜多心经》（玄奘译）。

《金刚般若波罗蜜经》（鸠摩罗什译，菩提流支译，真谛译）以上两书，流通本最多。

《阿弥陀经》（鸠摩罗什译）此书译本与版本皆极多，金陵刻经处有《阿弥陀经要解》（智旭）最便。

《大方广圆觉了义经》（即《圆觉经》）（佛陀多罗译）金陵刻经处白文本最好。

《十二门论》（鸠摩罗什译）金陵刻经处本。

《中论》（同上）扬州藏经院本。

以上两种，为三论宗“三论”之二。

《三论玄义》（隋吉藏撰）金陵刻经处本。

《大乘起信论》（伪书）此虽是伪书，然影响甚大。版本甚多，金陵刻经处有沙门真界纂注本颇便用。

《大乘起信论考证》（梁启超）此书介绍日本学者考订佛书真伪的方法，甚有益。商务印书馆将出版。

《小止观》（一名《童蒙止观》，智觊撰）天台宗之书不易读，此书最便初学。金陵刻经处本。

《相宗八要直解》（智旭直解）金陵刻经处本。

《因明入正理论疏》（窥基疏）金陵刻经处本。

《大慈恩寺三藏法师传》（慧立撰）玄奘为中国佛教史上第一伟大人物，此传为中国传记文学之大名著。常州天宁寺本。

《华严原人论》（宗密撰）有正书局有合解本，价最廉。

《坛经》（法海录）流通本甚多。

《古尊宿语录》此为禅宗极重要之书，坊间现尚无单行刻本。

《大藏经》缩刷本腾字四至六。

《宏明集》（梁僧祐集）此书可考见佛教在晋、宋、齐、梁士大夫间的情形。金陵刻经处本。

《韩昌黎集》（韩愈）坊间流通本甚多。

《李文公集》（李翱）《三唐人集》本。

《柳河东集》（柳宗元）通行本。

《宋元学案》（黄宗羲，全祖望等）冯云濠刻本，何绍基刻本，光绪五年长沙重印本。坊间石印本不佳。

《明儒学案》（黄宗羲）莫晋刻本最佳。坊间通行有江西本，不佳。

以上两书，保存原料不少，为宋、明哲学最重要又最方便之书。此下所列，乃是补充这两书之缺陷，或是提出几部不可不备的专家集子。

《直讲李先生集》（李觏）商务印书馆印本。

《王临川集》（王安石）通行本。商务印书馆影印本。

《二程全书》（程颢、程颐）六安涂氏刻本。

《朱子全书》（朱熹）六安涂氏刻本；商务印书馆影印本。

《朱子年谱》（王懋竑）广东图书馆本，湖北书局本。此书为研究朱子最不可少之书。

《陆象山全集》（陆九渊）上海江左书林铅印本很可用。

《陈龙川全集》（陈亮）通行本。

《叶水心全集》（叶适）通行本。

《王文成公全书》（王守仁）浙江图书馆本。

《困知记》（罗钦顺）嘉庆四年翻明刻本。正谊堂本。

《王心斋先生全集》（王艮）近年东台袁氏编订排印本最好，上海国学保存会寄售。

《罗文恭公全集》（罗洪先）雍正间刻本。《四库全书》本与此本同。

《胡子衡齐》（胡直）此书为明代哲学中一部最有条理又最有精彩之书。《豫章丛书》本。

《高子遗书》（高攀龙）无锡刻本。

《学蔀通辨》（陈建）正谊堂本。

《正谊堂全书》（张伯行编）这部丛书搜集程朱一系的书最多，欲研究"正统派"的哲学的，应备一部。全书六百七十余卷，价约三十元。初刻本已不可得，现行者为同治间初刻本。

《清代学术概论》（梁启超）商务印书馆。

《日知录》（顾炎武）用黄汝成《集释》本。通行本。

《明夷待访录》（黄宗羲）单行本。扫叶山房《梨洲遗著汇刊》本。

《张子正蒙注》（王夫之）《船山遗书》本。

《思问录内外篇》（王夫之）同上。

《俟解》一卷，《噩梦》一卷（王夫之）同上。

《颜李遗书》（颜元，李塨）《畿辅丛书》本可用。北京四存学会增补全书本。

《费氏遗书》（费密）成都唐氏刻本。（北京大学出版部寄售）

《孟子字义疏证》（戴震）《戴氏遗书》本。国学保存会有铅印本，但已卖缺了。

《章氏遗书》（章学诚）浙江图书馆排印本，上海刘翰怡新刻全书本。

《章实斋年谱》（胡适）商务印书馆出版。

《崔东壁遗书》（崔述）道光四年陈履和刻本；《畿辅丛书》本只有《考信录》，亦可够用了。全书现由亚东图书馆重印，不久可出版。

《汉学商兑》（方东树）此书无甚价值，但可考见当日汉宋学之争。单行本，朱氏《槐庐丛书》本。

《汉学师承记》（江藩）通行本，附《宋学师承记》。

《新学伪经考》（康有为）光绪辛卯初印本；新刻本只增一序。

《史记探原》（崔适）初刻本；北京大学出版部排印本。

《章氏丛书》（章炳麟）康宝忠等排印本；浙江图书馆刻本。

### （三）文学史之部

《诗经集传》（朱熹）通行本。

《诗经通论》（姚际恒）闻商务印书馆将重印。

《诗本谊》（龚橙）浙江图书馆《半广丛书》本。

《诗经原始》（方玉润）闻商务印书馆不久将有重印本。

《诗毛氏传疏》（陈奂）《清经解续编》卷七百七十八以下。

《檀弓》《礼记》第二篇。

《春秋左氏传》通行本。

《战国策》商务印书馆有铅印补注本。

《楚辞集注》，附《辨证后语》（朱熹）通行本；扫叶山房有石印本。

《全上古三代秦汉三国六朝文》（严可均编）广雅局本。此书搜集最富，远胜于张溥的《汉魏六朝百三家集》。

《全汉三国晋南北朝诗》（丁福保编）上海医学书局出版。

《古文苑》（章樵注）江苏书局本。

《续古文苑》（孙星衍编）江苏书局本。

《文选》（萧统编）上海会文堂有石印胡刻李善注本最方便。

《文心雕龙》（刘勰）原刻本；通行本。

《乐府诗集》（郭茂倩编）湖北书局刻本。

《唐文粹》（姚铉编）江苏书局本。

《唐文粹补遗》（郭麟编）同上。

《全唐诗》（康熙朝编）扬州原刻本，广州本，石印本，五代词亦在此中。

《宋文鉴》（吕祖谦编）江苏书局本。

《南宋文范》（庄仲方编）同上。

《南宋文录》（董兆兆编）同上。

《宋诗抄》（吕留良、吴之振等编）商务印书馆本。

《宋诗抄补》（管庭芬等编）商务印书馆本。

《宋六十家词》（毛晋编）汲古阁本，广州刊本，上海博古斋石印本。

《四印斋王氏所刻宋元人词》（王鹏运编刻）原刻本，板存北京南阳山房。

《彊邨所刻词》（朱祖谋编刻）原刻本。王、朱两位刻的词集都很精，这是近人对于文学史料上的大贡献。

《太平乐府》(杨朝英编)《四部丛刊》本。

《阳春白雪》(杨朝英编) 南陵徐氏《随庵丛书》本。

以上两种为金元人曲子的选本。

《董解元弦索西厢》(董解元) 刘世衍暖红室汇刻传奇本。

《元曲选一百种》(臧晋叔编) 商务印书馆有影印本。

《金文最》(张金吾编) 江苏书局本。

《元文类》(苏天爵编) 同上。

《宋元戏曲史》(王国维) 商务印书馆本。

《京本通俗小说》这是七种南宋的话本小说，上海蟫隐庐《烟画东堂小品》本。

《宣和遗事》《士礼居丛书》本；商务印书馆有排印本。

《五代史平话》残本董康刻本。

《明文在》(薛熙编) 江苏书局本。

《列朝诗集》(钱谦益编) 国学保存会排印本。

《明诗综》(朱彝尊编) 原刻本。

《六十种曲》(毛晋编刻) 汲古阁本。此书善本已不易得。

《盛明杂剧》(沈泰编) 董康刻本。

《暖红室汇刻传奇》(刘世珩编刻) 原刻本。

《笠翁十二种曲》(李渔) 原刻巾箱本。

《九种曲》(蒋士铨) 原刻本。

《桃花扇》(孔尚任) 通行本。

《长生殿》(洪升) 通行本。

清代戏曲多不胜举；故举李、蒋两集，孔、洪两种历史戏，作几个例而已。

《曲苑》上海古书流通处编印本。此书汇集关于戏曲的书十四种，中如焦循《剧说》，如梁辰鱼《江东白苎》，皆不易得。石印本价亦廉，故存之。

《缀白裘》这是一部传奇选本，虽多是零篇，但明末清初的戏曲名著都有代表的部分存在此中。在戏曲总集中，这也是一部重要书了。通行本。

《曲录》（王国维）《晨风阁丛书》本。

《湖海文传》（王昶编）所选都是清朝极盛时代的文章，最可代表清朝“学者的文人”的文学。原刻本。

《湖海诗传》（王昶编）原刻本。

《鲒埼亭集》（全祖望）借树山房本。

《惜抱轩文集》（姚鼐）通行本。

《大云山房文稿》（恽敬）四川刻本，南昌刻本。

《文史通义》（章学诚）贵阳刻本，浙江局本，铅印本。

《龚定庵全集》（龚自珍）万本书堂刻本。国学扶轮社本。

《曾文正公文集》（曾国藩）《曾文正全集》本。

清代古文专集，不易选择，我经过很久的考虑，选出全、姚、恽、章、龚、曾六家来作例。

《吴梅村诗》（吴伟业）《梅村家藏稿》（董康刻本，商务印书馆影印本）本，无注；此外有靳荣藩《吴诗集览》本，有吴翌凤《梅村诗集笺注》本。

《瓯北诗钞》（赵翼）《瓯北全集》本，单行本。

《两当轩诗钞》（黄景仁）光绪二年重刻本。

《巢经巢诗钞》（郑珍）贵州刻本；北京有翻刻本，颇有误字。

《秋蟪吟馆诗钞》（金和）铅印全本；家刻本略有删减。

《人境庐诗钞》（黄遵宪）日本铅印本。

清代诗也很难选择。我选梅村代表初期，瓯北与仲则代表乾隆一期；郑子尹与金亚匏代表道、咸、同三期；黄公度代表末年的过渡时期。

明、清两朝小说：

《水浒传》亚东图书馆三版本。

《西游记》（吴承恩）亚东图书馆再版本。

《三国志》亚东图书馆本。

《儒林外史》(吴敬梓) 亚东图书馆四版本。

《红楼梦》(曹霑) 亚东图书馆三版本。

《水浒后传》(陈忱，自署古宋遗民) 此书借宋徽、钦二帝事来写明末遗民的感慨，是一部极有意义的小说。亚东图书馆《水浒续集》本。

《镜花缘》(李汝珍) 此书虽有“掉书袋”的毛病，但全篇为女子争平等的待遇，确是一部很难得的书。亚东图书馆本。

以上各种，均有胡适的考证或序，搜集了文学史的材料不少。

《今古奇观》，通行本。可代表明代的短篇。

《三侠五义》此书后经俞樾修改，改名《七侠五义》。此书可代表北方的义侠小说。旧刻本，《七侠五义》流通本较多。亚东图书馆不久将有重印本。

《儿女英雄传》(文康) 蜚英馆石印本最佳；流通本甚多。

《九命奇冤》(吴沃尧) 广智书局铅印本。

《恨海》(吴沃尧) 通行本甚多。

《老残游记》(刘鹗) 商务印书馆铅印本。

以上略举十三种，代表四五百年的小说。

《五十年来的中国文学》(胡适) 本书卷二。

(跋) 文学史一部，注重总集：无总集的时代，或总集不能包括的文人，始举别集。因为文集太多，不易收买，尤不易遍览，故为初学人及小图书馆计，皆宜先从总集下手。

原载 1923 年 2 月 25 日《东方杂志》第 20 卷第 4 号，

又载 1923 年 3 月 4 日《读书杂志》第 7 期

# 为什么读书？

青年会叫我在未离南方赴北方之前在这里谈谈，我很高兴，题目是“为什么读书”。现在读书运动大会开始，青年会拣定了三个演讲题目。我看第二题目“怎样读书”很有兴味，第三题目“读什么书”更有兴味，第一题目无法讲，为什么读书，连小孩子都知道，讲起来很难为情，而且也讲不好。所以我今天讲这个题目，不免要侵犯其余两个题目的范围，不过我仍旧要为其余两位演讲的人留一些余地。现在我就把这个题目来试一下看。我从前也有过一次关于读书的演讲，后来我把那篇演讲录略事修改，编入三集《文存》里面，那篇文章题目叫做《读书》，其内容性质较近于第二题目，诸位可以拿来参考。今天我就来试试“为什么读书”这个题目。

从前有一位大哲学家做了一篇《读书乐》，说到读书的好处，他说：“书中自有千钟粟，书中自有黄金屋，书中自有颜如玉。”这意思就是说，读了书可以做大官，获厚禄，可以不至于住茅草房子，可以娶得年轻的漂亮太太（台下哄笑）。诸位听了笑起来，足见诸位对于这位哲学家所说的话不十分满意。现在我就讲所以要读书的别的原因。

为什么要读书？有三点可以讲：第一，因为书是过去已经知道的智识学问和经验的一种记录，我们读书便是要接受这人类的遗产；第二，为要读书而读书，读了书便可以多读书；第三，读书可以帮助我们解决困难，应付环境，并可获得思想材料的来源。我一踏进青年会的大门，就看见许多关于读书的标语。为什么读书？大概诸位看了这些标语就都已知道了，现在我就把以上三点更详细的说一说。

第一，因为书是代表人类老祖宗传给我们的智识的遗产，我们接受了这遗产，以此为基础，可以继续发扬光大，更在这基础之上，建立更高深更伟大的智识。人类之所以与别的动物不同，就是因为人有语言文字，可以把智识传给别人，又传至后人，再加以印刷术的发明，许多书报便印了出来。人的脑很大，与猴不同，人能造出语言，后来更进一步而有文字，又能刻木刻字；所以人最大的贡献就是过去的智识和经验，使后人可以节省许多脑力。非洲野蛮人在山野中遇见鹿，他们就画了一个人和一只鹿以代信，给后面的人叫他们勿追。但是把智识和经验遗给儿孙有什么用处呢？这是有用处的，因为这是前人很好的教训。现在学校里各种教科，如物理、化学、历史等等，都是根据几千年来进步的智识编纂成书的，一年、两年，或者三年，教完一科。自小学、中学，而至大学毕业，这十六年中所受的教育，都是代表我们老祖宗几千年来得来的智识学问和经验。所谓进化，就是叫人节省劳力，蜜蜂虽能筑巢，能发明，但传下来就只有这一点智识，没有继续去改革改良，以应付环境，没有做格外进一步的工作。人呢，达不到目的，就再去求进步，而以前人的智识学问和经验作参考。如果每样东西，要个个从头学起，而不去利用过去的智识，那不是太麻烦吗？所以人有了这智识的遗产，就可以自己去成家立业，就可以缩短工作，使有余力做别的事。

第二点稍复杂，就是为读书而读书。读书不是那么容易的一件事情，不读书不能读书，要能读书才能多读书。好比戴了眼镜，小的可以放大，糊涂的可以看得清楚，远的可以变为近。读书也要戴眼镜。眼镜越好，读书的了解力也越大。王安石对曾子固说：“读经而已，则不足以知经。”所以他对于本草、内经、小说，无所不读，这样对于经才可以明白一些。王安石说：“致其知而后读。”

请你们注意，他不说读书以致知，却说，先致知而后读书。读书固然可以扩充知识；但知识越扩充了，读书的能力也越大。这便是“为读书而读书”的意义。

试举《诗经》作一个例子。从前的学者把《诗经》看作“美”“刺”的圣书，越讲越不通。现在的人应该多预备几副好眼镜，人类学的眼镜、考古学的眼镜、文法学的眼镜、文学的眼镜。眼镜越多越好，越精越好。例如“野有死麕，白茅包之。有女怀春，吉士诱之”；我们若知道比较民俗学，便可以知道打了野兽送到女子家去求婚，是平常的事。又如“钟鼓乐之，琴瑟友之”，也不必说什么文王太姒，只可看作少年男子在女子的门口或窗下奏乐唱和，这也是很平常的事。再从文法方面来观察，像《诗经》里“之子于归”、“黄鸟于飞”、“凤凰于飞”的“于”字；此外，《诗经》里又有几百个的“维”字，还有许多“助词”“语词”，这些都是有作用而无意义的虚字，但以前的人却从未注意及此。这些字若不明白，《诗经》便不能懂。再说在《墨子》一书里，有点光学、力学；又有点经济学。但你要懂得光学，才能懂得墨子所说的光；你要懂得各种智识，才能懂得《墨子》里一些最难懂的文句。总之，读书是为了要读书，多读书更可以读书。最大的毛病就在怕读书，怕读难书。越难读的书我们越要征服它们，把它们作为我们奴隶或向导，我们才能够打倒难书，这才是我们的“读书乐”。若是我们有了基本的科学知识，那么，我们在读书时便能左右逢源。我再说一遍，读书的目的在于读书，要读书越多才可以读书越多。

第三点，读书可以帮助解决困难，应付环境，供给思想材料。知识是思想材料的来源。思想可分作五步。思想的起源是大的疑问。吃饭拉屎不用想，但逢着三叉路口，十字街头那样的环境，就发生困难了。走东或走西，这样做或是那样做，有了困难，才有思想。第一步要把问题弄清，究竟困难在哪一点上。第三步才想到如何解决，这一步，俗话叫做出主意。但主意太多，都采用也不行，必须要挑选。但主意太少，或者竟全无主意，那就更没有办法了。第四步就是要选择一个假定的解决方法。要想到这一个方法能不能解决。若不能，那么，就换一个；若能，就行了。这好比开锁，这一个钥匙开不开，就换一个；假定是可以开的，那么，问题就解决了。第五步就是证实。凡是有条理的思想都要经过这步，或是逃不了这五个阶段。科学家要解决问题，侦探要侦探案件，多经过这五步。

这五步之中，第三步是最重要的关键。问题当前，全靠有主意(Ideas)。主意从哪儿来呢？从学问经验中来。没有智识的人，见了问题，两眼白瞪瞪，抓耳挠腮，一个主意都不来。学问丰富的人，见着困难问题，东一个主意，西一个主意，挤上来，涌上来，请求你录用。读书是过去智识学问经验的记录，而智识学问经验就要用在这时候，所谓养军千日，用在一朝。否则，学问一些都没有，遇到困难就要糊涂起来。例如达尔文把生物变迁现象研究了几十年，却想不出一个原则去整统他的材料。后来无意中看到马尔萨斯的人口论，说人口是按照几何学级数一倍一倍的增加，粮食是按照数学级数增加，达尔文研究了这原则，忽然触机，就把这原则应用到生物学上去，创了“物竞天择”的学说。读了经济学的书，可以得着一个解决生物学上的困难问题，这便是读书的功用，古人说“开卷有益”，正是此意。读书不是单为文凭功名，只因为书中可以供给学问智识，可以帮助我们解决困难，可以帮助我们思想。又譬如从前的人以为地球是世界的中心，后来天文学家科白尼却主张太阳是世界的中心，地球绕着而行。据罗素说，科白尼所以这样的解说，是因为希腊人已经讲过这句话；假使希腊没有这句话，恐怕更不容易有人敢说这句话吧。这也是读书的好处。有一家书店印了一部旧小说叫做《醒世姻缘》，要我作序。这部书是西周生所著的，印好后在我家藏了六年，我还不曾考出西周生是谁。这部小说讲到婚姻问题，其内容是这样：有个好老婆，不知何故，后来忽然变坏，作者没有提及解决方法，也没有想到可以离婚，只说是前世作孽，因为在前世男虐待女，女就投生换样子，压迫者变为被压迫者。这种前世作孽，起先相爱，后来忽变的故事，我仿佛什么地方看见过。后来忽然想起《聊斋》一书中有一篇和这相类似的笔记，也是说到一个女子，起先怎样爱着她的丈夫，后来怎样变为凶太太，便想到这部小说大约是蒲留仙或是蒲留仙的朋友做的。去年我看到一本杂记，也说是蒲留仙做的，不过没有多大证据。今年我在北京，才找到了证据。这一件事可以解释刚才我所说的第二点，就是读书可以帮助读书，同时也可以解释第三点，就是读书可以供给出主意的来源。当初若是没有主意，到了逢着困难时便要手足无措，所以读书可以解决问题，就是军事、政治、财政、思想等问题，也都可以解决，这就是读书的用处。

我有一位朋友，有一次傍着灯看小说，洋灯装有油，但是不亮，因为灯芯短了。于是他想到《伊索寓言》里有一篇故事，说是一只老鸦要喝瓶中的水，因为瓶太小，得不到水，它就衔石投瓶中，水乃上来。这位朋友是懂得化学的，于是加水于灯中，油乃碰到灯芯。这是看《伊索寓言》给他看小说的帮助。读书好像用兵，养兵求其能用，否则即使坐拥十万二十万的大兵也没有用处，难道只好等他们“兵变”吗？

至于“读什么书”，下次陈钟凡先生要讲演，今天我也附带的讲一讲。我从五岁起到了四十岁，读了三十五年的书。我可以很诚恳的说，中国旧籍是经不起读的。中国有五千年文化。“四部”的书已是汗牛充栋。究竟有几部书应该读，我也曾经想过。其中有条理有系统的精心结构之作，二千五百年以来恐怕只有半打。“集”是杂货店。“史”和“子”还是杂货店。至于“经”，也只是杂货店，讲到内容，可以说没有一些东西可以给我们改进道德增进智识的帮助的。中国书不够读，我们要另开生活，辟殖民地，这条生路，就是每一个少年人必须至少要精通一种外国文字。读外国语要读到有乐而无苦，能做到这地步，书中便有无穷乐趣。希望大家不要怕读书，起初的确要查阅字典，但假使能下一年苦功，继续不断做去，那么，在一二年中定可开辟一个乐园，还只怕求知的欲望太大，来不及读呢。我总算是老大哥，今天我就根据我过去三十五年读书的经验，给你们这一个临别的忠告。

1930 年 11 月下旬在上海青年会的演讲

# 读书的习惯重于方法

读书会进行的步骤，也可以说是采取的方式大概不外三种：

第一种是大家共同选定一本书来读，然后互相交换自己的心得及感想。

第二种是由下往上的自动方式，就是先由会员共同选定某一个专题，限定范围，再由指导者按此范围拟定详细节目，指定参考书籍。每人须于一定期限内作成报告。

第三种是先由导师拟定许多题目，再由各会员任意选定。研究完毕后写成报告。

至于读书的方法我已经讲了十多年，不过在目前我觉到读书全凭先养成好读书的习惯。读书无捷径，是没有什么简便省力的方法可言的。读书的习惯可分为三点：一是勤，二是慎，三是谦。

勤苦耐劳是成功的基础，做学问更不能欺己欺人，所以非勤不可。其次，谨慎小心也是很需要的，清代的汉学家著名的如高邮王氏父子，段茂堂等的成功，都是遇事不肯轻易放过，旁人看不见的自己便可看见了。如今的放大几千万倍的显微镜，也不过想把从前看不见的东西现在都看见罢了。谦就是态度的谦虚，自己万不可先存一点成见，总要不分地域门户，一概虚心的加以考察后，再决定取舍。这三点都是很要紧的。

其次，还有个买书的习惯也是必要的，闲时可多往书摊上逛逛，无论什么书都要去摸一摸，你的兴趣就是凭你伸手乱摸后才知道的。图书馆里虽有许多的书供你参考，然而这是不够的。因为你想往上圈画一下都不能，更不能随便的批写。所以至少像对于自己所学的有关的几本必备书籍，无论如何，就是少买一双皮鞋，这些书是非买不可的。

青年人要读书，不必先谈方法，要紧的是先养成好读书、好买书的习惯。

原载 1935 年 5 月 14 日《大学新闻周报》

# 大学的生活（节选）

目前很多学生选择科系时，从师长的眼光看，都不免带有短见，倾向于功利主义方面。天才比较高的都跑到医工科去，而且只走入实用方面，而又不选择基本学科，譬如学医的，内科、外科、产科、妇科，有很多入选，而基本学科譬如生物化学、病理学，很少青年人去选读，这使我感到今日的青年不免短视，戴着近视眼镜去看自己的前途与将来。我今天头一项要讲的，就是根据我们老一辈的对选科系的经验，贡献给各位。我讲一段故事。

记得四十八年前，我考取了官费出洋，我的哥哥特地从东三省赶到上海为我送行，临行时对我说，我们的家早已破坏中落了，你出国要学些有用之学，帮助复兴家业，重振门楣，他要我学开矿或造铁路，因为这是比较容易找到工作的，千万不要学些没用的文学、哲学之类没饭吃的东西。我说好的，船就要开了。那时和我一起去美国的留学生共有七十人，分别进入各大学。在船上我就想，开矿没兴趣，造铁路也不感兴趣，于是只好采取调和折中的办法，要学有用之学，当时康奈尔大学有全美国最好的农学院，于是就决定进去学科学的农学，也许对国家社会有点贡献吧！那时进康大的原因有二：一是康大有当时最好的农学院，且不收学费，而每个月又可获得八十元的津贴；我刚才说过，我家破了产，母亲待养，那时我还没结婚，一切从俭，所以可将部分的钱拿回养家。另一是我国有百分之八十的人是农民，将来学会了科学的农业，也许可以有益于国家。

入校后头一星期就突然接到农场实习部的信，叫我去报到。那时教授便问我："你有什么农场经验？"我答："没有。""难道一点都没有吗？""要有嘛，我的外公和外婆，都是道地的农夫。"教授说："这与你不相干。"我又说："就是因为没有，才要来学呀！"后来他又问："你洗过马没有？"我说："没有。"我就告诉他中国人种田是不用马的。于是老师就先教我洗马，他洗一面，我洗另一面。他又问我会套车吗，我说也不会。于是他又教我套车，老师套一边，我套一边，套好跳上去，兜一圈子。接着就到农场做选种的实习工作，手起了泡，但仍继续的忍耐下去。农复会的沈宗瀚先生写一本《克难苦学记》，要我和他作一篇序，我也就替他做一篇很长的序。我们那时学农的人很多，但只有沈宗瀚先生赤过脚下过田，是唯一确实有农场经验的人。学了一年，成绩还不错，功课都在八十五分以上。第二年我就可以多选两个学分，于是我选种果学，即种苹果学。分上午讲课与下午实习。上课倒没有什么，还甚感兴趣，下午实验，走入实习室，桌上有各色各样的苹果三十个，颜色有红的、有黄的、有青的……形状有圆的、有长的、有椭圆的、有四方的……要照着一本手册上的标准，去定每一苹果的学名，蒂有多长？花是什么颜色？肉是甜是酸？是软是硬？弄了两个小时。弄了半个小时一个都弄不了，满头大汗，真是冬天出大汗。抬头一看，呀！不对头，那些美国同学都做完跑光了，把苹果拿回去吃了。他们不需剖开，因为他们比较熟悉，查查册子后面的普通名词就可以定学名，在他们是很简单。我只弄了一半，一半又是错的。回去就自己问自己学这个有什么用？要是靠当时的活力与记性，用上一个晚上来强记，四百多个名字都可记下来应付考试。但试想有什么用呢？那些苹果在我国烟台也没有，青岛也没有，安徽也没有……我认为科学的农学无用了，于是决定改行，那时正是民国元年，国内正在革命的时候，也许学别的东西更有好处。

那么，转系要以什么为标准呢？依自己的兴趣呢？还是看社会的需要？我年轻时候《留学日记》有一首诗，现在我也背不出来了。我选课用什么做标准？听哥哥的话？看国家的需要？还是凭自己？只有两个标准：一个是“我”；一个是“社会”，看看社会需要什么？国家需要什么？中国现代需要什么？但这个标准——社会上三百六十行，行行都需要，现在可以说三千六百行，从诺贝尔得奖人到修理马桶的，社会都需要，所以社会的标准并不重要。因此，在定主意的时候，便要依着自我的兴趣了——即性之所近，力之所能。我的兴趣在什么地方？与我性质相近的是什么？问我能做什么？对什么感兴趣？我便照着这个标准转到文学院了。但又有一个困难，文科要缴费，而从康大中途退出，要赔出以前二年的学费，我也顾不得这些。经过四位朋友的帮忙，由八十元减到三十五元，终于达成愿望。在文学院以哲学为主，英国文学、经济、政治学之门为副。后又以哲学为主，经济理论、英国文学为副科。到哥伦比亚大学后，仍以哲学为主，以政治理论、英国文学为副。我现在六十八岁了，人家问我学什么？我自己也不知道学些什么？我对文学也感兴趣，白话文方面也曾经有过一点小贡献。在北大，我曾做过哲学系主任、外国文学系主任、英国文学系主任，中国文学系也做过四年的系主任，在北大文学院六个学系中，五系全做过主任。现在我自己也不知道学些什么，我刚才讲过现在的青年太倾向于现实了，不凭性之所近，力之所能去选课。譬如一位有作诗天才的人，不进中文系学作诗，而偏要去医学院学外科，那么文学院便失去了一个一流的诗人，而国内却添了一个三四流甚至五流的饭桶外科医生，这是国家的损失，也是你们自己的损失。

在一个头等、第一流的大学，当初日本筹划帝大的时候，真的计划远大，规模宏伟，单就医学院就比当初日本总督府还要大。科学的书籍都是从第一号编起。基础良好，我们接收已有十余年了，总算没有辜负当初的计划。今日台大可说是台湾唯一最完善的大学，各位不要有成见，戴着近视眼镜来看自己的前途，看自己的将来。听说入学考试时有七十二个志愿可填，这样七十二变，变到最后不知变成了什么，当初所填的志愿，不要当作最后的决定，只当作暂时的方向。要在大学一二年的时候，东摸摸西摸摸的瞎摸。不要有短见，十八九岁的青年仍没有能力决定自己的前途、职业。进大学后第一年到处去摸、去看，探险去，不知道的我偏要去学。如在中学时候的数学不好，现在我偏要去学，中学时不感兴趣，也许是老师不好。现在去听听最好的教授的讲课，也许会提起你的兴趣。好的先生会指导你走上一个好的方向，第一、第二年甚至于第三年还来得及，只要依着自己"性之所近，力之所能"的做去，这是清代大儒章学诚的话。

现在我再说一个故事，不是我自己的，而是近代科学的开山大师——伽利略（Galileo），他是意大利人，父亲是一个有名的数学家，他的父亲叫他不要学他这一行，学这一行是没饭吃的，要他学医。他奉命而去。当时意大利正是文艺复兴的时候，他到大学以后曾被教授和同学捧誉为"天才的画家"，他也很得意。父亲要他学医，他却发现了美术的天才。他读书的佛劳伦斯地方是一工业区，当地的工业界首领希望在这大学多造就些科学的人才，鼓励学生研究几何，于是在这大学里特为官儿们开设了几何学一科，聘请一位叫 Ricci 氏当教授。有一天，他打从那个地方过，偶然的定脚在听讲，有的官儿们在打瞌睡，而这位年轻的伽利略却非常感兴趣。于是不断地一直继续下去，趣味横生，便改学数学，由于浓厚的兴趣与天才，就决心去东摸摸西摸摸，摸出一条兴趣之路，创造了新的天文学、新的物理学，终于成为一位近代科学的开山大师。

大学生选择学科就是选择职业。我现在六十八岁了，我也不知道所学的是什么？希望各位不要学我这样老不成器的人。勿以七十二志愿中所填的一愿就定了终身，还没有的，就是大学二三年也还没定。各位在此完备的大学里，目前更有这么多好的教授人才来指导，趁此机会加以利用。社会上需要什么，不要管它，家里的爸爸、妈妈、哥哥、朋友等，要你做律师、做医生，你也不要管他们，不要听他们的话，只要跟着自己的兴趣走。想起当初我哥哥要我学开矿、造铁路，我也没听他的话，自己变来变去变成一个老不成器的人。后来我哥哥也没说什么。只管我自己，别人不要管他。依着“性之所近，力之所能”学下去，其未来对国家的贡献也许比现在盲目所选的或被动选择的学科会大得多，将来前途也是无可限量的。

1958 年 6 月 5 日在台湾大学法学院的演讲

# 谈谈大学[1]

今天承各位青年朋友如此热烈欢迎，深感荣幸。本人于四年前曾来台中，当时所听到有关于东大者，仅仅是一个董事会，甚至连校名也未曾确定；四年后的今天，东大不仅是开学了，而且有这么好的建筑，这么幽静的环境，最高班也已至三年级了。这种迅速的进度，实在令人敬佩，我愿意借今天的机会向各位道喜！

我在美国时，曾看过贝聿铭先生的建筑设计，今天在此地又看到东大的校舍，诸位能在这么一个美丽的建筑、安静的环境中，安居乐业，专心研究，实在是够幸运了！昨天我在北沟看到许多名贵的古籍和历代的艺术作品，就联想到贵校的地理优势，假如诸位每周都能有机会看看故宫文物和中央图书馆的藏书，真是太理想了，因为这两个宝库中所收藏的，全是我国的精华，不仅是国宝，即在全世界，也占着最崇高的价值。

我现在已决定回美后，于本年秋间，和内子带一些破烂的书籍一

---

① 1958年5月7日在台中东海大学的讲话。原载1958年5月8日台北《中央日报》。

同回来，那时希望有更多的时间，一方面研究，一方面可以多来东大看看，多作几次有关学术的讲演。

东大是一所私立的大学，到底私人设立的大学，对于一个国家的历史和地位又有什么关系，什么影响呢？今天我们的国家可以说是最困难的时候，我们过去在学术上的一点成就和基础，现在可说是全毁了。记得二十余年前，中日战争没有发生时，从北平到广东，从上海到成都，差不多有一百多所的公私立大学，当时每一个大学的师生都在埋头研究，假如没有日本的侵略，敢说我国在今日世界的学术境域中，一定占着一席重要的地位，可惜过去的一点基础现在全毁了。所以诸位今天又得在这一个自由的宝岛上，有如平地起楼台，这是何等艰巨的一份工作啊！

说到这里，我们应该想想今天我们的国家在世界上，又占着一个怎样的地位！这当然有很多的原因，但其中一点我们不能否认，也必须了解的，就是有关于公私立大学校的延续问题，我国可考的历史固然已有四千年，但一直到今天还没有一个有过六十年以上历史的大学。我国第一个大学，就是汉武帝时，由公孙弘为相，发起组织，招收学生所设立的太学。这所太学，就是今日国立大学的起源，不过在设立之初只有五个教授，五十个学生，也就是所谓五经博士。至纪元后一百多年，王莽篡汉时，这个太学不仅建筑扩大了，而且学生人数，也达到一万人，光武中兴时的许多政坛人物，多是出身自这所太学。到第二世纪，这所太学的学生已发展到三万多人，比当今之哈佛、哥伦比亚等，毫无逊色。最可惜的，是当时政治腐败达于极点，因此许多的太学生，就开始批评政治，进而干预，结果演成党锢之祸，使太学蒙受影响。其后各代虽也有太学，但没有多大作用，到最后太学生可以用钱捐买，因此就不成为太学了。此外汉代也有私人讲学，其学生多少不等，有的三五百，有的二三千，这可以说是私立大学的起源，如郑玄所创者，即是一个很好的例子。

自纪元二百年郑玄逝世，至一千二百年朱熹逝世，在这一千年中，中国的学术多靠私人讲学传授阐扬，不过因政治问题，常受到压迫，虽然环境如此，但私人讲学并没有因此而中辍，而且仍旧成为传播学术的重要基础，如历代的书院，与学派的盛行，都是实例。

中国的高等教育虽然发达得很早，但是不能延续，没有一个历史悠久的学校，比起欧美来，就显然落后了。即使新兴的国家如菲律宾，也有三百多年历史的圣多玛大学。美国的历史只有一百六十余年，而美国的大学如哈佛、哥伦比亚等，都有二三百年的历史。至于欧洲，尤其古老，如意大利就有一千年和九百多年历史的大学，英国的牛津和剑桥历史也达到八九百年，若几百年历史的大学，在德、法等国也为数不少。为什么历史不及我们的国家，会有那么长远历史的大学，而我国反而没有呢？因为人家的大学有独立的财团，独立的学风，有坚强的组织，有优良的图书保管，再加上教授可以独立自由继续的研究，和坚强的校友会组织，所以就能历代相传，悠久勿替；而我们的国家多少年来都没有一个学校能长期继续，实在是很吃亏的。

这几十年来，教会在中国设立了很多优良的大学和中学，它们对于近代的学术实在有很多的贡献和影响，可惜现在又都没有了，因此这些光荣的传统，就不得不再落于诸位的身上。中国的私立学校是否在将来世界的学术上占一席地，其在世界的高等教育中又若何，可以说都是诸位的责任。我以为私立学校有其优点，它比较自由，更少限制。所以我希望东海能有一个好榜样，把握着自由独立的传统，以为其他各校的模范，因为只有在自由独立的原则下，才能有高价值的创造，这也就是我今天所希望于诸位的。

# 找书的快乐（节选）

主席、诸位先生：

我不是藏书家，只不过是一个爱读书、能够用书的书生，自己买书的时候，总是先买工具书，然后才买本行书，换一行时，就得另外买一种书。今年我六十九岁了，还不知道自己的本行到底是哪一门？是中国哲学呢？还是中国思想史？抑或是中国文学史？或者是中国小说史？《水经注》？中国佛教思想史？中国禅宗史？我所说的“本行”，其实就是我的兴趣，兴趣愈多就愈不能不收书了。十一年前我离开北平时，已经有一百箱的书，大约有一二万册。离开北平以前的几小时，我曾经暗想着：我不是藏书家，但却是用书家。收集了这么多的书，舍弃了太可惜，带吧，因为坐飞机又带不了。结果只带了一些笔记，并且在那一二万册书中，挑选了一部书，作为对一二万册书的纪念，这一部书就是残本的《红楼梦》。四本只有十六回，这四本《红楼梦》可以说是世界上最老的抄本。收集了几十年的书，到末了只带了四本，等于当兵缴了械，我也变成一个没有棍子、没有猴子的变把戏的叫化子。

这十一年来，又蒙朋友送了我很多书，加上历年来自己新买的书，又把我现在住的地方堆满了，但是这都是些不相干的书，自己本行的书一本也没有。找资料还需要依靠中研院史语所的图书馆和别的图书馆如台湾大学图书馆、中央图书馆等救急。

## 找书有甘苦，真伪费推敲

我这个用书的旧书生，一生找书的快乐固然有，但是，找不到书的苦处也尝到过。民国九年（1920）七月，我开始写《水浒传考证》的时候，参考的材料只有金圣叹的七十一回本《水浒传》、《征四寇》及《水浒后传》等，至于《水浒传》的一百回本、一百一十回本、一百一十五回本、一百廿回本、一百廿四回本，还都没有看到。等我的《水浒传考证》问世的时候，日本才发现《水浒》的一百一十五回本及一百回本、一百一十回本及一百廿回本。同时我自己也找到了一百一十五回本及一百廿四回本。做考据工作，没有书是很可怜的。考证《红楼梦》的时候，大家知道的材料很多，普通所看到的《红楼梦》都是一百廿回本。这种一百廿回本并非真的《红楼梦》。曹雪芹四十多岁死去时，只写到八十回，后来由程伟元、高鹗合作，一个出钱，一个出力，完成了后四十回。乾隆五十六年的活字版排出了一百廿回的初版本，书前有程、高二人的序文说："世人都想看到《红楼梦》的全本，前八十回中黛玉未死，宝玉未娶，大家极想知道这本书的结局如何？但却无人找到全的《红楼梦》。近因程、高二人在一卖糖摊子上发现有一大卷旧书，细看之下，竟是世人遍寻无着的《红楼梦》后四十回，因此特加校订，与前八十回一并刊出。"可是天下这样巧的事很少，所以我猜想序文中的说法不可靠。

## 考证《红楼梦》，清查曹雪芹

三十年前我考证《红楼梦》时，曾经提出两个问题，这是研究红学的人值得研究的：一、《红楼梦》的作者是谁？作者是怎样一个人？

他的家世如何？家世传记有没有可考的资料？曹雪芹所写的那些繁华世界是有根据的吗？还是关着门自己胡诌乱说？二、《红楼梦》的版本问题，是八十回？还是一百廿回？后四十回是哪里来的？那时候有七八种《红楼梦》的考证，俞平伯、顾颉刚都帮我找过材料。最初发现乾隆五十七年（1792）有程伟元序的乙本，其中并有高鹗的序文及引言七条，以后发现早一年出版的甲本，证明后四十回是高鹗所续，而由程伟元出钱活字刊印。又从其他许多材料里知道曹雪芹家为江南的织造世职，专为皇室纺织绸缎，供给宫内帝后、妃嫔及太子、王孙等穿戴，或者供皇帝赏赐臣下，后来在清理故宫时，从康熙皇帝一秘密抽屉内发现若干文件，知道曹雪芹的祖父曹寅，等于皇帝派出的特务，负责察看民心年成，或是退休丞相的动态，由此可知曹家为阔绰大户。《红楼梦》中有一段说到王熙凤和李嬷嬷谈皇帝南巡，下榻贾家，可知是真的事实。以后我又经河南的一位张先生指点，找到杨钟羲的《雪桥诗话》及《八旗文经》，以及有关爱新觉罗宗室敦诚、敦敏的记载，知道曹雪芹名霑，号雪芹，是曹寅的孙子，接着又找到了《八旗人诗钞》、《熙朝雅颂集》，找到敦诚、敦敏兄弟赠送曹雪芹的诗，又找到敦诚的《四松堂集》，是一本清钞未删底本，其中有挽曹雪芹的诗，内有“四十年华付杳冥”句，下款年月日为甲申（即乾隆甲申廿九年，西历1764年）。从这里可以知道曹雪芹去世的年代，他的年龄为四十岁左右。

## 险失好材料，再评《石头记》

民国十六年我从欧美返国，住在上海，有人写信告诉我，要卖一本《脂砚斋评石头记》给我，那时我以为自己的资料已经很多，未加理会。不久以后和徐志摩在上海办新月书店，那人又将书送来给我看，原来是甲戌年手抄再评本，虽然只有十六回，但却包括了很多重要史料。里面有“壬午除夕，书未成，芹为泪尽而逝。甲午八月泪笔”的句子，指出曹雪芹逝于乾隆廿七年冬，即西历一七六三年二月十二日。

"字字看来皆是血，十年辛苦不寻常"的诗句，充分描绘出曹雪芹写《红楼梦》时的情态。脂砚斋则可能是曹雪芹的太太或朋友。自从民国十七年二月我发表了《考证〈红楼梦〉的新材料》之后，大家才注意到《脂砚斋评本石头记》。不过，我后来又在民国廿二年从徐星署先生处借来一部庚辰秋定本脂砚斋四阅评过的《石头记》，是乾隆廿五年本，八十回，其中缺六十四、六十七两回。

## 谈《儒林外史》，推赞吴敬梓

现在再谈谈我对《儒林外史》的考证:《儒林外史》是部骂当时教育制度的书，批评政治制度中的科举制度。我起初发现的只有吴敬梓的《文木山房集》中的赋一卷（四篇），诗二卷（一三一首），词一卷(四七首)，拿这当作材料。但是在一百年前，我国的大诗人金和，他在跋《儒林外史》时，说他收有《文木山房集》，有文五卷。可是一般人都说《文木山房集》没有刻本，我不相信，便托人在北京的书店找，找了几年都没有结果，到了民国七年才在带经堂书店找到。我用这本集子参考安徽《全椒县志》，写成一本一万八千字的《吴敬梓年谱》，中国小说传记资料，没有一个能比这更多的，民国十四年我把这本书排印问世。

如果拿曹雪芹和吴敬梓二人作一个比较，我觉得曹雪芹的思想很平凡，而吴敬梓的思想则是超过当时的时代，有着强烈的反抗意识。吴敬梓在《儒林外史》里，严刻地批评教育制度，而且有他的较科学化的观念。

……

最后，根据我个人几十年来找书的经验，发现我们过去的藏书的范围是褊狭的，过去收书的目标集于收藏古董，小说之类决不在藏书之列。但我们必须了解了解，真正收书的态度，是要无所不收的。

1959 年 12 月 27 日在台湾"中国图书馆学会"年会上的演讲

# 治学的三根毫毛①

主席、白副总司令、各位同志：

我很抱歉，因为昨天在梧州一连说了两次话，喉咙有些哑，今天觉得更哑，恐怕在这么大的集会，不容易说得好。刚才听见主席说，我这次是受了李总司令的劝驾才来的，其实我早就有到贵省观光的意思，事前并已先拍电通知广西的友人，告诉他不久将来桂一游。所以，这次可以说是专程而来的。记得这次在粤谒见李总司令的时候，李总司令对本人再三叮嘱，希望本人不但要到西大看看，而且要到南宁以及其他各处去看看。今天能够到这里和诸位见面，心里实在感到非常的快慰！但是，本人来到这里，要讲什么题目才好呢？刚才宾南先生已经说过，诸位都是青年，所以在拟定的许多题目中，宾南先生特择"治学的方法"这一题要我来讲。

本来做学问，如果得到好的方法，自然容易与学问接近，所得的成绩也会比较的多。因此，我时常接得青年朋友的信，殷殷以治学的方法相询。说胡先生何以不告诉我们做学问的方法，以指导我们如何

① 1935年1月13日在广西南宁讲。陈翔冰、郑泗水记录。

去做才会更有条理，更有成绩，让我们也好得到做学问的捷径。对于这问题，我有的或在书信上答复，有的或在学校讲演，计前后已讲十七年了。去年三月初八到天津去，也是讲这个题目，当时，因为早到了半天，就在旅馆中重温旧稿，看有什么地方可以增改，但是愈看心里愈怀疑，到最后才恍然大觉大悟，深觉十七年来所讲这无数次的治学的方法，都是错误的，于是就把旧稿都撕掉了。

三月初八那日所得的新觉悟，使我明白，治学有无成绩，有无结果，不是单靠方法就可以做得到的。在方法之前还须有更重要的先决条件，那些先决条件不具备，即有方法也是没有用的。《西游记》的孙大圣，因为上西天取经去，怕路上要遇到许多艰难，所以就求观世音给他三根救命毫毛，放在身边，以便解决一切的危急。假如做学问也和唐僧求经一样要经过九九八十一劫，那么，难关还有一定的数目，然而做学问这一条路的历程，却是无穷尽的，其难关也不止九九八十一。如果我可以借给你们三根毫毛，或者一把百宝宝钥，以便诸君都能够深达学问的堂奥，岂不甚妙？无如我去年三月以来的新觉悟，使我知道做学问是无捷径的，也无小路可走，更无三根毫毛般的百宝宝钥可求。我们应当在方法之外，先解决做学问的基本条件，依据这种基本条件以建立学问的基础，以后，治学的方法，自然而然的也就有了。现在我把去年在天津旅馆里所觉悟到的两个基本条件贡献给诸位，这或许比三根毫毛还有用呢！

我以为在做学问之前，应先有下列两个条件：第一是有博大的准备，第二是养成良好的习惯。兹请依序说明之。

一、准备做学问的准备工作，就是先要打个底子，先要积知识经验，把基础打好。基础打好了，学问的初步也就有相当的成功了。做学问的第一步功夫，先在日日探求知识，搜集材料，不要即谈方法，更不要急求成绩，知识日深，材料日多，自然有方法，有成绩了。即古人所谓“开卷有益”之意也。所以现在做学问不但要开卷，而且什么东西都要用，以作做学问的基础。诸位知道，在科学史上有一段佳话，说牛顿看见苹果自树上坠下，后来就依之发现地心吸力的定律。这种稀世的发明，不独当时和现在的学术界受了绝大的影响，即将来影响于学术界亦必无穷尽。但是苹果的坠地，可以说是我们天天所看得见的，但是为什么不知道去发明，倒让牛顿发明了去呢？原来我们所以不及牛顿的地方，就是因为没有牛顿的博学的基础。我们都以为苹果的坠下是当然的，用不着再加怀疑，但是牛顿对苹果的坠下却发生了怀疑，他想：苹果为什么不向空中飞去呢？他的成功是因为牛顿有了精博的学问，对于当时十六、十七世纪的新科学有了深切的研究。因此做学问必要先有丰富的知识来做基础，这是不待言的。所以我们现在可以得到一个结论：做学问的先决条件，不是重在先得方法，而是在先求知识，抱定开卷有益的态度，先造成广博精深的基础，然后才来做学问。宋朝的王安石，其道德、学问、功业，都可以说是中国历史上的第一等人。他有几句很警惕的话，是值得我们注意的。他的朋友曾子固因为看他做学问方法太杂，就写信勉戒他。王安石先生因此就作书答他说：

> ……读经而已，则不足以知经。故自百家诸子之书，至《难经》、《素问》、《本草》、诸小说，无所不读；农夫女工，无所不问；然后于经为能知其体而无疑。盖后世之学者与先王之时异矣；不如是，不足以尽圣人故也。……致其知而后读，以有所去取，故异学不能乱也。

我们现在离王安石先生的年代，虽已有八百余年之久，但一读他前面的一段文章，再把“致其知而后读”的意思仔细体味起来，深觉其言，实大有至理。所以做学问应该以广博精深的学问来做基础，不论它是牛溲马渤，竹头木屑，都要兼收并蓄，使对于各种知识，无所不知，无所不晓，然后做学问才能有成绩；否则，即有孙大圣的三根救命毫毛，亦无补于事。不过，或许有人对于“致其知而后读”的意义还有怀疑，现在请再举例以明之。

我现在要举的例是《墨子》。《墨子》这部书，可以说是中国古代的一部奇书。墨子大家都知道他是讲兼爱的，反对儒家和杨朱一派的思想的。因为历来儒家的思想占了优胜，所以《墨子》这部书，就久被人所摒弃了。二千年来去注意它的人很少，所以其中遂致有许多残缺讹误之处。全书最值得注意的，是《经上》、《经下》、《经说上》、《经说下》、《大取》、《小取》六篇，这六篇记载着当时墨子学派的各种科学理论，一向因为没有人看得懂，注意的人就更少了。到了乾隆时代，才有人稍为看得懂，也才知道其中有须横看的。殁至清末中西文化沟通后，中国人从西方学得了几何学、光学、力学之学，后来又有人懂得了论理学、知识论等，到了这个时候，把《墨子》的书打开来看，才骇然惊喜，原来在《墨子》里有许多地方是可以用这些新知识来解释的。不过，在这里值得我们注意的，就是为什么以前的人对于《墨子》一书能够了解的是这么少，到了后来能了解的人反而这么增多呢？我们的知识越多，我们了解《墨子》也越多。这就是"致其知而后读"的道理。所以从以上的论据看来，可以使我们明白，凡是知道的事物越多，知识就越广，知识越广，就越容易做学问。

说到这里，让我再引个例证，来说明准备工作对于做学问的重要。大家知道达尔文是一个生物学大家，他一生为了研究生物演进的状态，费了二十多年的光阴，并且曾经亲自乘船游历全世界，采集各种动植物的标本和研究其分布的状况，积了许多材料，但是总想不出一个原则来统括他的学说。有一天偶然读起马尔萨斯（Thomas Robert Malthus 1766—1834）的《人口论》，说粮食的增加是照数学级数，即是依一、二、三以上升。人口的增加却是照几何级数，即是依二、四、八以上升，所以人口的增加快于粮食。达尔文看到这里，豁然开朗地觉悟起来了，因此确定了"生存竞争，优胜劣败"的原理。我们知道达尔文二三十年所研究的是生物学的学问，但是还要依赖经济学来补助，才能替他的整个学问找到一个基本的原则，可见学问要广博，知识要丰富，不应只是注重于方法的问题，还须扩大学问的角度和台基，以为做学问的基础，然后学问才有成就的希望。

二、养成良好的习惯。上面我已经详述做学问的功夫，须要有广博的知识来做基础，但是单持有广博的知识，还是不足用，此外，还要养成二三种良好的习惯才成。通常所谓论理学或方法论，想诸位也知道其中有演绎归纳等的方法。如果以为论理学或方法论可以完全解决做学问的问题，诸位早就可以在教科书里求得了。正因为做学问的功夫，并不单应在方法上考究，所以每一个人在学问上造就的深浅，都是有赖于良好习惯的养成。试看古今中外的大学问家如王念孙、戴东原、顾亭林、牛顿、达尔文等，哪一个不是从良好的习惯中淘练出渊博伟大的学问来？所以在做学问之前，应有的第二条件，就是养成好的习惯。

良好习惯的养成约有三种：

1. 勤（要勤快，不要懒，不怕苦。）

2. 慎（不苟且，不潦草，不随便，要负责任。）

3. 虚（不要有成见，要虚心。）

现在先从“勤”字讲起：

中国今日的新史学家顾颉刚先生，大家都知道他的《古史辨》是对于中国史学上贡献很大的。他平生治学的功夫，有许多是可以取法的，他的好处就在一个“勤”字。试举一件事做个例。以前顾先生还在做学生的时候，有人知道他的经济上很困难，就拿一本《古今伪书考》嘱他用标点符号标点出来，以便送到书店卖一笔钱。可是书交他之后，等了一月、两月、半年、一年，还没有见到他交还。一天我到他房里去看他，问起这件事，他就拿出了一大堆的稿子来，已经整理成为一大堆有系统的史料了。我问他：“怎么倒弄成了考据呢？”他说：“这有什么办法，书中不是残缺不全，就是讹误百出，怎能不细心来替它整理整理呢？”这种不肯偷懒的精神，就是他在学术上成功的秘诀。

现在再让我介绍顾亭林先生的治学方法。大家知道顾亭林先生平生治学是非常勤谨的，他为了要证明“服”字古音读做“逼”音，就不惮烦劳，把所有的古书检出一百六十二条的证据。可见古人做学问所以有成绩的缘故，不论在何种条件之下，都少不了一个“勤”字。

其次说到“慎”字。

我们做学问，不论中国字的一点一滴、一笔一画，外国字小小的一个字母，或是研究自然科学或数学上的一小圈，亦不可轻易把它放过。我看见现在有一班做学问的青年，其所以失败，就是因为太不慎，换言之，就是太苟且，太拆烂污了。譬如近人翻译外国文学书，竟将Oats译做橡树，即是将Oats误当作Oaks；虽只是一小字母的差别，但却将小麦译作大橡树，这不是谬以毫厘，差以千里吗？又以前曾看到一篇翻译的小说，描写一个女人生肺炎病，她的女友就拿猪肉给她吃，看到这里，心里很纳罕，即以普通常识来想，也知道生了肺炎病的人，无论怎样都不应该给她吃猪肉，后来一查原文，才知道是把Port误译作Pork。这不过随便略举一二而已，也就可见一班做学问的人太不小心了。但是，我们不能因为错误太小，就轻轻把它放过。治学的态度，要像做法官做侦探一样，丝毫不苟且，虽是极细微的地方，也要一样的注意。在这里我愿意再举出几个例来：

中国的文字中的“于”字和“於”字，以及“维”字，“言”字，都有其独特用法的，一向大都不十分去注意它。例如“于”字和“於”字的用法，普通以为没什么分别。可是有一位瑞典人高本汉(Karlgren)研究《左传》便发现了“于”和“於”两字的用法是各有不同的，这是我们所未尝注意到的。他还把它做出一个详细的表来。依他就用字法的研究的结果，到现在我们才知道所谓的《左传》的作者鲁君子左丘明的真假实在发生问题，而据高本汉所证明的，此书的作者是山西人而不是山东人。

又我的学生某君，一次曾以“弗”和“不”两字有什么不同相问，并举出不少的例子以相示，我就嘱他继续去研究。后来，研究的结果，才知道“弗”字具有“不之”两字合起来的意思，就是“半夜邻有求，无弗给”，等于“半夜邻有求无不之给”。由此可见做学问是要格外慎重的，研究自然科学的固然尤应该格外小心，即其他事业，如法官侦探亦何尝不应如此。

最末了说到“虚”字。

“虚”字就是“虚心”的意思。做学问贵能虚心，事先不为成见所入，一如法官的审案，虽搜集各种证据，都可加入罪名，但于证据中，还须再三慎重的考虑，避绝一切憎爱的成见，然后才不至于枉法。譬如苹果为什么会坠地、“弗”与“不”为什么不同……凡此种种都得虚心去考虑。

综上所述，我们知道，凡做学问所以能有成绩的，不在方法而在勤、慎、虚。换言之，就是要笨干。所谓科学方法者，亦离不了上述这三种要件。假使具备了这三种要件，科学方法就随之而来了。如王念孙、顾亭林、戴东原等，他们的学问何尝不是笨干出来的？我在西大讲演，说到“维”字，它的意义很多，如“维是文王”，“维是熙熙”，祭文上的“维中华民国某年某月某日”，含义各有不同。究竟“维”字在经文里怎样解说呢？《诗经》里就有三百几十个的“维”字。在我们都有些洋脾气的人，在这里自应先认为不懂，再去翻古书，把找得到的“维”字，都抄出来，一一拿来比较，然后就容易明白了，这样终于确定“维”字是一个感叹词。老子说：“维之於呵，相去几何”，也可以证明原来“维”就是“呵”的意思。

最后我有几句话要忠告诸位，就是做学问并无捷径小路可走。更没有一定的方法可受用无穷，如果真有这方法，我为何不乐意奉送给诸位？记得以前有个龟兔赛跑的故事，是希腊最有名的寓言，可以拿出来供诸位做学问的教训。我觉得世界上有两派人：一派是乌龟派；一派是兔子派。凡是在学问上有大成就像达尔文、牛顿这一班人，都是既有兔子的天才，又有乌龟的功力，所以能够成为世界上最堪景仰的人。不过兔子的聪明，不是人人都有的，但乌龟的功力，则人人可学。在这里我希望诸位在做学问方面努力去学做乌龟，中国就不怕不产生无数像达尔文、牛顿、瓦特这一类的大学问家了。

一月十三日，一九三五

# 思想的方法①

一个人的思想，差不多是防身的武器，可以批评什么主义，可以避免一切纷扰。我们人总以为思想只有知识阶级才有，可是这是不尽然的；有的时候，思想不但普通人没有，就是学者也没有。普通人每天做事、吃饭、洗脸、漱口……都是照着习惯做去，没有思想的必要，所以不能称为有思想；就是关着窗子，闭着门户，一阵子的胡思乱想，也绝对不是思想的本义。原来思想是有条理、有系统、有方法的。

我们遇着日常习惯的事，总是马马虎虎的过去；及至有一个异于平常的困难发生，才用思想去考虑和解决。譬如学生每天从宿舍到课堂，必须经过三岔路和电车站，再走过二行绿荫荫的柳树，和四层楼的红房子，然后才至课堂。这在每天来往的学生，是极平常而不注意的事；但要是一个新考进来的学生，当他到了三岔路口的辰光，一定有一个问题发生：就是在这三条路中，究竟打哪一条路走能到目的地？那个时候，要解决这个困难，思想便发生了。

---

① 1925年10月28日在上海光华大学讲，赵家璧记录。发表于1926年1月《学生杂志》第十三卷第1期。

要管理我们的思想，照心理学上讲，须要用五种步骤：

一、困难的发生。人必遇有歧路的环境或疑难问题的时候，才有思想发生。倘无困难，决不会发生思想。

二、指定困难的所在。有的困难是很容易解决的，那就没有讨论和指定困难的所在的必要。要是像医生的看病，那就有关人命了。我们遇着一个人生病的时光，往往自己说不出病之所在；及至请了医生来，他诊了脉搏，验了小便，就完了事；后来吃了几瓶药水，就能够恢复原状。他所以能够解决困难，和我们所以不能解决困难的不同点，就在能否指定和认清困难之所在罢了。

三、假设解决困难的方法。这就是所谓出主意了。像三岔路口的困难者，他有了主意，必定向电车站杨柳树那边跑。这种假说的由来，多赖平日的知识与经验。语云："养兵千日，用在一朝。"我们求学亦复如此。这一步实是最重要的一步。要是在没有思想的人，他在脑袋中，东也找不到，西也找不到，虽是他在平常能够把书本子倒背出来；可是没有观察的经验，和考虑的能力，一辈子的胡思乱想，终是不能解决困难的啊。

但是也有人，因为学识太足了，经验太富了，到困难来临的时候，脑海中同时生了许多不同的解决方法；有的时候，把对的主意，给个人的感情和嗜好压了下去，把不对的主意，反而实行了。及后铸成大错，追悔莫及。所以思想多了，一定还要用精密谨慎的方法，去选定一个最好的主意。

四、判断和选定假说之结果。假若我脑海中有了三种主意：第一主意的结果是A、B、C、D，第二主意的结果是E、F、G，第三主意的结果是H、I；那个时候，就要考虑他三个结果的价值和利害；然后把其中最容易而准确的结果设法证明。

还有我们做事，往往用主观的态度，而不用客观的态度；这就是我们常说的"某人说话，不负责任"的解释了。

此次五卅惨案，也有许多激烈的青年，主张和英国宣战，他们没有想到战争时，和战争后，政治上、商业上、交通上、经济上、军事上的一切设备和结果。他们只知唱高调，不负责任的胡闹，只被成见和一时感情的冲动所驱使，没有想到某种条件有某种结果，和某种结果有没有解决某种条件的可能。

五、证实结果。既已择定一个解决困难的方法，再要实地试验，看它实效的如何以定是非与价值。遇有事实不易在自然界发生的，则用人力造成某种条件以试验之。例如欲知水是否为氢氧二元素所构成，此事在自然界不易发生，于是以人力合二原质于一处，加以热力，考察是否能成水。更以水分析之，看能否成氢氧二元素，即从效果上来证实水的成分。

从前我的父亲有一次到满洲去勘界。一天到了一个大森林，走了多天，竟迷了路；那个时候干粮也吃完了，马也疲乏了，在无可如何的时光，他爬上山顶，登高一望，只见翠绿的树叶，弥漫连续，他用来福枪放起来，再把枯树焦叶烧起来，可是等了半天，连救援人的影踪也找不到。他便着急起来了。隔一回儿，他想起从前古书里有一句话，叫作“水必出山”。他便选定了这个方法，找到了河，遵了河道，走了一日夜，竟达到了目的地。

又有一例。禅宗中有一位烧饭的，去问他的大法师道：“佛法是什么?”那大法师算了半天，才回答道：“上海的棉花，二个铜子一斤。”烧饭的便说道：“我问你的是佛法，你答我的是棉花，这真是牛头不对马面了。”隔了三年，他到了杭州的灵隐寺去做烧饭，他又乘便问那个住持的和尚道：“佛法是什么?”那住持和尚道：“杭州的棉花，也是二个铜子一斤。”他更莫名其妙；于是他便跑到普陀山、峨眉山……途中饱尝了饥渴盗匪之苦，问了许多和尚法师，竟没有得到一个圆满的解决。有一天，他到了一个破庙房，碰到一个老年的女丐，口中咿唔的在自语着，他在不知不解间，听得一句不相干的话，忽然间竟觉悟了世界上怎样的困难，他也就明白了“佛法是什么”。他在几十年中所怀的闷葫芦，一旦竟明白了，不是偶然的。这就是孟子所说“资之深，则取之左右逢其源”，只要把自己的思想运用，把自己的脑筋锻炼，那么，什么东西都可以迎刃而解了！

在宋朝有一个和尚，名叫法贤，人家称他做五祖大师，他最喜欢讲笑话。他讲：从前有一个贼少爷，问贼老爷道：“我的年纪也大了，也不能天天玩耍了，爹爹也可以教我一点立身之道吗？”那贼老爷并不回答他，到了晚上，导他到一座高大的屋宇，进了门，便把自己身边的钥匙，开了一个很大的衣橱，让他的儿子进去，待到贼少爷跨进衣橱，贼老爷把橱门啪的关上，并且锁着；自己连喊“捉贼，捉贼”的逃了。那时候，贼少爷在衣橱里是急极了，他想，我的爹爹叫我来偷东西，那么他为什么把我锁在里边，岂不是叫他们活剥剥的把我捉住，送我到牢狱里去，尝铁窗骚味吗？可是他既而一想，“怎么样我可以出去？”便用嘴作老鼠咬衣服的声音，孜孜一阵乱叫，居然有人给他开门了，他便乘着这个机会，把开门的人打倒，把蜡烛吹灭，等到仆人们来追赶他，他早已一溜烟地跑回家了。他看见父亲之后，第一声便问道：“你为什么把我关在橱里呢？”那贼老爷道：“我先要问你，你是怎么样出来的？”他便把实情一五一十的讲给贼老爷听，他听了之后，眉开眼笑的说道：“你也干得了！”要是这位贼少爷，在困难发生的时候，不用思想，他早已大声的喊道：“爹爹啊！不要关门啊”了。

我们读书不当死读，要讲合用；在书本之外，尤其要锻炼脑力，运用思想，和我的父亲，禅宗中的烧饭者和贼少爷一般无二。他们是能用有条理有系统有方法的思想，去解决他们的困难的。

我记得前几天有一个日本新闻记者问我：“现在中国青年的思想是什么？”我便很爽快地答道：“中国的青年，是没有思想的。”这一句话，我觉得有一点武断，并且很对不起我国的青年，可是我也有不得已的苦衷。当我在北京大学教论理学的时光，我出了三个问题：

（一）照你自己经验上讲，有何可称为思想的事实？

（二）在福尔摩斯的侦探案中，用科学方法分析出来有何可称为思想的事实？

（三）在科学发明史上，有何可称为思想的事实？

到了后来，第二第三个都能回答得很对，第一个问题简直回答的不满十分之二，而他们所回答的，完全是答非所问。这便因为他们平时不注意运用思想的缘故。

十四，十，二十八日，于光华大学

# 知识的准备①

在这个值得纪念的仪式完毕之后，你们就被列入少数特权分子之列——大学毕业生。今天并不是标示着人生一段时期的结束或完毕，而是一个新生活的开始，一个真正生活和真正充满责任的开端。

人家对你们作为大学毕业生的，总期望会与平常人有所不同，和大多数没有念过大学的人有所不同。他们预料你们言行会有怪异之处。

你们有些人或许不喜欢人家把你们目为与众不同、言行怪异的人。你们或许想要和群众混在一起，不分彼此。

让我们向你们保证，要回到群众中间，使人不分彼此，是一件容易做到的事。假如你们有这个愿望，你们随时都可以做到，你们随时都可以成为一个“好同伴”，一个“易于相处的人”——而人们，包括你们自己，马上就会忘记你们曾经念过大学这回事。

虽然大学教育当然不该把我们造成为“势利之徒”和“古怪的

① 1941年6月中旬在美国普渡大学毕业典礼上的英文讲演。郭博信中译。原载1984年台北联经出版事业公司《胡适之先生年谱长编初稿》第5册（胡颂平编撰）。

人”，可是我们大学毕业生一直保留一点儿与众不同的标志，却也不是一件坏事。这一点儿与众不同的标志，我相信，是任何学术机构的教育家所最希望造成的。

大学男女学生与众不同的这个标志是什么呢？多数教育家都很可能会同意的说，那是一个多少受过训练的脑筋——一个多少有规律的思想方式——这会使得，也应当使得，受大学教育的人显出有些与众不同的地方。

一个头脑受过训练的人在看一件事是用批判和客观的态度，而且也用适当的智识学问为凭依。他不容许偏见和个人的利益来影响他的判断，和左右他的观点。他一直都是好奇的，但是他绝对不会轻易相信人。他并不仓促地下结论，也不轻易地附和他人的意见，他宁愿耽搁一段时间，一直等到他有充分的时间来查考事实和证据后，才下结论。

总而言之，一个受过训练的头脑，就是对于易陷入于偏见、武断和盲目接受传统与权威的陷阱，存在戒心和疑惧。同时，一个受过训练的脑筋绝不是消极或是毁灭性的。他怀疑人并不是喜欢怀疑的缘故；也并不是认为“所有的话都有可疑之处，所有的判断都有虚假之处。”他之所以怀疑是为了想确切相信一件事。为了要根据更坚固的证据和更健全的推理为基础，来建立或重新建立信仰。

你们四年的研究和实验工作一定教过你们独立思考、客观判断、有系统地推理，和根据证据来相信某一件事的习惯。这些就是，也应当是，标示一个人是大学生的标志。就是这些特征才使你们显得“与众不同”和“怪异”，而这些特征可能会使你们不孚众望和不受欢迎，甚至为你们社会里大多数人所畏避和摒弃。

可是，这些有点令人烦恼的特点却是你们母校于你们居留在此时间中，所教导你们而为此最感觉自豪的事。这些求知习惯的训练，如果我没有判断错误的话，也就是你们在大学里有责任予以培养起来的，回家时从这个校园里所带走的，并且在你们整个一生和在你们一切各种活动中，所继续不断的实行和发展的。

伟大的英国科学家，同时也是哲学家的赫胥黎（Thomas H. Husley）曾说过：“一个人一生中最神圣的行为就是口里讲，内心深感觉到这句话：‘我相信某件事是实在的。’紧附在那个行为上的是人生存在世上一切最大的报酬和一切最严重的责罚。”要成功地完成这一个“最神圣的行为”，那应用在判断、思考，和信仰上的思想训练和规律是必要的。

所以在这一个值得纪念的日子，你们必须问自己的第一个问题就是：我是否获得所期望于为一个受大学教育的我所应有的充分智识训练吗？我的头脑是否有充分的装备和准备来做赫胥黎所说的“一个人一生中最神圣的行为”？

我们必须要体会到“一个人一生中最神圣的行为”也同时是我们日常所需做的行为。另一个英国哲学家弥尔（John Stuart Mill）曾说过：“各个人每天每时每刻都需要确切证实他所没有直接观察过的事情……法官、军事指挥官、航海人员、医师、农场经营者（我们还可以加上一般的公民和选民）的事，也不过是将证据加以判断，并按照判断采取行动……就根据他们做法（思考和推论）的优劣，就可决定他们是否尽其分内的职责。这是头脑所不停从事的职责。”

由于人人每日每时都需要思考，所以人在思考时，极容易流于疏忽，漠不关心，和习惯性的态度。大学教育毕竟难以教给我们一整套精通与永久适用的求知习惯，原因是其所需的时间远超过大学的四年。大学毕业生离开了他的实验室和图书馆，往往感觉到他已经工作得太劳累，思考得太辛苦，毕业后应当享受到一种可以不必求知识的假期。他可能太忙或者太懒，而无法把他在大学里刚学到而还没有精通的知识训练继续下去。他可能不喜欢标榜自己为受过大学教育“好炫耀博学的人”。他可能发现讲幼稚的话与随和大众的反应是一种调剂，甚至是一种愉快的事。无论如何，大学毕业生离开大学之后，最普遍的危险就是溜回到怠惰和懒散方式的思考和信仰。

所以大学生离开学校后，最困难的问题就是如何继续培养精稔实验室研究的思考态度和技术，以便将这种思考的态度和技术扩展到他日常思想、生活，和各种活动上去。

天下没有一个普遍适用以提防这种懒病复发的公式。但是我们仍然想献给列位一个简单的妙计，这个妙计对我自己和对我的学生和朋友都很实用。

我所想要建议的是各个大学毕业生都应当有一个或两个或更多足以引起兴趣和好奇心的疑难问题，借以激起他的注意、研究、探讨或实验的心思。你们大家都知道的，一切科学的成就都是由于一个疑难的问题碰巧激起某一个观察者的好奇心和想象力所促成的。有人说没装备良好的图书馆和实验室是无法延续求知的兴趣。这句话是不确实的。请问亚基米德、伽利略、牛顿、法拉第，或者甚至达尔文或巴斯德究竟有什么实验室或图书馆的装备呢？一个大学毕业生所需要的仅是一些会激起他的好奇心，引起他的求知欲和挑激他的想法求解决的有趣的难题。那种挑激引发的性质就足够引致他搜集资料、触类旁通、设计工具，和建立简单而适用的试验和实验室。一个人对于一些引人好奇的难题不发生兴趣的话，就是处在设备良好的实验室和博物馆中，智识上也不会有任何发展。

四年的大学教育所给予我们的，毕业只不过是已经研究出来和尚未研究出来的学问浩瀚范围的一瞥而已。不管我们主修的是哪一个科目，我们都不应当有自满的感觉，以为在我们专门科目范围内，已经没有不解决的问题存在。凡是离开母校大门而没有带一两个智识上的难题回家去，和一两个在他清醒时一直缠绕着他的问题，这个人的智识生活可以说是已经寿终正寝了。

这是我给你们的劝告：在这一个值得纪念的日子里，你们该花费几分钟，为你们自己列了一个智识的清单，假如没有一两个值得你们下决心解决的智识难题，就不轻易步入这个大世界。你们不能带走你们的教授，也不能带走学校的图书馆和实验室。可是你们带走几个难题。这些难题时刻都会使你们智识上的自满和怠惰下来的心受到困扰。除非你们向这些难题进攻，并加以解决，否则你们就一直不得安宁。那时候，你们看吧，在处理和解决这些小难题的时候，你们不但使你们思考和研究的技术逐渐纯熟和精稔，而且同时开拓出智识的新地平线并达到科学的新高峰。

这种一直有一些激起好奇心和兴趣疑难问题来刺激你们的小妙计有许多功用。这个妙计可使你们一生中对研究学问的兴趣永存不灭，可开展你们新嗜好的兴趣，把你们日常生活提高到超过惯性和苦闷的水准之上。常常在沉静的夜里，你们突然成功地解决了一个讨厌的难题而很希望叫醒你们的家人，对他们叫喊着说："我找到了，我找到了！"那时候给你们的是智识上的狂喜和很大的乐趣。

但是这种自找问题和解决问题方式最重要的用处，是在于用来训练我们的能力，磨炼我们的智慧，而因此使我们能精稔实验与研究的方法和技术。对思考技术的精稔可能引使你们达到创造性的智识高峰；但是也同时会渐渐地普遍应用在你们整个生活上，并且使你们在处理日常活动时，成为比较懂得判断的人，会使你们成为更好的公民，更聪明的选民，更有智识的报纸读者，成为对于目前国家大事或国际大事一个更为胜任的评论者。

这个训练对于为一个民主国家里公民和选民的你们是特别重要的。你们所生活的时代是一片充满了惊心动魄事件的时代，一个势要毁灭你们政府和文化根基的战争时代。而从各方面拥集到你们身上的是强有力不让人批驳的思想形态，巧妙的宣传，以及随意歪曲的历史。希望你们在这个要把人弄得团团转的旋风世界中，要建立起你们的判断力，要下自己的决定，投你们的票，和尽你们的本分。

有人会警告你们要特别提高警觉，以提防邪恶宣传的侵袭。可是你们要怎样做才能防御宣传的侵入呢？因为那些警告你们的人本身往往就是职业的宣传员，只不过他们罐头上所用的是不同的商标；但这些罐头里照样是陈旧的和不准批驳的东西！

例如，有人告诉你们，上次世界大战所有一切唯心论的标语，像“为世界民主政治的安全而战”和“以战争来消弭战争”，这些话，都是想讨人欢喜的空谈和烟幕而已。但是揭露这件事的人也就是宣传者，他要我们全体都相信美国之参加上次世界大战是那些“担心美元英镑贬值”放高利贷者和发战争财者所促成的。

再看另一个例子。你们是在一个信仰所培养之下长大起来的。这些信仰就是相信你们的政府形式，属于人民的政府，尊敬个人的自由，特别是相信那保护思想、信仰、表达和出版等自由的政府形式是人类最伟大的成就之一；但是我们这一代的新先知们却告诉你们说，民主的代议政府仅是资本主义制度下的一个必然的副产品，这个制度并没有实质的优点，也没有永恒的价值；他们又说个人的自由并不一定是人们所希求的；为了集体的福利和权力的利益起见，个人的自由应当视为次要的，甚至应当加以抑压下去的。

这些和许多其他相反的论调到处都可以看到听到，都想要迷惑你们的思想，麻木你们的行动。你们需要怎么样准备自己来对付一切所有这些相反的论调呢？当然不会是紧闭着眼睛不看，掩盖着耳朵不听吧。当然也不会躲在良好的古老传统信仰的后面求庇护吧，因为受攻击和挑衅的就是古老的传统本身。当然也不会是诚心诚意地接受这种陈腔烂调和不准批驳的思想和信仰的体系，因为这样一个教条式的思想体系可能使你们丢失了很多的独立思想，会束缚和奴役你们的思想，以致从此之后，你们在智识上说，仅是机械一个而已。

你们可能希望能保持精神上的平衡和宁静，能够运用你们自己的判断，唯一的方法就是训练你们的思想，精稔自由沉静思考的技术。使我们更充分了解智识训练的价值和功效的就是在这智识困惑和混乱的时代。这个训练会使我们能够找到真理——使我们获得自由的真理。

关于这种训练与技术，并没有什么神秘的地方。那就是你们在实验室里所学到的，也就是你们最优秀的教师终生所从事，而在你们研究论文上所教你们的方法，那就是研究和实验的科学方法。也就是你们要学习应用于解决我所劝你们时刻要找一两个疑难问题所用的同样方法。这个方法，如果训练得纯熟精通，会使我们能在思考我们每天必须面对有关社会、经济和政治各项问题时，会更清楚、会更胜任的。

以其要素言，这个科学技术包括非常专心注意于各种建议、思想和理论，以及后果的控制和试验。一切思考是以考虑一个困惑的问题或情况开始的。所有一切能够解决这个困惑问题的假设都是受欢迎的。但是各个假设的论点却必须以在采用后可能产生的后果来作为适用与否的试验，凡是其后果最能满意克服原先困惑所在的假设，就可接受为最好和最真实的解决方法。这是一切自然、历史和社会科学的思考要素。

人类最大的谬误，就是以为社会和政治问题简单得很，所以根本不需要科学方法的严格训练，而只要根据实际经验就可以判断，就可以解决。

但是事实却是刚刚相反的。社会与政治问题是关联着千千万万人命和福利的问题。就是由于这些极具复杂性和重要性的问题是十分困难的，所以使得这些问题到今日还没有办法以准确的定量衡量方法和试验与实验的精确方法来计量。甚至以最审慎的态度和用严格的方法无法保证绝无错误。但是这些困难却省免不了我们用尽一切审慎和批判的洞察力来处理这些庞大的社会和政治问题的必要。

两十五百年前某诸侯问孔子说："一言而可以兴邦……一言而丧邦有诸？……"

想到社会与政治的问题，总会提醒我们关于向孔子请教的这两个问题，因为对社会与政治的思考必然会连带想起和计划整个国家、整个社会，或者整个世界的事。所以一切社会与政治理论在用以处理一个情况时，如果粗心大意或固守教条，严重地说来，可能有时候会促成预料不到的混乱、退步、战争，和毁灭，有时就真的是一言兴邦，一言丧邦。

刚就在前天，希特勒对他的军队发出一个命令，其中说到一句话：

他要决定他的国家和人民未来一千年的命运！

但希特勒先生一个人是无法以个人的思想来决定千千万万人的生死问题。你们在这里所有的人需要考虑你们即将来临的本地与全国选举中有所选择，所有的人需要对和战问题表达意见，并下决定。是的，你们也会考虑到一个情况，你们在这个情况中的思考是正确，是错误，就会影响千千万万人的福利，也可能直接或间接的决定未来一千年世界与其文化的命运！

所以为少数特权阶级的我们大学男女，严肃的和胜任的把自己准备好，以便像在今日的这个时代，这个世界，每日从事思考和判断，把我们自己训练好，以便作有责任心的思考，乃是我们神圣的任务。

有责任心的思考至少含着三个主要的要求：第一，把我们的事实加以证明，把证据加以考查；第二，如有差错，谦虚地承认错误，慎防偏见和武断；第三，愿意尽量彻底获致一切会随着我们观点和理论而来的可能后果，并且道德上对这些后果负责任。

怠惰的思考，容许个人和党团的因素不知不觉的影响我们的思考，接受陈腐和不加分析的思想为思考之前提，或者未能努力以获致可能后果，来试验一个人的思想是否正确等等就是智识上不负责任的表现。

你们是否充分准备来做这件在你们一生中最神圣的行动——有责任心地思考？

# 九年的家乡教育（节选）

## 一

我父亲死时，我母亲只有二十三岁。我父初娶冯氏，结婚不久便遭太平天国之乱，同治二年（1863）死在兵乱里。次娶曹氏，生了三个儿子、三个女儿，死于光绪四年（1878）。我父亲因家贫，又有志远游，故久不续娶。到光绪十五年（1889），他在江苏候补，生活稍稍安定，他才续娶我的母亲，我母亲结婚后三天，我的大哥嗣稼也娶亲了。那时我的大姐已出嫁生了儿子。大姐比我母亲大七岁。大哥比她大两岁。二姐是从小抱给人家的。三姐比我母亲小三岁，二哥、三哥（孪生的）比她小四岁。这样一个家庭里忽然来了一个十七岁的后母，她的地位自然十分困难，她的生活自然免不了苦痛。

结婚后不久，我父亲把她接到了上海同住。她脱离了大家庭的痛苦，我父又很爱她，每日在百忙中教她认字读书，这几年的生活是很快乐的。我小时也很得我父亲钟爱，不满三岁时，他就把教我母亲的红纸方字教我认。父亲做教师，母亲便在旁做助教。我认的是生字。

她便借此温她的熟字。他太忙时，她就是代理教师。我们离开台湾时，她认得了近千字。我也认了七百多字，这些方字都是我父亲亲手写的楷字。我母亲终身保存着，因为这些方块红笺上都是我们三个人的最神圣的团居生活的纪念。

我母亲二十三岁就做了寡妇，从此以后，又过了二十三年。这二十三年的生活真是十分苦痛的生活，只因为还有我这一点骨血，她含辛茹苦，把全副希望寄托在我的渺茫不可知的将来，这一点希望居然使她挣扎着活了二十三年。

我父亲在临死之前两个多月，写了几张遗嘱，我母亲和四个儿子每人各有一张，每张只有几句话。给我母亲的遗嘱上说穈儿（我的名字叫嗣穈，穈字音门）天资颇聪明，应该令他读书。给我的遗嘱也教我努力读书上进。这寥寥几句话在我的一生很有重大的影响。我十一岁的时候，二哥和三哥都在家，有一天我母亲问他们道："穈今年十一岁了。你老子叫他念书。你们看看他念书念得出吗？"二哥不曾开口，三哥冷笑道："哼，念书！"二哥始终没有说什么。我母亲忍气坐了一会，回到了房里才敢掉眼泪，她不敢得罪他们，因为一家的财政权全在二哥的手里，我若出门求学是要靠他供给学费的。所以她只能掉眼泪，终不敢哭。

但父亲的遗嘱究竟是父亲的遗嘱，我是应该念书的。况且我小时很聪明，四乡的人都知道三先生的小儿子是能够念书的。所以隔了两年，三哥往上海医肺病，我就跟他出门求学了。

## 二

我在台湾时，大病了半年，故身体很弱。回家乡时，我号称五岁了，还不能跨一个七八寸高的门槛。但我母亲望我念书的心很切，故到家的时候，我才满三岁零几个月，就在我四叔父介如先生（名玠）的学堂里读书了。我的身体太小，他们抱我坐在一只高凳子上面。我坐上了就爬不下来，还要别人抱下来。但我在学堂并不算最低级的学生，因为我进学堂之前已认得近一千字了。

因为我的程度不算“破蒙”的学生，故我不需念《三字经》、《千字文》、《百家姓》、《神童诗》一类的书。我念的第一部书是我父亲自己编的一部四言韵文，叫做《学为人诗》，他亲笔抄写了给我的。这部书说的是做人的道理。我把开头几行抄在这里：

为人之道，在率其性。
子臣弟友，循理之正；
谨乎庸言，勉乎庸行；
以学为人，以期做圣。
……

以下分说“五伦”。最后三节，因为可以代表我父亲的思想，我也抄在这里：

五常之中，不幸有变，
名分攸关，不容稍紊。
义之所在，身可以殉。
求仁得仁，无所尤怨。

古之学者，察于人伦，
因亲及亲，九族克敦；
因爱推爱，万物同仁。
能尽其性，斯为圣人。

经籍所载，师儒所述，
为人之道，非有他术：

穷理致和，返躬践实，

黾勉于学，守道勿失。

我念的第二部书也是我父亲编的一部四言韵文，名叫《原学》，是一部略述哲理的书。这两部书虽是韵文，先生仍讲不了，我也懂不了。

我念的第三部书叫做《律诗六钞》，我不记得是谁选的了。三十多年来，我不曾重见这部书，故没有机会考出此书的编者；依我的猜测，似是姚鼐的选本，但我不敢坚持此说。这一册诗全是律诗，我读了虽不懂得，却背得很熟。至今回忆，却完全不记得了。

我虽不曾读《三字经》等书，却因为听惯了别的小孩子高声诵读，我也能背这些书的一部分，尤其是那五七言的《神童诗》，我差不多能从头背到底。这本书后面的七言句子，如：

人心曲曲湾湾水，

世事重重叠叠山。

我当时虽不懂得其中的意义，却常常嘴上爱念着玩，大概也是因为喜欢那些重字双声的缘故。

我念的第四部书以下，除《诗经》，就都是散文的了。我依诵读的次序，把这些书名写在下面：

(1)《孝经》

(2) 朱子的《小学》，江永集注本

(3)《论语》

以下四书皆用朱子注本

(4)《孟子》

(5)《大学》与《中庸》(《四书》皆连注文读)

(6)《诗经》，朱子《集传》本（注文读一部分）

(7)《书经》，蔡沈注本（以下三书不读注文）

(8)《易经》，朱子《本义》本

(9)《礼记》，陈澔注本

读到了《论语》的下半部，我的四叔父介如先生选了颍州府阜阳县的训导，要上任去了，就把家塾移交给族兄禹臣先生（名观象）。四叔是个绅董，常常被本族或外村请出去议事或和案子；他又喜欢打纸牌（徽州纸牌，每副一百五十五张），常常被明达叔公、映基叔、祝封叔、茂张叔等人邀出去打牌。所以我们的功课很松，四叔往往在出门之前，给我们"上一进书"，叫我们自己念；他到天将黑时，回来一趟，把我们的习字纸加了圈，放了学，才又出门去。

四叔的学堂里只有两个学生，一个是我，一个是四叔的儿子嗣秫，比我大几岁。嗣秫承继给瑜婶（星五伯公的二子，珍伯、瑜叔皆无子，我家三哥承继珍伯，秫哥承继瑜婶）。她很溺爱他，不肯管束他，故四叔一走开，秫哥就溜到灶下或后堂去玩了（他们和四叔住一屋，学堂在这屋的东边小屋内）。我的母亲管的严厉，我又不大觉得念书是苦事，故我一个人坐在学堂里温书念书，到天黑才回家。

禹臣先生接收家塾后，学生就增多了。先是五个，后来添到十多个，四叔家的小屋不够用了，就移到一所大屋——名叫来新书屋——里去。最初添的三个学生，有两个是守瓒叔的儿子——嗣昭，嗣逵。嗣昭比我大两三岁。天资不算笨，却不爱读书，最爱逃学，我们土话叫做"赖学"。他逃出去，往往躲在麦田或稻田里，宁可睡在田里挨饿，却不愿念书。先生往往差嗣秫去捉；有时候，嗣昭被捉回来了，总得挨一顿毒打；有时候，连嗣秫也不回来了——乐得不回来了，因为这是"奉命差遣"，不算是逃学！

我常觉得奇怪，为什么嗣昭要逃学？为什么一个人情愿挨饿、挨打，挨大家笑骂，而不情愿念书？后来我稍懂得世事，才明白了。瓒叔自小在江西做生意，后来在九江开布店，才娶妻生子，一家人都说江西话。回家乡时，嗣昭弟兄都不容易改口音；说话改了，而嗣昭念书常带江西音，常常因此吃戒方或吃"作瘤栗"（钩起五指，打在头上，常打起瘤子，故叫做“作瘤栗”）。这是先生不原谅，难怪他不愿念书。

还有一个原因。我们家乡的蒙馆学金太轻，每个学生每年只送两块银元。先生对于这一类学生，自然不肯耐心教书，每天只教他们念死书、背死书，从来不肯为他们“讲书”。小学生初念有韵的书，也还不十分叫苦。后来念《幼学琼林》、《四书》一类的散文，他们自然毫不觉得有趣味，因为全不懂得书中说的是什么。因为这个缘故，许多学生常常赖学；先有嗣昭，后来有个士祥，都是有名的“赖学胚”。他们都属于这每年两元钱的阶级。因为逃学，先生生了气，打的更厉害。越打的厉害，他们越要逃学。

我一个人不属于这“两元”的阶级。我母亲渴望我读书，故学金特别优厚，第二年就送六块钱，以后每年增加，最后一年加到十二元。这样的学金，在家乡要算“打破纪录”的了。我母亲大概是受了我父亲的叮嘱，她嘱托四叔和禹臣先生为我“讲书”：每读一字，须讲一字的意思；每读一句，须讲一句的意思。我先已认得了近千个“方字”，每个字都经过父母的讲解，故进学堂之后，不觉得艰苦。念的几本书虽然有许多是乡里先生讲不明白的，但每天总遇着几句可懂的话。我喜欢朱子《小学》里的记述古人行事的部分，因为那些部分最容易懂得，所以比较最有趣味。同学之中有念《幼学琼林》的，我常常帮他们的忙，教他们不认得的生字，因此常常借这些书看；他们念大字，我却最爱看《幼学琼林》的小注，因为注文中有许多神话和故事，比《四书》、《五经》有趣味多了。

有一天，一件小事使我忽然明白我母亲增加学金的大恩惠。一个同学的母亲来请禹臣先生代写家信给她的丈夫；信写成了，先生交她的儿子晚上带回家去。一会儿，先生出门去了，这位同学把家信抽出来偷看。他忽然过来问我道：“穈，这信上第一句‘父亲大人膝下’是什么意思？”他比我只小一岁，也念《四书》，却不懂“父亲大人膝下”是什么！这时候，我才明白我是一个受特别待遇的人，因为别人每年出两块钱，我去年却送十块钱。我一生最得力的是讲书，父亲母亲为我讲方字，两位先生为我讲书。念古文而不讲解，等于念“揭谛揭谛，波罗揭谛”，全无用处。

## 三

当我九岁时，有一天我在四叔家东边小屋里玩耍。这小屋前面是我们的学堂，后边有一间卧房，有客来便住在这里。这一天没有课，我偶然走进那卧房里去，偶然看见桌子下一只美孚煤油板箱里的废纸堆中露出一本破书。我偶然捡起了这本书，两头都被老鼠咬坏了，书面也扯破了。但这一本破书忽然为我开辟了一个新天地，忽然在我的儿童生活史上打开了一个新鲜的世界！

这本破书原来是一本小字木板的《第五才子》，我记得很清楚，开始便是“李逵打死殷天锡”一回。我在戏台上早已认得李逵是谁了，便站在那只美孚破板箱边，把这本《水浒传》残本一口气看完了。不看尚可，看了之后，我的心里很不好过：这一本的前面是些什么？后面是些什么？这两个问题，我都不能回答，却最急要一个回答。

我拿了这本书去寻我的五叔。因为他最会“说笑话”（“说笑话”就是“讲故事”，小说书叫做“笑话书”），应该有这种笑话书。不料五叔竟没有这书，他叫我去寻守焕哥。守焕哥说：“我没有《第五才子》，我替你去借一部；我家中有部《第一才子》，你先拿去看，好吗？”《第一才子》便是《三国演义》，他很郑重的捧出来，我很高兴的捧回去。

后来我居然得着《水浒传》全部。《三国演义》也看完了。从此以后，我到处去借小说看。五叔、守焕哥，都帮了我不少的忙。三姐夫（周绍瑾）在上海乡间周浦开店，他吸鸦片烟，最爱看小说书，带了不少回家乡；他每到我家来，总带些《正德皇帝下江南》、《七剑十三侠》一类的书来送给我。这是我自己收藏小说的起点。我的大哥（嗣稼）

最不长进，也是吃鸦片烟的，但鸦片烟灯是和小说书常做伴的——五叔、守焕哥、三姐夫都是吸鸦片烟的——所以他也有一些小说书。大嫂认得一些字，嫁妆里带来了好几种弹词小说，如《双珠凤》之类。这些书不久都成了我的藏书的一部分。

三哥在家乡时多；他同二哥都进过梅溪书院，都做过南洋公学的师范生，旧学都有根底，故三哥看小说很有选择。我在他书架上只寻得三部小说：一部《红楼梦》，一部《儒林外史》，一部《聊斋志异》。二哥有一次回家，带了一部新译出的《经国美谈》，讲的是希腊的爱国志士的故事，是日本人做的。这是我读外国小说的第一步。

帮助我借小说最出力的是族叔近仁，就是民国十二年和顾颉刚先生讨论古史的胡堇人。他比我大几岁，已“开笔”做文章了，十几岁就考取了秀才。我同他不同学堂，但常常相见，成了最要好的朋友。他天才很高，也肯用功，读书比我多，家中也颇有藏书。他看过的小说，常借给我看。我借到的小说，也常借给他看。我们两人各有一个小手折，把看过的小说都记在上面，时时交换比较，看谁看的书多，这两个折子后来都不见了。但我记得离开家乡时，我的折子上好像已有了三十多部小说了。

这里所谓“小说”，包括弹词，传奇，以及笔记小说在内。《双珠凤》在内，《琵琶记》也在内；《聊斋》、《夜雨秋灯录》、《夜谭随录》、《兰苕馆外史》、《寄园寄所寄》、《虞初新志》等等也在内。从《薛仁贵征东》、《薛丁山征西》、《五虎平西》、《粉妆楼》一类最无意义的小说，到《红楼梦》和《儒林外史》一类的第一流作品，这里面的程度已是天悬地隔了。我到离开家乡时，还不能了解《红楼梦》和《儒林外史》的好处。但这一大类都是白话小说，我在不知不觉之中得了不少的白话散文的训练，在十几年后于我很有用处。

看小说还有一桩绝大的好处，就是帮助我把文字通顺了。那时候正是废八股诗文的时代，科举制度本身也动摇了。二哥、三哥在上海受了时代思潮的影响，所以不要我“开笔”做八股文，也不要我学做策论经义。他们只要先生给我讲书，教我读书。但学堂里念的书，越到后来，越不好懂了。《诗经》起初还好懂，读到《大雅》，就难懂了；读到《周颂》，更不可懂了。《书经》有几篇，如《五子之歌》，我读的很起劲；但《盘庚》三篇，我总读不熟。我在学堂九年，只有《盘庚》害我挨了一次打。后来隔了十多年，我才知道《尚书》有今文和古文两大类，向来学者都说古文诸篇是假的，今文是真的；《盘庚》属于今文一类，应该是真的，但我研究《盘庚》用的代名词最杂乱不成条理，故我总疑心这三篇书是后人假造的。有时候，我自己想，我的怀疑《盘庚》，也许暗中含有报那一个"作瘤栗"的仇恨的意味罢？

《周颂》、《尚书》、《周易》等书都是不能帮助我作通顺文字的。但小说书却给了我绝大的帮助。从《三国演义》读到《聊斋志异》和《虞初新志》，这一跳虽然跳的太远，但因为书中的故事实在有趣味，所以我能细细读下去。石印本的《聊斋志异》有圈点，所以更容易读，到我十二三岁时，已能对本家姐妹们讲说《聊斋》故事了。那时候，四叔的女儿巧菊，禹臣先生的妹子广菊、多菊，祝封叔的女儿杏仙，和本家侄女翠苹、定娇等，都在十五六岁之间；他们常常邀我去，请我讲故事。我们平常请五叔讲故事时，忙着替他点火、装旱烟，替他捶背。现在轮到我受人巴结了。我不用人装烟捶背，她们听我说完故事，总去泡炒米，或做蛋炒饭来请我吃。她们绣花做鞋，我讲《凤仙》、《莲香》、《张鸿渐》、《江城》。这样的讲书，逼我把古文的故事翻译成绩溪土话，使我更了解古文的文理。所以我到十四岁来上海开始作古文时，就能做很像样的文字了。

## 四

我小时身体弱，不能跟着野蛮的孩子们一块儿玩。我母亲也不准我和他们乱跑乱跳。小时不曾养成活泼游戏的习惯，无论在什么地方，我总是文绉绉的。所以家乡老辈都说我"像个先生样子"，遂叫我做

“le先生”。这个绰号叫出去之后，人都知道三先生的小儿子叫做le先生了，既有“先生”之名，我不能不装出点“先生”样子，更不能跟着顽童们“野”了。有一天，我在我家八字门口和一班孩子“掷铜钱”，一位老辈走过，见了我，笑道：“le先生也掷铜钱吗？”我听了羞愧的面红耳热，觉得大失了“先生”的身份！

大人们鼓励我装先生样子，我也没有嬉戏的能力和习惯，又因为我确是喜欢看书，所以我一生可算是不曾享过儿童游戏的生活。每年秋天，我的庶祖母同我到田里去“监割”（顶好的田，水旱无忧，收成最好，佃户每约田主来监割，打下谷子，两家平分），我总是坐在小树下看小说。十一二岁时，我稍活泼一点，居然和一群同学组织了一个戏剧班，做了一些木刀竹枪，借得了几副假胡须，就在村口田里做戏。我做的往往是诸葛亮、刘备一类的文角儿；只有一次我做史文恭，被花荣一箭从椅子上射倒下去，这算是我最活泼的玩意儿了。

我在这九年（1895—1904）之中，只学得了读书写字两件事。在文字和思想（看文章）的方面，不能不算是打了一点底子。但别的方面都没有发展的机会。有一次我们村里“当朋”（八都凡五村，称为“五朋”，每年一村轮着做太子会，名为“当朋”），筹备太子会，有人提议要派我加入前村的昆腔队里学习吹笙或吹笛。族里长辈反对，说我年纪太小，不能跟着太子会走遍五朋。于是我失掉了这学习音乐的唯一机会。三十年来，我不曾拿过乐器，也全不懂音乐；究竟我有没有一点学音乐的天资，我至今还不知道。至于学图画，更是不可能的事。我常常用竹纸蒙在小说书的石印绘像上，摹画书上的英雄美人。有一天，被先生看见了，挨了一顿大骂，抽屉里的图画都被搜出撕毁了。于是我又失掉了学做画家的机会。

但这九年的生活，除了读书看书之外，究竟给了我一点做人的训练。在这一点上，我的恩师就是我的慈母。

1930 年 11 月 21 日

# 处世篇

# 少年中国之精神

前番太炎先生，话里面说现在青年的四种弱点，都是很可使我们反省的。他的意思是要我们少年人：1. 不要把事情看得太容易了；2. 不要妄想凭借已成的势力；3. 不要虚慕文明；4. 不要好高骛远。这四条都是消极的忠告。我现在且从积极一方面提出几个观念，和各位同志商酌。

（一）少年中国的逻辑。逻辑即思想、辩论、办事的方法。一般中国人现在最缺乏的就是一种正当的方法，因为方法缺乏，所以有下列的几种现象：1. 灵异鬼怪的迷信，如上海的盛德坛及各地的各种迷信；2. 谩骂无理的议论；3. 用诗云子曰做根据的议论；4. 把西洋古人当作无上真理的议论；还有一种平常人不很注意的怪状，我且称它为“目的热”，就是迷信一些空虚的大话，认为高尚的目的；全不问这种观念的意义究竟如何；今天有人说“我主张统一和平”，大家齐声喝彩，就请他做内阁总理；明天又有人说“我主张和平统一”，大家又齐声叫好，就举他做大总统；此外还有什么“爱国”哪，“护法”哪，“孔教”哪，“卫道”哪……许多空虚的名词，意义不曾确定，也都有许多人随声附和，认为天经地义。这便是我所说的“目的热”。以上所说各种现象都是缺乏方法的表示。我们既然自认为“少年中国”，不可不有一种新方法；这种新方法，应该是科学的方法；科学方法，不是我在这短促时间里所能详细讨论的，我且略说科学方法的要点：

第一注重事实。科学方法是用事实作起点的，不要问孔子怎么说，柏拉图怎么说，康德怎么说，我们须要先从研究事实下手，凡游历、调查、统计等事都属于此项。

第二注重假设。单研究事实，算不得科学方法。王阳明对着庭前的竹子做了七天的“格物”功夫，格不出什么道理来，反病倒了，这是笨伯的“格物”方法。科学家最重“假设”（Hypothesis）。观察事物之后，自说有几个假定的意思；我们应该把每一个假设所含的意义彻底想出，看那意义是否可以解释所观察的事实？是否可以解决所遇的疑难？所以要博学，正是因为博学方才可以有许多假设，学问只是供给我们种种假设的来源。

第三注重证实。许多假设之中，我们挑出一个，认为最合用的假设，但是这个假设是否真正合用？必须实地证明。有时候，证实是很容易的；有时候，必须用“试验”方才可以证实；证实了的假设，方可说是“真”的，方才可用；一切古人今人的主张、东哲西哲的学说，若不曾经过这一层证实的功夫，只可作为待证的假设，不配认作真理。

少年的中国，中国的少年，不可不时时刻刻保存这种科学的方法，实验的态度。

（二）少年中国的人生观。现在中国有几种人生观都是“少年中国”的仇敌：第一种是醉生梦死的无意识生活，固然不消说了。第二种是退缩的人生观，如静坐会的人，如坐禅学佛的人，都只是消极的缩头主义；这些人没有生活的胆子，不敢冒险，只求平安，所以变成一班退缩懦夫。第三种是野心的投机主义，这种人虽不退缩，但为完全自己的私利起见，所以他们不惜利用他人做他们自己的器具，不惜牺牲别人的人格和自己的人格来满足自己的野心；到了紧要关头，不惜作伪，不惜作恶，不顾社会的公共幸福，以求达他们自己的目的。

这三种人生观都是我们该反对的。少年中国的人生观，依我个人看来，该有下列的几种要素：

第一，须有批评的精神。一切习惯、风俗、制度的改良，都起于一点批评的眼光。个人的行为和社会的习俗，都最容易陷入机械的习惯，到了“机械的习惯”的时代，样样事都不知不觉地做去，全不理会何以要这样做，只晓得人家都这样做故我也这样做，这样的个人便成了无意识的两脚机器，这样的社会便成了无生气的守旧社会。我们如果发愿要造成少年的中国，第一步便须有一种批评的精神；批评的精神不是别的，就是随时随地都要问：我为什么要这样做？为什么不那样做？

第二，须有冒险进取的精神。我们须要认定这个世界是有很多危险的，定不太平的，是需要冒险的；世界的缺点很多，是要我们来补救的；世界的痛苦很多，是要我们来减少的；世界的危险很多，是要我们来冒险进取的。俗语说得好：“成人不自在，自在不成人。”我们要做一个人，岂可贪图自在？我们要想造一个“少年的中国”，岂可不冒险？这个世界是给我们活动的大舞台，我们既上了台，便应该老着面皮，拼着头皮，大着胆子，干将起来。那些缩进后台去静坐的人都是懦夫，那些袖着双手只会看戏的人，也都是懦夫：这个世界岂是给我们静坐旁观的吗？那些厌恶这个世界梦想超生别的世界的人，更是懦夫，不用说了。

第三，须要有社会协进的观念。上条所说的冒险进取，并不是野心的，自私自利的；我们既认定这个世界是给我们活动的，又须认定人类的生活全是社会的生活，社会是有机的组织，全体影响个人，个人影响全体，社会的活动是互助的，你靠他帮忙，他靠你帮忙，我又靠你同他帮忙，你同他又靠我帮忙；你少说了一句话，我或者不是我现在的样子，我多尽了一份力，你或者也不是你现在这个样子，我和你多尽了一份力，或少做了一点事，社会的全体也许不是现在这个样子，这便是社会协进的观念。有这个观念，我们自然把人人都看作同力合作的伴侣，自然会尊重人人的人格了；有这个观念，我们自然觉得我们的一举一动都和社会有关，自然不肯为社会造恶因，自然要努力为社会种善果，自然不致变成自私自利的野心投机家了。

少年的中国，中国的少年，不可不时时刻刻保存这种批评的、冒险进取的、社会的人生观。

（三）少年中国的精神。少年中国的精神并不是别的，就是上文所说的逻辑和人生观；我且说一件故事作我这番谈话的结论：诸君读过英国史的，一定知道英国前世纪有一种宗教革新的运动，历史上称为"牛津运动"（The Oxford Movement）。这种运动的几个领袖如客白尔（Keble）、纽曼（Newman）、福鲁德（Froude）诸人，痛恨英国国教的腐败，想大大地改革一番；这个运动未起事之先，这几位领袖作了一些宗教性的诗歌写在一个册子上。纽曼摘了一句荷马的诗题在册子上，那句诗是：You shall see the difference now that we are back again！翻译出来即是"如今我们回来了，你们看便不同了"！

少年的中国，中国的少年，我们也该时时刻刻记着这句话：

> 如今我们回来了，
> 你们看便不同了！

这便是少年中国的精神。

1919 年 7 月在北京少年中国学会上的演讲

# 非个人主义的新生活

这个题目是我在山东道上想着的，后来曾在天津学生联合会的学术讲演会讲过一次，又在唐山的学术讲演会讲过一次。唐山的演讲稿由一位刘赞清君记出，登在一月十五日《时事新报》上。我这一篇的大意是对于新村的运动贡献一点批评。这种批评是否合理，我也不敢说。但是我自信这一篇文字是研究考虑的结果，并不是根据于先有的成见的。

本篇有两层意思。一是表示我不赞成现在一般有志青年所提倡，我所认为"个人主义的"新生活。一是提出我所主张的"非个人主义的"新生活。就是"社会的"新生活。

先说什么叫做"个人主义"（individualism）。一月二日夜（就是我在天津讲演前一晚），杜威博士在天津青年会讲演"真的与假的个人主义"，他说，个人主义有两种：

（一）假的个人主义——就是为我主义（egoism），他的性质是自私自利：只顾自己的利益，不管群众的利益。

（二）真的个人主义——就是个性主义（individuality），他的特性有两种：一是独立思想，不肯把别人的耳朵当耳朵，不肯把别人的眼睛当眼睛，不肯把别人的脑力当自己的脑力；二是个人对于自己思想信仰的结果要负完全责任，不怕权威，不怕监禁杀身，只认得真理，不认得个人的利害。

杜威先生极力反对前一种假的个人主义，主张后一种真的个人主义。这是我们都赞成的。但是他反对的那种自私自利的个人主义的害处，是大家都明白的。因为人多明白这种主义的害处，故他的危险究竟不很大。例如东方现在实行这种极端为我主义的“财主督军”，无论他们眼前怎样横行，究竟逃不了公论的怨恨，究竟不会受多数有志青年的崇拜。所以我们可以说这种主义的危险是很有限的。但是我觉得“个人主义”还有第三派，是很受人崇敬的，是格外危险的。这一派是：

（三）独善的个人主义，他的共同性质是：不满意于现社会，却又无可如何，只想跳出这个社会去寻一种超出现社会的理想生活。

这个定义含有两部分：1. 承认这个现社会是没有法子挽救的了；2. 要想在现社会之外另寻一种独善的理想生活。自有人类以来，这种个人主义的表现也不知有多少次了。简括说来，共有四种：

（一）宗教家的极乐国。如佛家的净土，犹太人的伊丁园，别种宗教的天堂、天国，都属于这一派。这种理想的缘起，都由于对现社会不满意。因为厌恶现社会，故悬想那些无量寿、无量光的净土；不识不知，完全天趣的伊丁园；只有快乐，毫无痛苦的天国。这种极乐国里所没有的，都是他们所厌恨的；所有的，都是他们所梦想而不能得到的。

（二）神仙生活。神仙的生活也是一种悬想的超出现社会的生活。人世有疾病痛苦，神仙无病长生；人世愚昧无知，神仙能知过去未来；人生不自由，神仙乘云遨游，来去自由。

（三）山林隐逸的生活。前两种是完全出世的，他们的理想生活是悬想的渺茫的出世生活。山林隐逸的生活虽然不是完全出世的，也是不满意于现社会的表示。他们不满意于当时的社会政治，却又无能为力，只得隐姓埋名，逃出这个恶浊社会去做他们自己理想中的生活；他们不能“得君行道”，故对于功名利禄，表示藐视的态度；他们痛恨富贵的人骄奢淫逸，故说富贵如同天上的浮云，如同脚下的破草鞋；他们痛恨社会上有许多不耕而食、不劳而得的“吃白阶级”，故自己耕田锄地，自食其力；他们厌恶这污浊的社会，故实行他们理想中梅妻鹤子、渔蓑钓艇的洁净生活。

（四）近代的新村生活。近代的新村运动，如 19 世纪法国美国的理想农村，如现在日本日向的新村，照我的见解看起来，实在同山林隐逸的生活是根本相同的。那不同的地方，自然也有。山林隐逸是没有组织的，新村是有组织的；这是一种不同。隐遁的生活是同世事完全隔绝的，故有“不知有汉，遑论魏晋”的理想；现在的新村的人能有赏玩 Rodin 同 cézanne 的幸福，还能在村外著书出报：这又是一种不同。但是这两种不同都是时代造成的，是偶然的，不是根本的区别。从根本性质上看来，新村的运动都是对于现社会不满意的表示。即如日向的新村，他们对于现在“少数人在多数人的不幸上，筑起自己的幸福”的社会制度，表示不满意，自然是公认的事实。周作人先生说日向新村里有人把中国看作“最自然，最自在的国”。这是他们对于日本政制极不满意的一种牢骚话，很可玩味的。武者小路实笃先生一班人虽然极不满意于现社会，却又不赞成用“暴力”的改革。他们都是“真心仰慕着平和”的人。他们于无可如何之中，想出这个新村的计划来。周作人先生说：“新村的理想，要将历来非暴力不能做到的事，用和平方法得来。”这个和平方法就是离开现社会，去过一种模范的生活。“只要万人真希望这种的世界，这世界便能实现。”这句话不但是独善主义的精义，简直全是净土宗的口气了！所以我把新村来比山林隐逸，不算冤枉他；就是把他来比求净土天国的宗教运动，也不算玷辱他。不过他们的“净土”是在日向，不在西天罢了。

我这篇文章要批评的“个人主义的新生活”，就是指这一种跳出现社会的新村生活。这种生活，我认为是“独善的个人主义”的一种。“独善”两个字是从孟轲“穷则独善其身”一句话上来的。有人说：新村的根本主张是要人人“尽了对于人类的义务，却又完全发展自己个性”；如此看来，他们既承认“对于人类的义务”，如何还是独善的个人主义呢。我说：这正是个人主义的证据。试看古今来主张个人主义的思想家，从希腊的“狗派”（cynic）以至十八九世纪的个人主义，哪一个不是一方面崇拜个人，一方面崇拜那广漠的“人类”的？主张个人主义的人，只是否认那些切近的伦谊——或是家族，或是“社会”，或是国家——但是因为要推翻这些比较狭小逼人的伦谊，不得不捧出那广漠不逼人的“人类”。所以凡是个人主义的思想家，没有一个不承认这个双重关系的。

新村的人主张“完全发展自己个性”，故是一种个人主义。他们要想跳出现社会去发展自己个性，故是一种独善的个人主义。

这种新村的运动，因为恰合现在青年不满意于现社会的心理，故近来中国也有许多人欢迎、赞叹、崇拜。我也是敬仰武者先生一班人的，故也曾仔细考究这个问题。我考究的结果是不赞成这种运动。我以为中国的有志青年不应该仿行这种个人主义的新生活。

这种新村的运动有什么可以反对的地方呢？

第一，因为这种生活是避世的，是避开现社会的，这就是让步，这便不是奋斗。我们自然不应该提倡“暴力”，但是非暴力的奋斗是不可少的。我并不是说武者先生一班人没有奋斗的精神。他们在日本能提倡反对暴力的论调——如《一个青年的梦》——自然是有奋斗精神的。但是他们的新村计划想避开现社会里“奋斗的生活”，去寻那现社会外“生活的奋斗”，这便是一大让步。武者先生的《一个青年的梦》里的主人翁最后有几句话，很可玩味。他说：

> ……请宽恕我的无力。——宽恕我的话的无力。但我心里所有的对于美丽的国的仰慕，却要请诸君体察的。

我们对于日向的新村应该作如此观察。

第二，在古代，这种独善主义还有存在的理由；在现代，我们就不该崇拜他了。古代的人不知道个人有多大的势力，故孟轲说：“穷则独善其身，达则兼善天下。”古人总想，改良社会是“达”了以后的事业——是得君行道以后的事业；故承认个人——穷的个人——只能做独善的事业，不配做兼善的事业。古人错了，现在我们承认个人有许多事业可做。人人都是一个无冠的帝王，个人都可以做一些改良社会的事。去年的“五四运动”和“六三运动”，何尝是“得君行道”的人做出来的？知道个人可以做事，知道有组织的个人更可以做事，便可以知道这种个人主义的独善生活是不值得模仿的了。

第三，他们所信仰的“泛劳动主义”是很不经济的。他们主张：“一个人生存上必要的衣食住，论理应该用自己的力去得来，不该要别人代负这责任。”这话从消极一方面看——从反对那“游民贵族”的方面看——自然是有理的。但是从他们的积极实行方面看，他们要“人人尽劳动的义务，制造这生活的资料”——就是衣食住的资料——这便是“矫枉过正”了。人人要尽制造衣食住的资料的义务，就是人人要加入这生活的奋斗。(周作人先生再三说新村里平和幸福的空气，也许不承认“生活的奋斗”的话；但是我说的，并不是人同人争面包米饭的奋斗，乃是人在自然界谋生存的奋斗；周先生说新村的农作物至今还不够自用，便是一证。)现在文化进步的趋势，是要使人类渐渐减轻生活的奋斗至最低度，使人类能多分一些精力出来，做增加生活意味的事业。新村的生活使人人都要尽“制造衣食住的资料”的义务，根本上否认分工进化的道理，增加生活的奋斗，是很不经济的。

第四，这种独善的个人主义的根本观念就是周先生说的“改造社会，还要从改造个人做起”。我对于这个观念，根本上不能承认。这个观念的根本错误在于把“改造个人”与“改造社会”分作两截；在于把个人看作一个可以提到社会外去改造的东西。要知道个人是社会上种种势力的结果。我们吃的饭，穿的衣服，说的话，呼吸的空气，写的字，有的思想……没有一件不是社会的。我曾有几句诗，说：“此身非吾有：一半属父母，一半属朋友。”当时我以为把一半的我归功社会，总算很慷慨了。后来我才知道这点算学做错了！父母给我的真是极少的一部分。其余各种极重要的部分，如思想、信仰、知识、技术、习惯等等，大都是社会给我的。我穿线袜的法子是一个徽州同乡教我的；我穿皮鞋打的结能不散开，是一个美国女朋友教我的。这两件极细碎的例，很可以说明这个“我”是社会上无数势力所造成的。社会上的“良好分子”并不是生成的，也不是个人修炼成的——都是因为造成他们的种种势力里面，良好的势力比不良的势力多些。反过来，不良的势力比良好的势力多，结果便是“恶劣分子”了。古代的社会哲学和政治哲学只为要妄想凭空改造个人，故主张正心、诚意、独善其身的办法，这种办法其实是没有办法，因为没有下手的地方。近代的人生哲学渐渐变了，渐渐打破了这种迷梦，渐渐觉悟：改造社会的下手方法在于改良那些造成社会的种种势力——制度、习惯、思想、教育等等。那些势力改良了，人也改良了。所以我觉得“改造社会要从改造个人做起”还是脱不了旧思想的影响。我们的根本观念是：

> 个人是社会上无数势力造成的。
>
> 改造社会须从改造这些造成社会，造成个人的种种势力做起。
>
> 改造社会即是改造个人。

新村的运动如果真是建筑在“改造社会要从改造个人做起”一个

观念上，我觉得那是根本错误了。改造个人也是要一点一滴的改造那些造成个人的种种社会势力。不站在这个社会里来做这种一点一滴的社会改造，却跳出这个社会去“完全发展自己个性”，这便是放弃现社会，认为不能改造。这便是独善的个人主义。

以上说的是本篇的第一层意思。现在我且简单说明我所主张的“非个人主义的”新生活是什么。这种生活是一种“社会的新生活”，是站在这个现社会里奋斗的生活，是霸占住这个社会来改造这个社会的新生活。它的根本观念有三条：

（一）社会是种种势力造成的，改造社会须要改造社会的种种势力。这种改造一定是零碎的改造——一点一滴的改造，一尺一步的改造。无论你的志愿如何宏大，理想如何彻底，计划如何伟大，你总不能笼统的改造，你总不能不做这种“得寸进寸，得尺进尺”的功夫。所以我说：社会的改造是这种制度那种制度的改造，是这种思想那种思想的改造，是这个家庭那个家庭的改造，是这个学堂那个学堂的改造。

有人说：“社会的种种势力是互相牵掣的，互相影响的。这种零碎的改造，是不中用的。因为你才动手改这一种制度，其余的种种势力便围拢来牵掣你了。如此看来，改造还是该做笼统的改造。”我说不然。正因为社会的势力是互相影响牵掣的，故一部分的改造自然会影响到别种势力上去。这种影响是最切实的，最有力的。近年来的文字改革，自然是局部的改革，但是他所影响的别种势力，竟有意想不到的多。这不是一个很明显的例吗？

（二）因为要做一点一滴的改造，故有志做改造事业的人必须要时时刻刻存研究的态度，做切实的调查，下精细的考虑，提出大胆的假设，寻出实验的证明。这种新生活是研究的生活，是随时随地解决具体问题的生活。具体的问题多解决了一个，便是社会的改造进了那么多一步。做这种生活的人要睁开眼睛，公开心胸；要手足灵敏，耳目聪明，心思活泼；要欢迎事实，要不怕事实；要爱问题，要不怕问题的逼人！

（三）这种生活是要奋斗的。那避世的独善主义是与人无忤，与世无争的，故不必奋斗。这种"淑世"的新生活，到处翻出不中听的事实，到处提出不中听的问题，自然是很讨人厌的，是一定要招起反对的。反对就是兴趣的表示，就是注意的表示。我们对于反对的旧势力，应该作正当的奋斗，不可退缩。我们的方针是：奋斗的结果，要使社会的旧势力不能不让我们；切不可先就偃旗息鼓退出现社会去，把这个社会双手让给旧势力。换句话说，应该使旧社会变成新社会，使旧村变为新村，使旧生活变为新生活。

我且举一个实际的例。英美近二三十年来，有一种运动，叫做"贫民区域居留地"（Social Settlements）的运动。这种运动的大意是：一班青年的男女——大都是大学的毕业生——在本城拣定一块极龌龊、极不堪的贫民区域，买一块地，造一所房屋。这一班人便终日在这里面做事。这屋里，凡是物质文明所赐的生活需要品——电灯、电话、热气、浴室、游水池、钢琴、话匣等等——无一不有。他们把附近的小孩子——垢面的孩子，顽皮的孩子——都招拢来，教他们游水，教他们读书，教他们打球，教他们演说辩论，组成音乐队，组成演剧团，教他们演戏奏艺。还有女医生和看护妇，天天出去访问贫家，替他们医病，帮他们接生和看护产妇。病重的，由"居留地"的人送入公家医院。因为天下贫民都是最安本分的，他们眼见那高楼大屋的大医院，心里以为这定是为有钱人家造的，决不是替贫民诊病的，所以必须有人打破他们这种见解，教他们知道医院不是专为富贵人家的。还有许多贫家的妇女每日早晨出门做工，家里小孩子无人看管，所以"居留地"的人教他们把小孩子每天寄在"居留地"里，有人替他洗浴，换洗衣服，喂他们饮食，领他们游戏。到了晚上，他们的母亲回来了，各人把小孩领回去。这种小孩子从小就在洁净慈爱的环境里长大，渐渐养成了良好习惯，回到家中，自然会把从前的种种污秽的环境改了。家中大人也因时时同这种新生活接触，渐渐的改良了。我在纽约时，曾常常去看亨利街上的一所居留地，是华德女士（Lilian Wald）办的。有一晚我去看那条街上的贫家子弟演戏，演的是贝里（Barrv）的名剧。我至今回想起来，他们演戏的程度比我们大学的新戏高得多咧！

这种生活是我所说的“非个人主义的新生活”！是我所说的“变旧社会为新社会，变旧村为新村”的生活！这也不是用“暴力”去得来的！我希望中国的青年要做这一类的新生活，不要去模仿那跳出现社会的独善生活，我们的新村就在我们自己的旧村里！我们所要的新村是要我们自己的旧村变成的新村！

可爱的男女少年！我们的旧村里我们可做的事业多得很咧！村上的鸦片烟灯还有多少？村上的吗啡针害死了多少人？村上缠脚的女子还有多少？村上的学堂成个什么样子？村上的绅士今年卖选票得了多少钱？村上的神庙香火还是怎么兴旺？村上的医生断送了几百条人命？村上的煤矿工人每日只拿到五个铜子，你知道吗？村上多少女工被贫穷逼去卖淫，你知道吗？村上的工厂没有避火的铁梯，昨天火起，烧死了一百多人，你知道吗？村上的童养媳妇被婆婆打断了一条腿，村上的绅士逼他的女儿饿死做烈女，你知道吗？

有志求新生活的男女少年！我们有什么权利，丢开这许多的事业去做那避世的新村生活！我们放着这个恶浊的旧村，有什么面孔，有什么良心，去寻那“和平幸福”的新村生活！

1920年1月22日，选自《胡适文存》

# 名教

中国是个没有宗教的国家，中国人是个不迷信宗教的民族。——这是近年来几个学者的结论。有些人听了很洋洋得意，因为他们觉得不迷信宗教是一件光荣的事。有些人听了要愁眉苦脸，因为他们觉得一个民族没有宗教是要堕落的。

于今好了，得意的也不可大得意了，懊恼的也不必懊恼了。因为我们新发现中国不是没有宗教的：我们中国有一个很伟大的宗教。

孔教早倒霉了，佛教早衰亡了，道教也早冷落了。然而我们却还有我们的宗教。

这个宗教是什么教呢？提起此教，大大有名，他就叫做“名教”。

名教信仰什么？信仰“名”。

名教崇拜什么？崇拜“名”。

名教的信条只有一条：“信仰名的万能。”

“名”是什么？这一问似乎要做点考据。《论语》里孔子说，“必也正名乎”，郑玄注：正名，谓正书字也。古者曰名，今世曰字。

《仪礼·聘礼》注：名，书文也。今谓之字。

《周礼·大行人》下注：书名，书文字也。古曰名。

《周礼·外史》下注：古曰名，今曰字。

《仪礼·聘礼》的释文说：名，谓文字也。

总括起来“名”即是文字，即是写的字。

“名教”便是崇拜写的文字的宗教；便是信仰写的字有神力，有魔力的宗教。

这个宗教，我们信仰了几千年，却不自觉我们有这样一个伟大宗教。不自觉的缘故正是因为这个宗教太伟大了，无往不在，无所不包，就如同空气一样，我们日日夜夜在空气里生活，竟不觉得空气的存在了。

现在科学进步了，便有好事的科学家去分析空气是什么，便也有好事的学者去分析这个伟大的名教。

民国十五年有位冯友兰先生发表一篇很精辟的“名教之分析”。冯先生指出“名教”便是崇拜名词的宗教，是崇拜名词所代表的概念的宗教。

冯先生所分析的还只是上流社会和知识阶级所奉的“名教”，它的势力虽然也很伟大，还算不得“名教”的最重要部分。

这两年来，有位江绍原先生在他的“礼部”职司的范围内，发现了不少有趣味的材料，陆续在《语丝》《贡献》几种杂志上发表。他同他的朋友们收的材料是细大不捐，雅俗无别的；所以他们的材料使我们渐渐明白我们中国民族崇奉的“名教”是个什么样子。

究竟我们这个贵教是个什么样子呢？且听我慢慢道来。

先从一个小孩生下地说起。古时小孩生下地之后，要请一位专门术家来听小孩的哭声，声中某律，然后取名字。现在的民间变简单了，只请一个算命的，排排八字，看他缺少五行之中的哪一行。若缺水，便取个水旁的名字；若缺金，便取个金旁的名字。若缺火又缺土的，我们徽州人便取个“灶”字。名字可以补气禀的缺陷。

小孩命若不好，便把他“寄名”在观音菩萨的座前，取个和尚式的“法名”，便可以无灾无难了。

小孩若爱啼啼哭哭，睡不安宁，便写一张字帖，贴在行人小便的处所，上写着：

> 天皇皇，地皇皇，我家有个夜啼郎。
> 过路君子念一遍，一夜睡到大天光。

文字的神力真不少。

小孩跌了一跤，受了惊骇，那是骇掉了“魂”了，须得“叫魂”。魂怎么叫呢？到那跌跤的地方，撒把米，高叫小孩子的名字，一路叫回家。叫名便是叫魂了。

小孩渐渐长大了，在村学堂同人打架，打输了，心里恨不过，便拿一条柴炭，在墙上写着诅咒他的仇人的标语：“王阿三热病打死”。他写了几遍，心上的气便平了。

他的母亲也是这样。她受了隔壁王七嫂的气，便拿一把菜刀，在刀板上剁，一面剁，一面喊“王七老婆”的名字，这便等于乱剁王七嫂了。

他的父亲也是“名教”的信徒。他受了王七哥的气，打又打他不过，只好破口骂他，骂他的爹妈，骂他的妹子，骂他的祖宗十八代。骂了便算出了气了。

据江绍原先生的考察，现在这一家人都大进步了。小孩在墙上会写“打倒阿毛”了。他妈也会喊“打倒周小妹”了。他爸爸也会贴“打倒王庆来”了。

他家里人口不平安，有病的，有死的，这也有好法子。请个道士来，画几道符，大门上贴一张，房门上贴一张，毛厕上也贴一张，病鬼便都跑掉了，再不敢进门了。画符自然是“名教”的重要方法。

死了的人又怎么办呢？请一班和尚来，念几卷经，便可以超度死者了。念经自然也是“名教”的重要方法。符是文字，经是文字，都有不可思议的神力。死了人，要“点主”。把神主牌写好，把那“主”

字上头的一点空着。请一位乡绅来点主。把一只雄鸡头上的鸡冠切破，那位赵乡绅把朱笔蘸饱了鸡冠血，点上“主”字。从此死者的灵魂遂凭依在神主牌上了。

吊丧须用挽联，贺婚贺寿须用贺联；讲究的送幛子，更讲究的送祭文寿序。都是文字，都是“名教”的一部分。

豆腐店的老板梦想发大财，也有法子。请村口王老师写副门联：“生意兴隆通四海，财源茂盛达三江”。这也可以过发财的瘾了。

赵乡绅也有他的梦想，所以他也写副门联：“总集福荫，备致嘉祥”。

王老师虽是不通，虽是下流，但他也得写一副门联：“文章华国，忠孝传家”。豆腐店老板心里还不很满足，又去请王老师替他写一个大红春帖：“对我生财”，贴在对面墙上，于是他的宝号就发财的样子十足了。

王老师去年的家运不大好，所以他今年元旦起来，拜了天地，洗净手，拿起笔来，写个红帖子：“戊辰发笔，添丁进财”。他今年一定时运大来了。

父母祖先的名字是要避讳的。古时候，父名晋，儿子不得应进士考试。现在宽的多了，但避讳的风俗还存在一般社会里。皇帝的名字现在不避讳了。但孙中山死后，“中山”尽管可用作学校地方或货品的名称，“孙文”便很少人用了；忠实同志都应该称他为“先总理”。

南京有一个大学，为了改校名，闹了好几次大风潮，有一次竟把校名牌子抬了送到大学院去。

北京下来之后，“名教”的信徒又大忙了。北京已改做“北平”了；今天又有人提议改南京做“中京”了。还有人郑重提议“故宫博物院”应该改做“废宫博物院”。将来这样大改革的事业正多呢。

前不多时，南京的《京报附刊》的画报上有一张照片，标题是“军事委员会政治训练部宣传处艺术科写标语之忙碌”。图上是五六个穿中山装的青年忙着写标语，桌上、椅背上、地板上，满铺着写好了的标语，有大字，有小字，有长句，有短句。这不过是“写”的一部分工作；还有拟标语的，有讨论审定标语的，还有贴标语的。

五月初济南事件发生以后，我时时往来淞沪铁路上，每一次四十分钟的旅行所见的标语总在一千张以上；出标语的机关至少总在七八十个以上。有写着“枪毙田中义一”的，有写着“活埋田中义一”的，有写着“杀尽倭贼”而把“倭贼”两字倒转来写，如报纸上寻人广告倒写的“人”字一样。“人”字倒写，人就会回来了；“倭贼”倒写，倭贼也就算打倒了。

现在我们中国已成了口号标语的世界。有人说，这是从苏俄学来的法子。这是很冤枉的。我前年在莫斯科住了三天，就没有看见墙上有一张标语。标语是道地的国货，是“名教”国家的祖传法宝。

试问墙上贴一张“打倒帝国主义”，同墙上贴一张“对我生财”或“抬头见喜”，有什么分别？是不是一个师父传授的衣钵？

试问墙上贴一张“活埋田中义一”，同小孩子贴一张“雷打王阿毛”，有什么分别？是不是一个师父传授的法宝？

试问“打倒唐生智”“打倒汪精卫”，同王阿毛贴的“阿发黄病打死”，有什么分别？王阿毛尽够做老师了，何须远学莫斯科呢？

自然，在党国领袖的心目中，口号标语是一种宣传的方法，政治的武器。但在中小学生的心里，在第九十九师十五连第三排的政治部人员的心里，口号标语便不过是一种出气泄愤的法子罢了。如果“打倒帝国主义”是标语，那么，第十区的第七小学为什么不可贴“杀尽倭贼”的标语呢？如果“打倒汪精卫”是正当的标语，那么“活埋田中义一”为什么不是正当的标语呢？

如果多贴几张“打倒汪精卫”可以有效果，那么，你何以见得多贴几张“活埋田中义一”不会使田中义一打个寒噤呢？

故从历史考据的眼光看来，口号标语正是“名教”的正传嫡派。因为在绝大多数人的心里，墙上贴一张“国民政府是为全民谋幸福的政府”正等于门上写一条“姜太公在此”，有灵则两者都应该有灵，无效则两者同为废纸而已。

我们试问，为什么豆腐店的张老板要在对门墙上贴一张“对我生财”？岂不是因为他天天对着那张纸可以过一点发财的瘾吗？为什么他元旦开门时嘴里要念“元宝滚进来”？岂不是因为他念这句话时心里感觉舒服吗？

要不然，只有另一个说法，只可说是盲从习俗，毫无意义。张老板的祖宗下来每年都贴一张“对我生财”，况且隔壁剃头店门口也贴了一张，所以他不能不照办。

现在大多数喊口号，贴标语的，也不外这两种理由：一是心理上的过瘾，一是无意义的盲从。

少年人抱着一腔热沸的血，无处发泄，只好在墙上大书“打倒卖国贼”，或“打倒日本帝国主义”。写完之后，那二尺见方的大字，那颜鲁公的书法，个个挺出来，好生威武，他自己看着，血也不沸了，气也稍稍平了，心里觉得舒服的多，可以坦然回去休息了。于是他的一腔义愤，不曾收敛回去，在他的行为上与人格上发生有益的影响，却轻轻地发泄在墙头的标语上面了。

这样的发泄情感，比什么都容易，既痛快；又有面子，谁不爱做呢？一回生，二回熟，便成了惯例了，于是“五一”“五三”“五四”“五七”“五九”“六三”……都照样做去：放一天假，开个纪念会，贴无数标语，喊几句口号，就算做了纪念了！

于是月月有纪念，周周做纪念周，墙上处处是标语，人人嘴上有的是口号。于是老祖宗几千年相传的“名教”之道遂大行于今日，而中国遂成了一个“名教”的国家。

我们试进一步，试问，为什么贴一张“雷打王阿毛”或“枪毙田中义一”可以发泄我们的感情，可以出气泄愤呢？这一问便问到“名教”的哲学上去了。这里面的奥妙无穷，我们现在只能指出几个有趣味的要点。

第一，我们的古代老祖宗深信“名”就是魂，我们至今不知不觉地还逃不了这种古老迷信的影响。“名就是魂”的迷信是世界人类在幼稚时代同有的。埃及人的第八魂就是“名魂”。我们中国古今都有此迷信。《封神演义》上有个张桂芳能够“呼名落马”；他只叫一声“黄飞虎还不下马，更待何时”！黄飞虎就滚下五色神牛了。不幸张桂芳遇见了哪吒，喊来喊去，哪吒立在风火轮上不滚下来，因为哪吒是莲花化身，没有魂的。《西游记》上有个银角大王，他用一个红葫芦，叫一声“孙行者”，孙行者答应一声，就被装进去了。后来孙行者逃出来，又来挑战，改名做“行者孙”，答应了一声，也就被装了进去！因为有名就有魂了。民间“叫魂”，只是叫名字，因为叫名字就是叫魂了，因为如此，所以小孩在墙上写“鬼捉王阿毛”，便相信鬼真能把阿毛的魂捉去。党部中人制定“打倒汪精卫”的标语，虽未必相信“千夫所指，无病自死”；但那位贴“枪毙田中”的小学生却难保不知不觉地相信他有咒死田中的功用。

第二，我们的古代老祖宗深信“名”（文字）有不可思议的神力，我们也免不了这种迷信的影响。这也是幼稚民族的普通迷信，高等民族也往往不能免除。《西游记》上如来佛写了“唵嘛呢叭咪吽”六个字，便把孙猴子压住了一千年。观音菩萨念一个“唵”字咒语，便有诸神来见。他在孙行者手心写一个“咪”字，就可以引红孩儿去受擒。小说上的神仙妖道作法，总得“口中念念有词”。一切符咒，都是有神力的文字。现在有许多人似乎真相信多贴几张“打倒军阀”的标语便可以打倒张作霖了。他们若不信这种神力，何以不到前线去打仗，却到吴淞镇的公共厕所墙上张贴“打倒张作霖”的标语呢？

第三，我们的古代圣贤也曾提倡一种“理智化”了的“名”的迷信，几千年来深入人心，也是造成“名教”的一种大势力。卫君要请孔子去治国，孔老先生却先要“正名”，他恨极了当时的乱臣贼子，却又“手无斧柯，奈龟山何”！所以他只好作一部《春秋》来褒贬他们，“一字之贬，严于斧钺；一字之褒，荣于华衮”。这种思想便是古代所谓“名分”的观念。尹文子说：

> 善名命善，恶名命恶。故善有善名，恶有恶名。……今亲贤而疏不肖，赏善而罚恶。贤不肖，善恶之名宜在彼；亲疏赏罚之称宜属我。……“名”宜属彼，“分”宜属我。我爱白而憎黑，韵商而舍徵，好膻而恶焦，嗜甘而逆苦。白黑商徵，膻焦甘苦，彼之“名”也；爱憎韵舍，好恶嗜逆，我之“分”也。定此名分，则万事不乱也。

“名”是表物性的，“分”是表我的态度的。善名便引起我爱敬的态度，恶名便引起我厌恨的态度。这叫做“名分”的哲学。“名教”、“礼教”便建筑在这种哲学的基础之上。一块石头，变作了贞节牌坊，便可以引无数青年妇女牺牲她们的青春与生命去博礼教先生的一篇铭赞，或志书“列女”门里的一个名字。“贞节”是“名”，羡慕而情愿牺牲，便是“分”。女子的脚裹小了，男子赞为“美”，诗人说是“三寸金莲”，于是几万万的妇女便拼命裹小脚了。“美”与“金莲”是“名”，羡慕而情愿吃苦牺牲，便是“分”。现在人说小脚“不美”，又“不人道”，名变了，分也变了，于是小脚的女子也得塞棉花，充天脚了。——现在的许多标语，大都有个褒贬的用意：宣传便是宣传这褒贬的用意。说某人是“忠实同志”，便是教人“拥护”他。说某人是“军阀”“土豪劣绅”“反动”“反革命”“老朽昏庸”，便是教人“打倒”他。故“忠实同志”“总理信徒”的名，要引起“拥护”的分。“反动分子”的名，要引起“打倒”的分。故今日墙上的无数“打倒”与“拥护”，其实都是要寓褒贬，定名分。不幸标语用的太滥了，今天要打倒的，明天却又在拥护之列了；今天的忠实同志，明天又变为反革命了。于是打倒不足为辱，而反革命有人竟以为荣。于是“名教”失其作用，只成为墙上的符箓而已。

两千年前，有个九十岁的老头子对汉武帝说：“为治不在多言，顾力行何如耳。”

两千年后，我们也要对现在的治国者说：

> 治国不在口号标语，顾力行何如耳。

一千多年前，有个庞居士，临死时留下两句名言：

> 但愿空诸所有。
> 慎勿实诸所无。

“实诸所无”，如“鬼”本是没有的，不幸古代的浑人造出“鬼”名，更造出“无常鬼”“大头鬼”“吊死鬼”等名，于是人的心里便像煞真有鬼了。我们对于现在的治国者，也想说：

> 但愿实诸所有。
> 慎勿实诸所无。

末了，我们也学时髦，编两句口号：

> 打倒名教！
> 名教扫地，中国有望！

1928 年 7 月 2 日，选自《胡适文存》三集

# 科学的人生观

今天讲的题目，就是“科学的人生观”，研究人是什么东西？在宇宙中占据什么地位？人生究竟有何意味？因为少年人近来觉得很烦闷，自杀、颓废的都有，我比较至少多吃了几斤盐、几担米，所以来计划计划，研究自身人的问题。至于人生观，各人不同，都随环境而改变，不可以一个人的人生观去统理一切；因为公有公理，婆有婆理，我们至少要以科学的立场，去研究它，解决它。“科学的人生观”有两个意思：第一，拿科学做人生观的基础；第二，拿科学的态度、精神、方法，做我们生活的态度、生活的方法。

现在先讲第一点，就是人生是什么？人生是啥物事？拿科学的研究结果来讲，我在民国十二年发表了十条，这十条就是武昌有一个主教，称为新的“十诫”，说我是中华基督教的危险物的。十条内容如下：

（一）要知道空间的大。拿天文、物理考察，得着宇宙之大；从前孙行者翻筋斗，一翻翻到南天门，一翻翻到下界，天的观念，何等的小？现在从地球到银河中间的最近的一个星，中间距离，照孙行者一秒钟翻十万八千里的速率计算，恐怕翻一万万年也翻不到，宇宙是何等的大？地球是宇宙间的沧海之一粟，九牛之一毛；我们人类，更是小，真是不成东西的东西！以前看得人的地位太重了，以为是万物之灵，同大地并行，凡是政治不良，就有彗星、地震的征象，这是错的。从前王充很能见得到，说：“一个虱子不能改变那裤子里的空气，和那人类不能改变皇天一样。”所以我们眼光要大。

（二）时间是无穷的长。从地质学、生物学的研究，晓得时间是无穷的长，以前开口五千年，闭口五千年，以为目空一切；不料世界太阳系的存在，有几万万年的历史，地球也有几万万年，生物至少有几千万年，人类也有二三百万年，所以五千年占很小的地位。明白了时间之长，就可以看见各种进步的演变，不是上帝一刻可以造成的。

（三）宇宙间自然的行动。根据了一切科学，知道宇宙、万物都有一定不变的自然行动。“自然自己，也是如此”，就是自己自然如此，各物自己如此的行动，并没有一种背后的指示，或是一个主宰去规范他们。明白了这点，对于月食是月亮被天狗所吞的种种迷信，可以打破了。

（四）“物竞天择”的原理。从生物学的知识，可以看到“物竞天择”的原理。鲫鱼下卵有几百万个，但是变鱼的只有几个；否则就要变成“鱼世界”了！大的吃小的，小的又吃更小的，人类都是如此。从此晓得人生不受安排，是自己如此的行动；否则要安排起来，为什么不安排一个完善的世界呢？

（五）人是什么东西。从社会学、生理学、心理学方面去看，人是什么东西？吴稚晖先生说：“人是两只手一个大脑的动物，与其他的不同，只在程度上的区别罢了。”人类的手，与鸡、鸭的掌差不多，实是他们的弟兄辈。

（六）人类是演进的。根据人种学来看，人类是演进的；因为要应付环境，所以要慢慢的变；不变不能生存，要灭亡了。所以从下等的动物，慢慢演进到高等的动物，现在还是演进。

（七）心理受因果律的支配。根据了心理学、生物学来讲，心理现状是有因果律的。思想、做梦，都受因果律的支配，是心理、生理的现象，和头痛一般；所以人的心理说是超过一切，是不对的。

（八）道德、礼教的变迁。照生理学、社会学来讲，人类道德、礼教也变迁的。以前以为脚小是美观，但是现在脚小要装大了。所以道德、礼教的观念，正在改进。以二十年、二百年或二千年以前的标准，来判断二十年、二百年。二千年后的状况，是格格不相入的。

（九）各物都有反应。照物理、化学来讲，物质是活的，原子分为电子，是动的。石头倘然加了化学品，就有反应，像人打了一记，就有反动一样。不同的，只在程度不同罢了。

（十）人的不朽。根据一切科学知识，人是要死的，物质上的腐败，和猫死狗死一般，但是个人不朽的工作，是功德：在立德，立功，立言。善恶都是不朽。一块痰中，有微生物，这菌能散布到空间，使空气都恶化了；人的言语，也是一样。凡是功业、思想，都能传之无穷；匹夫匹妇，都有其不朽的存在。

我们要看破人世间、时间之伟大，历史的无穷，人是最小的动物，处处都在演进，要去掉那“小我”的主张，但是那小小的人类，居然现在对于制度、政治各种都有进步。

以前都是拿科学去答复一切，现在要用什么方法去解决人生，就是哪样生活？各人有各人的方法，但是，至少要有那科学的方法、精神、态度去做。分四点来讲：

（一）怀疑。三个弗相信的态度，人生问题就很多。有了怀疑的态度，就不会上当。以前我们幼时的智识，都从阿金、阿狗、阿毛等黄包车夫、娘姨处学来；但是现在自己要反省，问问以前的知识是否靠得住？

（二）事实。我们要实事求是，现在像贴贴标语，什么打倒田中义一等，都仅务虚名，像豆腐店里生意不好，看看“对我生财”泄闷一样。又像是以前的画符，一画符病就好的思想。贴了打倒帝国主义，帝国主义就真个打倒了么？这不对，我们应做切实的工作，奋力的做去。

（三）证据。怀疑以后，相信总要相信，但是相信的条件，就是拿凭据来。有了这一句，论理学诸书，都可以不读。赫胥黎的儿子死了以后，宗教家去劝他信教，但是他很坚决的说："拿有上帝的证据来。"有了这种态度，就不会上当。

（四）真理。朝夕的去求真理，不一定要成功，因为真理无穷，宇宙无穷：我们去寻求，是尽一点责任，希望在总分上，加上万万分之一。胜固是可喜，败也不足忧。明知赛跑，只有一个人第一，我们还要跑去，不是为我为私，是为大家。发明不是为发财，是为人类。英国有一个医生，发明了一种治肺的药，但是因为自秘，就被医学会开除了。

所以科学家是为求真理。庄子虽有"吾生也有涯，而知也无涯，以有涯逐无涯，殆已"的话头，但是我们还要向上做去，得一分就是一分，一寸就是一寸，可以有阿基米德氏发现浮力时叫 Eureka 的快活。有了这种精神，做人就不会失望。所以人生的意味，全靠你自己的工作；你要它圆就圆，方就方，是有意味；因为真理无穷，趣味无穷，进步快活也无穷尽。

1930 年在苏州青年会的讲演

# 信心与反省

这一期《独立》里有寿生先生的一篇文章，题为“我们要有信心”。在这文里，他提出一个大问题：中华民族真不行吗？他自己的答案是：我们是还有生存权的。

我很高兴我们的青年在这种恶劣空气里还能保持他们对于国家民族前途的绝大信心。这种信心是一个民族生存的基础，我们当然是完全同情的。

可是我们要补充一点：这种信心本身要建筑在稳固的基础之上，不可站在散沙之上。如果信仰的根据不稳固，一朝根基动摇了，信仰也就完了。

寿生先生不赞成那些旧人“拿什么五千年的古国哟，精神文明哟，地大物博哟，来遮丑”。这是不错的。然而他自己提出的民族信心的根据，依我看来，文字上虽然和他们不同，实质上还是和他们同样的站在散沙之上，同样的挡不住风吹雨打。例如他说：

> 我们今日之改进不如日本之速者，就是因为我们的固有文化太丰富了。富于创造性的人，个性必强，接受性就较缓。

这种思想在实质上和那五千年古国精神文明的迷梦是同样的无稽的夸大。第一，他的原则“富于创造性的人，个性必强，接受性就较缓”，这个大前提就是完全无稽之谈，就是懒惰的中国士大夫捏造出来替自己遮丑的胡说。事实上恰是相反的：凡富于创造性的人必敏于模仿，凡不善模仿的人决不能创造。创造是一个最误人的名词，其实创造只是模仿到十足时的一点点新花样。古人说的最好：“太阳之下，没有新的东西。”一切所谓创造都从模仿出来。我们不要被新名词骗了。新名词的模仿就是旧名词的“学”字：“学之为言效也”是一句不磨的老话。例如学琴，必须先模仿琴师弹琴；学画必须先模仿画师作画；就是画自然界的景物，也是模仿。模仿熟了，就是学会了，工具用的熟了，方法练的细密了，有天才的人自然会“熟能生巧”，这一点功夫到时的奇巧新花样就叫做创造。凡不肯模仿，就是不肯学人的长处。不肯学如何能创造？伽利略（Galileo）听说荷兰有个磨镜匠人做成了一座望远镜，他就依他听说的造法，自己制造了一座望远镜。这就是模仿，也就是创造。从 17 世纪初年到如今，望远镜和显微镜都年年有进步，可是这三百年的进步，步步是模仿，也步步是创造。一切进步都是如此：没有一件创造不是先从模仿下手的。孔子说的好：

> 三人行，必有我师焉：择其善者而从之，其不善者而改之。

这就是一个圣人的模仿。懒人不肯模仿，所以决不会创造。一个民族也和个人一样，最肯学人的时代就是那个民族最伟大的时代；等到他不肯学人的时候，他的盛世已过去了，他已走上衰老僵化的时期了，我们中国民族最伟大的时代，正是我们最肯模仿四邻的时代：从汉到唐宋，一切建筑、绘画、雕刻、音乐、宗教、思想、算学、天文、工艺，哪一件里没有模仿外国的重要成分？佛教和他带来的美术建筑，不用说了。从汉朝到今日，我们的历法改革，无一次不是采用外国的新法；最近二百年的历法是完全学西洋的，更不用说了。到了我们不肯学人家的好处的时候，我们的文化也就不进步了。我们到了民族中衰的时代，只有懒劲学印度人的吸食鸦片，却没有精力学满洲人的不缠脚，那就是我们自杀的法门了。

第二，我们不可轻视日本人的模仿。寿生先生也犯了一般人轻视日本的恶习惯，抹杀日本人善于模仿的绝大长处。日本的成功，正可以证明我在上文说的“一切创造都从模仿出来”的原则。寿生说：

> 从唐以至日本明治维新，千数百年间，日本有一件事足为中国取镜者吗？中国的学术思想在她手里去发展改进过吗？我们实无法说有。

这又是无稽的诬告了。三百年前，朱舜水到日本，他居留久了，能了解那个岛国民族的优点，所以他写信给中国的朋友说，日本的政治虽不能上比唐虞，可以说比得上三代盛世。这是一个中国大学者在长期寄居之后下的考语，是值得我们的注意的。日本民族的长处全在他们肯一心一意的学别人的好处。他们学了中国的无数好处，但始终不曾学我们的小脚、八股文、鸦片烟。这不够“为中国取镜”吗？他们学别国的文化，无论在哪一方面，凡是学到家的，都能有创造的贡献。这是必然的道理。浅见的人都说日本的山水人物画是模仿中国的；其实日本画自有他的特点，在人物方面的成绩远胜过中国画，在山水方面也没有走上“四王”的笨路；在文学方面，他们也有很大的创造。近年已有人赏识日本的小诗了。我且举一个大家不甚留意的例子。文学史家往往说日本的《源氏物语》等作品是模仿中国唐人的小说《游仙窟》等书的。现今《游仙窟》已从日本翻印回中国来了，《源氏物语》也有了英国人卫来先生（Arthur waley）的五巨册的译本。我们若比较这两部书，就不能不惊叹日本人创造力的伟大。如果“源氏”真是从模仿《游仙窟》出来的，那真是徒弟胜过师傅千万倍了！寿生先生原文里批评日本的工商业，也是中了成见的毒。日本今日工商业的长脚发展，虽然也受了生活程度比人低和货币低落的恩惠，但他的根基实在是全靠科学与工商业的进步。今日大阪与兰肯歇的竞争，骨子里还是新式工业与旧式工业的竞争。日本今日自造的纺织器是世界各国公认为最新最良的。今日英国纺织业也不能不购买日本的新机器了。这是从模仿到创造的最好的例子。不然，我们工人的工资比日本更低，货币平常也比日本钱更贱，为什么我们不能“与他国资本家抢商场”呢？我们到了今日，若还要抹杀事实，笑人模仿，而自居于“富于创造性者”的不屑模仿，那真是盲目的夸大狂了。

第三，再看看“我们的固有文化”是不是真的“太丰富了”。寿生和其他夸大本国固有文化的人们，如果真肯平心想想，必然也会明白这句话也是无根的乱谈。这个问题太大，不是这篇短文里所能详细讨论的，我只能指出几个比较重要之点。使人明白我们的固有文化实在是很贫乏的，谈不到“太丰富”的梦话。近代的科学文化，工业文化，我们可以撇开不谈，因为在那些方面，我们的贫乏未免太丢人了。我们且谈谈老远的过去时代罢。我们的周、秦时代当然可以和希腊、罗马相提并论，然而我们如果平心研究希腊、罗马的文学、雕刻、科学、政治，单是这四项就不能不使我们感觉我们的文化的贫乏了。尤其是造型美术与算学的两方面，我们真不能不低头愧汗。我们试想想，《几何原本》的作者欧几里得正和孟子先后同时；在那么早的时代，在二千多年前，我们在科学上早已大落后了！（少年爱国的人何不试拿《墨子》“经上篇”里的三五条几何学界说来比较《几何原本》?）从此以后，我们所有的，欧洲也都有；我们所没有的，人家所独有的，人家都比我们强。试举一个例子：欧洲有三个一千年的大学，有许多个五百年以上的大学，至今继续存在，继续发展，我们有没有？至于我们所独有的宝贝，骈文，律诗，八股，小脚，太监，姨太太，五世同居的大家庭，贞节牌坊，地狱活现的监狱，廷杖，板子夹棍的法庭……虽然“丰富”，虽然“在这世界无不足以单独成一系统”，究竟都是使我们抬不起头来的文物制度。即如寿生先生指出的“那更光辉万丈”的宋明理学，说起来也真正可怜！讲了七八百年的理学，没有一个理学圣贤起来指出裹小脚是不人道的野蛮行为，只见大家崇信“饿死事极小，失节事极大”的吃人礼教：请问那万丈光辉究竟照耀到哪里去了？

以上说的，都只是略略指出寿生先生代表的民族信心是建筑在散沙上面，经不起风吹草动，就会倒塌下来的。信心是我们需要的，但无根据的信心是没有力量的。

可靠的民族信心，必须建筑在一个坚固的基础之上，祖宗的光荣自是祖宗之光荣，不能救我们的痛苦羞辱。何况祖宗所建的基业不全是光荣呢？我们要指出：我们的民族信心必须站在“反省”的唯一基础之上。反省就是要闭门思过，要诚心诚意的想，我们祖宗的罪孽深重，我们自己的罪孽深重；要认清了罪孽所在，然后我们可以用全副精力去消灾灭罪。寿生先生引了一句“中国不亡是无天理”的悲叹词句，他也许不知道这句伤心的话是我十三四年前在中央公园后面柏树下对孙伏园先生说的，第二天被他记在《晨报》上，就流传至今。我说出那句话的目的，不是要人消极，是要人反省；不是要人灰心，是要人起信心，发下大宏誓来忏悔，来替祖宗忏悔，替我们自己忏悔；要发愿造新因来替代旧日种下的恶因。

今日的大患在于全国人不知耻，所以不知耻者，只是因为不曾反省。一个国家兵力不如人，被人打败了，被人抢夺了一大块土地去，这不算是最大的耻辱。一个国家在今日还容许整个的省分遍种鸦片烟，一个政府在今日还要依靠鸦片烟的税收——公卖税，吸户税，烟苗税，过境税——来做政府的收入的一部分，这是最大的耻辱。一个现代民族在今日还容许他们的最高官吏公然提倡什么“时轮金刚法会”“息灾利民法会”，这是最大的耻辱。一个国家有五千年的历史，而没有一个四十年的大学，甚至于没有一个真正完备的大学，这是最大的耻辱。一个国家能养三百万不能捍卫国家的兵，而至今不肯计划任何区域的国民义务教育，这是最大的耻辱。

真诚的反省自然发生真诚的愧耻。孟子说的好：“不耻不若人，何若人有?”真诚的愧耻自然引起向上的努力，要发宏愿努力学人家的好处，铲除自家的罪恶。经过这种反省与忏悔之后，然后可以起新的信心：要信仰我们自己正是拨乱反正的人，这个担子必须我们自己来挑起。三四十年的天足运动已经差不多完全铲除了小脚的风气：从前大脚的女人要装小脚，现在小脚的女人要装大脚了。风气转移的这样快，这不够坚定我们的自信心吗?

历史的反省自然使我们明了今日的失败都是因为过去的不努力，同时也可以使我们格外明了“种瓜得瓜，种豆得豆”的因果铁律。铲除过去的罪孽只是割断以往种下的果。我们要收新果，必须努力造新因。祖宗生在过去的时代，他们没有我们今日的新工具，也居然能给我们留下了不少的遗产。我们今日有了祖宗不曾梦见的种种新工具，当然应该有比祖宗高明千百倍的成绩，才对得起这个新鲜的世界。日本一个小岛国，那么贫瘠的土地，那么少的人民，只因为伊藤博文、大久保利通、西乡隆盛等几十个人的努力，只因为他们肯拼命的学人家，肯拼命的用这个世界的新工具，居然在半个世纪之内一跃而为世界三五大强国之一。这不够鼓舞我们的信心吗?

反省的结果应该使我们明白那五千年的精神文明，那“光辉万丈”的宋明理学，那并不太丰富的固有文化，都是无济于事的银样镴枪头。我们的前途在我们自己的手里。我们的信心应该望在我们的将来。我们的将来全靠我们下什么种，出多少力。“播了种一定会有收获，用了力决不至于白费。”——这是翁文灏先生要我们有的信心。

1934 年 5 月 28 日，选自《胡适文存四集》

# 写在孔子诞辰纪念之后

我们家乡有句俗话说："做戏无法，出个菩萨。"编戏的人遇到了无法转变的情节，往往请出一个观音菩萨来解围救急。这两年来，中国人受了外患的刺激，颇有点手忙脚乱的情形，也就不免走上了"做戏无法，出个菩萨"的一条路。这本是人之常情。西洋文学批评史也有 deus ex machina 的话，译出来也可说，"解围无计，出个上帝"。本年五月里美国奇旱，报纸上也曾登出旱区妇女孩子跪着祈祷求雨的照片。这都是穷愁呼天的常情，其可怜可恕，和今年我们国内许多请张天师求雨或请班禅喇嘛消灾的人，是一样的。

这种心理，在一般愚夫愚妇的行为上表现出来，是可怜而可恕的；但在一个现代政府的政令上表现出来，是可怜而不可恕的。现代政府的责任在于充分运用现代科学的正确知识，消极的防患除弊，积极的兴利惠民。这都是一点一滴的工作，一尺一步的旅程，这里面绝对没有一条捷径可以偷渡。然而我们观察近年我们当政的领袖好像都不免有一种"做戏无法，出个菩萨"的心理，想寻求一条救国的捷径，想用最简易的方法做到一种复兴的灵迹。最近政府忽然手忙脚乱的恢复了纪念孔子诞辰的典礼，很匆遽的颁布了礼节的规定。八月二十七日，全国都奉命举行了这个孔诞纪念的大典。在每年许多个先烈纪念日之中加上一个孔子诞辰的纪念日，本来不值得我们的诧异。然而政府中人说这是“倡导国民培养精神上之人格”的方法，舆论界的一位领袖也说：“有此一举，诚足以奋起国民之精神，恢复民族的自信。”难道世间真有这样简便的捷径吗？

我们当然赞成“培养精神上之人格”，“奋起国民之精神，恢复民族的自信”。但是古人也曾说过：“礼乐所由起，百年积德而后可兴也。”国民的精神，民族的信心，也是这样的；他的颓废不是一朝一夕之故，他的复兴也不是虚文口号所能做到的。“洙水桥前，大成殿上，多士济济，肃穆趋跄”（用八月二十七日《大公报》社论中语）；四方城市里，政客军人也都率领着官吏士民，济济跄跄的行礼，堂堂皇皇的演说——礼成祭毕，纷纷而散，假期是添了一日，口号是添了二十句，演讲词是多出了几篇，官吏学生是多跑了一趟，然在精神的人格与民族的自信上，究竟有丝毫的影响吗？

那一天《大公报》的社论曾有这样一段议论：

> 最近二十年，世变弥烈，人欲横流，功利思想如水趋壑，不特仁义之说为俗诽笑，即人禽之判亦几以不明，民族的自尊心与自信力既已荡然无存，不待外侮之来，国家固早已濒于精神幻灭之域。

如果这种诊断是对的，那么，我们的民族病不过起于“最近二十年”，这样浅的病根，应该是很容易医治的了。可惜我们平日敬重的这位天津同业先生未免错读历史了。《官场现形记》和《二十年目睹之怪现状》描写的社会政治情形，不是中国的实情吗？是不是我们得把病情移前三十年呢？《品花宝鉴》以至《金瓶梅》描写的也不是中国的社会政治吗？这样一来，又得挪上三五百年了。那些时代，孔子是年年祭的，《论语》《孝经》《大学》是村学儿童人人读的，还有士大夫讲理学的风气哩！究竟那每年“洙水桥前，大成殿上，多士济济，肃穆趋跄”，曾何补于当时的惨酷的社会，贪污的政治？

我们回想到我们三十年前在村学堂读书的时候，每年开学是要向孔夫子叩头礼拜的；每天放学，拿了先生批点过的习字，是要向中堂(不一定有孔子像)拜揖然后回家的。至今回想起来，那个时代的人情风尚也未见得比现在高多少。在许多方面，我们还可以确定的说：“最近二十年”比那个拜孔夫子的时代高明的多多了。这二三十年中，我们废除了三千年的太监，一千年的小脚，六百年的八股，四五百年的男娼，五千年的酷刑，这都没有借重孔子的力量。八月二十七那一天汪精卫先生在中央党部演说，也指出“孔子没有反对纳妾，没有反对蓄奴婢；如今呢，纳妾蓄奴婢，虐待之因是罪恶，善待之亦是罪恶，根本纳妾蓄奴婢便是罪恶”。汪先生的解说是：“仁是万古不易的，而仁的内容与条件是与时俱进的。”这样的解说毕竟不能抹杀历史的事实。事实是“最近”几年中，丝毫没有借重孔夫子，而我们的道德观念已进化到承认“根本纳妾蓄奴婢便是罪恶”了。

平心说来，“最近二十年”是中国进步最速的时代；无论在知识上、道德上、国民精神上、国民人格上、社会风俗上、政治组织上、民族自信力上，这二十年的进步都可以说是超过以前的任何时代。这时期中自然也有不少的怪现状的暴露，劣根性的表现，然而种种缺陷都不能减损这二十年的总进步的净赢余。这里不是我们专论这个大问题的地方。但我们可以指出这个总进步的几个大项目：

第一，帝制的推翻，而几千年托庇在专制帝王之下的城狐社鼠——一切妃嫔，太监，贵胄，吏胥，捐纳——都跟着倒了。

第二，教育的革新。浅见的人在今日还攻击新教育的失败，但他们若平心想想旧教育是些什么东西，有些什么东西，就可以明白这二三十年的新教育，无论在量上或质上都比三十年前进步至少千百倍了。在消极方面，因旧教育的推倒，八股、骈文、律诗等等谬制都逐渐跟着倒了；在积极方面，新教育虽然还肤浅，然而常识的增加，技能的增加，文字的改革，体育的进步，国家观念的比较普遍，这都是旧教育万不能做到的成绩。（汪精卫先生前天曾说："中国号称以孝治天下，而一开口便侮辱人的母亲，甚至祖宗妹子等。"试问今日受过小学教育的学生还有这种开口骂人妈妈妹子的国粹习惯吗?）

第三，家庭的变化。城市工商业与教育的发展使人口趋向都会，受影响最大的是旧式家庭的崩溃，家庭变小了，父母公婆与族长的专制威风减削了，儿女宣告独立了。在这变化的家庭中，妇女的地位的抬高与婚姻制度的改革是五千年来最重大的变化。

第四，社会风俗的改革。小脚、男娼、酷刑等等，我已屡次说过了。在积极方面，如女子的解放，如婚丧礼俗的新试验，如青年对于体育运动的热心，如新医学及公共卫生的逐渐推行，这都是古代圣哲所不曾梦见的大进步。

第五，政治组织的新试验。这是帝制推翻的积极方面的结果。二十多年的试验虽然还没有做到满意的效果，但在许多方面（如新式的司法，如警察，如军事，如胥吏政治之变为士人政治）都已明白的显出几千年来所未曾有的成绩。不过我们生在这个时代，往往为成见所蔽，不肯承认罢了。单就最近几年来颁行的《新民法》一项而论，其中含有无数超越古昔的优点，已可说是一个不流血的绝大社会革命了。

这些都是毫无可疑的历史事实，都是"最近二十年"中不曾借重孔夫子而居然做到的伟大的进步。革命的成功就是这些，维新的成绩也就是这些。可怜无数维新志士，革命仁人，他们出了大力，冒了大险，替国家民族在二三十年中做到了这样超越前圣、凌驾百王的大进步，到头来，被几句死书迷了眼睛，见了黑旋风不认得是李逵，反倒唉声叹气，发思古之幽情，痛惜今之不如古，梦想从那"荆棘丛生，檐角倾斜”的大成殿里抬出孔圣人来“卫我宗邦，保我族类”！这岂不是天下古今最可怪笑的愚笨吗？

文章写到这里，有人打岔道：“喂，你别跑野马了。他们要的是‘国民精神上之人格，民族的自信’。在这‘最近二十年’里，这些项目也有进步吗？不借重孔夫子，行吗？”

什么是人格？人格只是已养成的行为习惯的总和。什么是信心？信心只是敢于肯定一个不可知的将来的勇气。在这个时代，新旧势力、中西思潮，四方八面的交攻，都自然会影响到我们这一辈人的行为习惯，所以我们很难指出某种人格是某一种势力单独造成的。但我们可以毫不迟疑的说：这二三十年中的领袖人才，正因为生活在一个新世界的新潮流里，他们的人格往往比旧时代的人物更伟大，思想更透辟，知识更丰富，气象更开阔，行为更豪放，人格更崇高。试把孙中山来比曾国藩，我们就可以明白这两个世界的代表人物的不同了。在古典文学的成就上，在世故的磨炼上，在小心谨慎的行为上，中山先生当然比不上曾文正。然而在见解的大胆、气象的雄伟、行为的勇敢上，那一位理学名臣就远不如这一位革命领袖了。照我这十几年来的观察，凡受这个新世界的新文化的震撼最大的人物，他们的人格都可以上比一切时代的圣贤，不但没有愧色，往往超越前人。老辈中，如高梦旦先生，如张元济先生，如蔡元培先生，如吴稚晖先生，如张伯苓先生；朋辈中，如周诒春先生，如李四光先生，如翁文灏先生，如姜蒋佐先生：他们的人格的崇高可爱敬，在中国古人中真寻不出相当的伦比。这种人格只有这个新时代才能产生，同时又都是能够给这个时代增加光耀的。

我们谈到古人的人格，往往想到岳飞、文天祥和晚明那些死在廷杖下或天牢里的东林忠臣。我们何不想想这二三十年中为了各种革命慷慨杀身的无数志士！那些年年有特别纪念日追悼的人们，我们姑且不论。我们试想想那些为排满革命而死的许多志士，那些为民十五六年的国民革命而死的无数青年，那些前两年中在上海在长城一带为抗日卫国而死的无数青年，那些为民十三年以来的共产革命而死的无数青年——他们慷慨献身去经营的目标比起东林诸君子的目标来，其伟大真不可比拟了。东林诸君子慷慨抗争的是“红丸”“移宫”“妖书”等等米米小的问题，而这无数的革命青年慷慨献身去工作的是全民族的解放，整个国家的自由平等，或他们所梦想的全人类社会的自由平等。我们想到了这二十年中为一个主义而从容杀身的无数青年，我们想起了这无数个“杀身成仁”的中国青年，我们不能不低下头来向他们致最深的敬礼；我们不能不颂赞这“最近二十年”是中国史上一个精神人格最崇高，民族自信心最坚强的时代。他们把他们的生命都献给了他们的国家和他们的主义，天下还有比这更大的信心吗？

凡是诅咒这个时代为“人欲横流，人禽无别”的人，都是不曾认识这个新时代的人。他们不认识这二十年中国的空前大进步，也不认识这二十年中整千整万的中国少年流的血究竟为的是什么！

可怜的没有信心的老革命党呵！你们要革命，现在革命做到了这二十年的空前大进步，你们反不认得它了。这二十年的一点进步不是孔夫子之赐，是大家努力革命的结果，是大家接受了一个新世界的新文明的结果。只有向前走是有希望的。开倒车是不会有成功的。

你们心眼里最不满意的现状——你们所咒诅的“人欲横流，人禽无别”——只是任何革命时代所不能避免的一点附产物而已。这种现状的存在，只够证明革命还没有成功，进步还不够。孔圣人是无法帮忙的，开倒车也决不能引你们回到那个本来不存在的“美德造成的黄金世界”的！养个孩子还免不了肚痛，何况改造一个国家，何况改造一个文化？别灰心了，向前走罢！

1934 年 9 月 3 日夜，选自《胡适论学近著》

# 中学生的修养与择业（节选）

今天我应该讲些什么？事先曾请教吴县长，师范刘校长和同来的几位朋友，他们以今天到场的大多数是青年朋友们，也有青年朋友们的父兄，因此要我讲讲中等教育的东西。同时，我到过的地方，许多朋友常常问我中学生应注重什么？中学毕业后，升学的应该怎样选科？到社会里去的应该怎样择业？我是不懂教育的，不过年纪大些，并且自己也是经过中学大学出来的，同时看到朋友们与我们自己的子弟经过中学，得到一点认识，愿意将自己的认识提出来供大家参考，今天讲的题目，就是："中学生的修养与中学生的择业"。

中学生的修养应注重两点：

一、工具的求得。中学生大概是从十二岁的幼年到十八岁的青年，这个时期是决定他将来最重要的一个时期。求知识与做人、做事的工具，要在这个时期求得。古人说："工欲善其事，必先利其器"，中学生要将来有成就，便应该注意到"求工具"——学业上，事业上，求知识上所需要的工具。求工具的目标有二：一是中学毕业后无力升学要到社会里去就业；一是继续升学。

第一种工具是语言文字。不论就业或升学，以我个人的经验和观察所得，语言文字是最需要的工具。在中学里不仅应该学好本国的语言文字，最好能多学一二种外国的语言文字。它是就业升学的钥匙，能为我们打开知识的门。多学得一种语言，等于辟开一个新的花园、新的世界。语言文字，可以说是中学时期应该求得的工具当中非常重要的了。在中学时期如果没有打好语言文字的基础，以后作学问非常的困难。而且过了这个时期，很少能够把语言文字弄好的。

第二种工具是科学的基本知识。许多人都说学了数学，将来没有什么用处，这是错误的。数学是自然科学重要的钥匙，如果不能把这个重要的钥匙——数学，与物理学、化学、生物学、矿物学、植物学等，在中学时期学好，则不能求得新的知识。所以中学时期最重要的，是把这些基本知识弄好。

青年们在学校里对于各种基本科学，不能当它是功课，是学校课程里面需要的功课，应该把它当成求知识、做学问、做人的工具，必不可少的工具。拿工具这个观念来看课程，课程便活了。拿工具这个观念来批评课程，可以得到一个标准。首先看看哪些功课够得上作工具，并分出哪些功课是求知识做学问的工具，哪些功课是做人的工具。哪些功课是重要，哪些功课是次要。同时拿工具这个观念来督促自己，来分别轻重缓急。先生的教法，也可以拿工具这个观念来衡量，哪种教法是死的笨的，请先生改良，哪些应该特别注重，请先生注意。我这个话，不是叫学生对先生造反，而是请先生以工具来教，不要死板的照课本讲，这样推动先生，可以使得先生从没有精神提起精神，不是造反而是教学相长，不把功课当作功课看，把它当作必需的工具看。拿工具的观念看功课，功课便是活的，这一点也可以说是中学生治学的方法。

二、良好习惯的养成。良好习惯的养成，即普通所谓的人品教育，品性人格的陶冶。教育学家心理学家都告诉我们说：人品性格是习惯的养成，好的品格是好的习惯养成。中学生是定型的阶段，中学生时期与其注重治学的方法，毋宁提倡良好习惯的养成。一个人的坏习惯在中学还可纠正，假使在中学里不能养成良好的习惯，这个人的前途便算完了，在大学里不会是个好学生，在社会里不会是个有用的人才。我愿在这里提醒青年学生们的注意，也请学生的父兄教师们注意。

我们的国家以前专注重文字教育，读书人的指甲蓄得很长，手脸都是白白的，行动是文绉绉的，读书可以从“学而时习之”背诵起，写文章摇摇摆摆地会写出许多好听的词句来，可是他们是无用的，不能动手，也不能动脚，连桌凳有一点坏了，也不能拿起斧头钉子来修理。这种只能背书写文章的读书人就是没有养成良好的习惯——动手动脚的习惯。

我在台湾大学讲《治学方法》时，讲到一个故事：宋时有一新进士请教老前辈做官的秘诀，老前辈告诉他四个字：“勤谨和缓”。这四个字，大家称为做官的秘诀，我把它看作做人、做事、做学问的秘诀。简单的分别说：

勤，就是不偷懒，不走捷径，要切切实实，辛辛苦苦的去做。要用眼睛的用眼睛，用手的用手，用脚的用脚，先生叫你找材料，你就到应该到的地方去找。叫你找标本，你就到田野，到树林里去找，无论在实验室里，在自然界里，都不要偷懒，一点一滴的去做。

谨，就是谨慎，不粗心，不苟且，以江浙的俗话来说，不拆烂污。写汉字，一点、一横也不放过。写外国字，“i”的点、“t”的横，也一样的不放过。做数学，一个圈、一个小数点都不苟且。不要以为这是小事情，做小事关系天下的大事，做学问关系成败，所以细心谨慎，是必须要养成的习惯。

和，就是不要发脾气，不要武断，要虚心，要和和平平。什么叫做虚心？脑筋不存成见，不以成见来观察事实，不以成见来对待人。就做学问来说，要以心平气和的态度来做化学、数学、历史、地理，并以心平气和的态度来学语文。无论对事、对人、对物、对问题、对真理，完全是虚心的，这叫做和。

缓，这个字很重要，“缓”的意思是不要忙，不轻易下一个结论。

如果没有缓的习惯，前面三个字就不容易做到。譬如找证据，这是很难的工作，如果要几点钟交卷，就不能做到“勤”的功夫；忙于完成，证据不够，不管它了，这样就不能做到“谨”的功夫；匆匆忙忙地去做，当然不能做到“和”的功夫。所以证据不够，应当悬而不断，就是姑且挂在那里，悬而不断，并不是叫你搁下来不管，是要你勤，要你谨，要你和。缓，就是南方人说的“凉凉去吧”，缓的意思，是要等着找到了充分的证据，然后根据事实来下判断。无论做学问、做事、做官、做议员，都是一样的。大家知道治花柳病的名药“六〇六”吧？什么叫“六〇六”呢？经过六百零六次的试验才成功的。“九一四”则试验了九百一十四次。达尔文的生物进化论，认为动植物的生存进化与环境有绝大的关系，也费了三十年的工夫，到四海去搜集标本和研究，并与朋友们往复讨论。朋友们都劝他发表，他仍然不肯。后来英国皇家学会收到另一位科学家华莱士的论文，其结论与达尔文的一样，朋友们才逼着达尔文把研究的结论公布，并提出与朋友们讨论的信件，来证明他早已获得结论，于是皇家学会才决定同华莱士的论文同时发表，达尔文这种持重的态度，不是缺点，是美德，这也是科学史上勤谨和缓的实例。值得我们去想想，作为榜样，尤其青年学生们要在中学里便养成这种好习惯。有了这种好习惯，无论是做人做事做学问，将来不怕没有成就。

中学生高中毕业后，面临的问题是继续升学或到社会去找职业。升学应如何选科？到社会去如何择业？简单的说，有两个标准：

一、社会的标准。社会上所需要的，最易发财的，最时髦的是什么？这便是社会的标准。台湾大学钱校长告诉我说，今年台大招生，投考学生中外文成绩好的都投考工学院，尤其是考电机工程、机械工程的特多，考文史的则很少，因为目前社会需要工程师，学成后容易得到职业而且待遇好。这种情形，在外国也是一样的，外国最吃香的学科是原子能、物理学和航空工程，干这一行的，最受欢迎，最受优待。

二、个人的标准。所谓个人的标准，就是个人的兴趣、性情、天才近哪门学科，适于哪一行业。简单的说，能干什么。社会上需要工程师，学工程的固不忧失业，但个人的性情志趣是否与工程相合？父母兄长爱人都希望你学工程，而你的性情志趣，甚至天才，却近于诗词、小说、戏剧、文学，你如迁就父母兄长爱人之所好而去学工程，结果工程界里多了一个饭桶，国家社会失去了一个第一流的诗人、小说家、文学家、戏剧学家，不是可惜了吗？所以个人的标准比社会的标准重要。因为社会标准所需要的太多，中国人常说社会职业有三百六十行，这是以前的说法，现在何止三百六十行，也许三千六百行，三万六千行都有，三千六百行，三万六千行，行行都需要。社会上需要建筑工程师，需要水利工程师，需要电力工程师，也需要大诗人、大美术家、大法学家、大政治家，同时也需要做新式马桶的工人。能做新式马桶的，照样可以发财。社会上三万六千行，既是行行都需要，一个人决不可能会做每行的事，顶多会二三行，普通都只能会一行的。在这种情形之下，试问是社会的标准重要？还是个人的标准重要？当然是个人的重要！因此选科择业不要太注重社会上的需要，更不要迁就父母兄长爱人的所好。爸爸要你学赚钱的职业，妈妈要你学时髦的职业，爱人要你学社会上有地位的职业，你都不要管他，只问你自己和性情近乎什么？自己的天才力量能做什么？配作什么？要根据这些来决定。

历史上在这一方面，有很好的例子，意大利的伽俐略是科学的老祖宗，是新的天文学家、新的物理学家的老祖宗。他的父亲是一个数学家，当时学数学的人很倒霉。在伽俐略进大学的时候（三百多年前），他父亲因不喜欢，所以要他学医，可是他读医科，毫无兴趣，朋友们以他的绘画还不坏，认为他有美术天才，劝他改学美术，他自己也颇以为然。有一天他偶然走过雷积教授替公爵府里面作事的人补习几何学的课室，便去偷听，竟大感兴趣，于是医学不学了，画也不学了，改学他父亲不喜欢的数学。后来替全世界创立了新的天文学、新的物理学，这两门学问都建筑于数学之上。

最后说我个人到外国读书的经过，民国前二年，考取官费留美，家兄特从东三省赶到上海为我送行，以家道中落，要我学铁路工程，或矿冶工程，他认为学了这些回来，可以复兴家业，并替国家振兴实业。不要我学文学、哲学，也不要学做官的政治法律，说这是没有用的。当时我同许多人谈过这个问题。以路矿都不感兴趣，为免辜负兄长的期望，决定选读农科，想做科学的农业家，以农报国。同时美国大学农科，是不收费的，可以节省官费的一部分，寄回补助家用。进农学院以后第三个星期，接到实验系主任的通知，要我到该系报到实习。报到以后，他问我："你有什么农场经验?"我说："我不是种田的。"他又问我："你做什么呢?"我说："我没有做什么，我要虚心来学，请先生教我。"先生答应说："好。"接着问我洗过马没有，要我洗马。我说："我们中国种田，是用牛不是用马。"先生说："不行。"于是学洗马，先生洗一半，我洗一半。随即学驾车，也是先生套一半，我套一半。作这些实习，还觉得有兴趣。下一个星期的实习，为苞谷选种，一共有百多种，实习结果，两手起了泡，我仍能忍耐，继续下去，一个学期结束了，各种功课的成绩，都在八十五分以上。到了第二年，成绩仍旧维持到这个水准。依照学院的规定，各科成绩在八十五分以上的，可以多选两个学分的课程，于是增选了种果学。起初是剪树、接种、浇水、捉虫，这些工作，也还觉得有兴趣。在上种果学的第二学期，有两小时的实习苹果分类，一张长桌，每个位子分置了四十个不同种类的苹果，一把小刀，一本苹果分类册，学生们须根据每个苹果的长短，开花孔的深浅、颜色、形状、果味和脆软等标准，查对苹果分类册，分别其类别（那时美国苹果有四百多类，现恐有六百多类了），普通名称和学名。美国同学都是农家子弟，对于苹果的普通名称一看便知，只需在苹果分类册里查对学名，便可填表缴卷，费时甚短。我和一位郭姓同学则需一个一个的经过所有检别的手续，花了两小时半，只分类了二十个苹果，而且大部分是错的。晚上我对这种实习起了一种念头：我花了两小时半的时间，究竟是在干什么？中国连苹果种子都没有，我学它什么用处？自己的性情不相近，干吗学这个？这两个半钟头的苹果实习使我改行，于是，决定离开农科。放弃一年半的时间（这时我已上了一年半的课）牺牲了两年的学费，不但节省官费补助家用已不可能，维持学业很困难，以后我改学文科，学哲学、政治、经济、文学，在没有回国时，以前与朋友们讨论文学问题，引起了中国的文学革命运动，提倡白话，拿白话作文，作教育工具，这与农场经验没有关系，苹果学没有关系，是我那时的兴趣所在。

我的玩意儿对国家贡献最大的便是文学的“玩意儿”，我所没有学过的东西。最近研究《水经注》(地理学的东西)。我已经六十二岁了，还不知道我究竟学什么？都是东摸摸、西摸摸，也许我以后还要学学水利工程亦未可知，虽则我现在头发都白了，还是无所专长，一无所成。可是我一生很快乐，因为我没有依社会需要的标准去学时髦。我服从了自己的个性，根据个人的兴趣所在去做，到现在虽然一无所成，但是我生活得很快乐，希望青年朋友们，接受我经验得来的这个教训，不要问爸爸要你学什么，妈妈要你学什么，爱人要你学什么。要问自己性情所近，能力所能做的去学。这个标准很重要，社会需要的标准是次要的。

1952 年 12 月 27 日在台湾台东县公共体育场的演讲

# 一个防身药方的三味药

毕业班的诸位同学，现在都得离开学校去开始你们自己的事业了，今天的典礼，我们叫做“毕业”、“卒业”，在英文里叫做“始业”(commencement)。你们的学校生活现在有一个结束，现在你们开始进入一段新的生活，开始撑起自己的肩膀来挑自己的担子，所以叫做“始业”。

我今天承毕业班同学的好意，承阎校长的好意，来说几句话。我进大学是在五十年前（1910），我毕业是在四十六年前（1914），够得上做你们的老大哥了。今天我用老大哥的资格，应该送你们一点小礼物。我要送你们的小礼物只是一个防身的药方，给你们离开校门、进入大世界，做随时防身救急之用的一个药方。

这个防身药方只有三味药：

第一味药叫做“问题丹”。

第二味药叫做“兴趣散”。

第三味药叫做“信心汤”。

第一味药，“问题丹”。就是说，每个人离开学校，总得带一两个麻烦而有趣味的问题在身边做伴，这是你们入世的第一要紧的救命宝丹。

问题是一切知识学问的来源，活的学问、活的知识，都是为了解答实际上的困难，或理论上的困难而得来的。年轻入世的时候，总得有一个两个不大容易解决的问题在脑子里，时时向你挑战，时时笑你不能对付它，不能奈何它，时时引诱你去想它。

只要你有问题跟着你，你就不会懒惰了，你就会继续有知识上的长进了。

学堂里的书，你带不走；仪器，你带不走；先生，他们不能跟你去，但是问题可以跟你走到天边！有了问题，没有书，你自会省吃省穿去买书；没有仪器，你自会卖田卖地去买仪器！没有好先生，你自会去找好师友；没有资料，你自会上天下地去找资料。

各位青年朋友，你今天离开学校，夹袋里准备了几个问题跟着你走？

第二味药叫做“兴趣散”。这就是说，每个人进入社会，总得多发展一点专门职业以外的兴趣——“业余”的兴趣。

你们多数是学工程的，当然不愁找不到吃饭的职业，但四年前你们选择的专门职业，真是你们自己的自由志愿吗？你们现在还感觉你们手里的文凭真可以代表你们每个人终身的志愿、终身的兴趣吗？——换句话说，你们今天不懊悔吗？明年今天还不会懊悔吗？

你们在这四年里，没有发现什么新的、业余的兴趣吗？在这四年里，没有发现自己的本行以外的才能吗？

总而言之，一个人应该有他的职业，又应该有他的非职业的玩意儿，不是为吃饭而是心里喜欢做的，用闲暇时间做的——这种非职业的玩意儿，可以使他的生活更有趣、更快乐、更有意思。有时候，一个人的业余活动也许比他的职业还更重要。

英国19世纪的两个哲学家，一个是弥尔（I. S. Mill），他的职业是东印度公司的秘书，他的业余工作使他在哲学上、经济学上、政治思想史上，都有很大的贡献。一个是斯宾塞（Herbert spencer），他是一个测量工程师，他的业余工作使他成为一个很有实力的思想家。

英国的大政治家丘吉尔，政治是他的终身职业，但他的业余兴趣很多，他在文学、历史两方面都有大成就；他用余力作油画，成绩也很好。

美国总统艾森豪威尔先生，他的终身职业是军事，人都知道他最爱打高尔夫球，但我们知道他的油画也很有功夫。

各位青年朋友，你们的专门职业是不用愁的了，你们的业余兴趣是什么？你们能做的，爱做的业余活动是什么？

第三味药，我叫他做“信心汤”。这就是说，你总得有一点信心。

我们生存的这个年头，看见的、听见的，往往都是可以叫我们悲观、失望的——有时候竟可以叫我们伤心，叫我们发疯。

这个时代，正是我们要培养我们的信心的时候，没有信心，我们真要发狂自杀了。

我们的信心只有一句话“努力不会白费”，没有一点儿努力是没有结果的。

对你们学工程的青年人，我还用多举例来说明这种信心吗？工程师的人生哲学当然建筑在“努力不白费”的定律的基石之上。

我只举这短短几十年里大家都知道的两个例子：

一个是亨利·福特（Henry Ford），这个人没有受过大学教育，他小时半工半读，只读了几年书，十六岁就在一小机器店里做工，每周工钱两块半美金，晚上还得去帮别家做夜工。

五十七年前（1903）他三十九岁，他创立福特汽车公司（Ford Motor Co.），原定资本十万元，只招得两万八千元。

五年之后（1908），他造成了他的最出名的Model T汽车，用全力制造这一种车子。

1913 年——我已在大学三年级了，福特先生创立他的第一副“装配线”(Assembly line)。

1914 年——四十六年前——他就能够完全用“装配线”的原理来制造他的汽车了。同时他宣布他的汽车工人每天只工作八点钟，比别处工人少一点钟——而每天最低工钱五元美金，比别人多一倍。

他的汽车开始是九百五十美元一部，他逐年减低卖价，从九百五十美元直减到三百六十美元——第一次世界大战之后，减到二百九十美元一部。

他的公司，在创办时（1903）只有两万八千元的资本——到二十三年之后（1926）已值得十亿美金了！已成了全世界最大的汽车公司了。1915 年，他造了一百万部汽车，1928 年，他造了一千五百万部车。

他的“装配线”的原则在二十年里造成了全世界的“工业新革命”。

福特的汽车在五十年中征服全世界的历史还不能叫我们发生“努力不白费”的信心吗？

第二个例子是航空工程与航空工业的历史。

也是五十七年前——1903 年 12 月 17 日，正是我十二整岁的生日——那一天，在北加罗林那州的海边 Kitty Hawk（基帝霍克）沙滩上，两个修理脚踏车的匠人，兄弟两人，用他们自己制造的一架飞机，在沙滩上试起飞。弟弟叫 Owille Wright，他飞起了十二秒钟；哥哥叫 Wilbur Wright，他飞起了五十九秒钟。

那是人类制造飞机飞在空中的第一次成功——现在那一天（12 月 17 日）是全美国庆祝的“航空日”——但当时并没有人注意到那两个弟兄的试验，但这两个没有受过大学教育的脚踏车修理匠人，他们并不失望，他们继续试飞，继续改良他们的飞机，一直到四年半之后(1908 年 5 月)，才有重要的报纸来报道他们两个人的试飞，那时候，他们已能在空中飞三十八分钟了！

这四十年中，航空工程的大发展，航空工业的大发展，这是你们学工程的人都知道的，航空工业在最近三十年里已成了世界最大工业的一种。

我第一次看见飞机是在1912年。我第一次坐飞机是在1930年(三十年前)。我第一次飞过太平洋是在二十三年前（1937年)。第一次飞过大西洋是在十五年前（1945年)。当我第一次飞渡太平洋的时候，从香港到旧金山总共费了七天！去年我第一次坐Jet机，从旧金山到纽约，五个半钟点飞了三千英里！下月初，我又得飞过太平洋，中午起飞，当天晚上就到美国西岸了！

五十七年前，Kitty Hawk沙滩上两个脚踏车修理匠人自造的一个飞机居然在空中飞起了十二秒钟，那十二秒钟的飞行就给人类打开了一个新的时代——打开了人类的航空时代。

这不够叫我们深信“努力不会白费”的人生观吗？

古人说“信心可以移山”（Faith moves mountains)，又说“功不唐捐”(唐是空的意思)，又说：“只要功夫深，生铁磨成绣花针。”

青年的朋友，你们有这种信心没有？

1960年6月18日在台湾成功大学毕业典礼上的演讲

# 容忍与自由

十七八年前，我最后一次会见我的母校康耐儿大学的史学大师布尔先生（George Lincoln Burr）。我们谈到英国文学大师阿克顿（Lord Acton）一生准备要著作一部《自由之史》，没有写成他就死了。布尔先生那天谈话很多，有一句话我至今没有忘记。他说，“我年纪越大，越感觉到容忍（tolerance）比自由更重要。”

布尔先生死了十多年了，他这句话我越想越觉得是一句不可磨灭的格言。我自己也有“年纪越大，越觉得容忍比自由还更重要”的感想。有时我竟觉得容忍是一切自由的根本：没有容忍，就没有自由。

我十七岁的时候（1908）曾在《竞业旬报》上发表几条《无鬼丛话》，其中有一条是痛骂小说《西游记》和《封神榜》的，我说：

> 《王制》有之：“假于鬼神时日卜筮以疑众，杀。”吾独怪夫数千年来之排治权者，之以济世明道自期者，乃懵然不之注意，惑世诬民之学说得以大行，遂举我神州民族投诸极黑暗之世界！

这是一个小孩子很不容忍的“卫道”态度。我在那时候已是一个无鬼论者、无神论者，所以发出那种摧除迷信的狂论，要实行《王制》（《礼记》的一篇）的“假于鬼神时日卜筮以疑众，杀”的一条经典！

我在那时候当然没有梦想到说这话的小孩子在十五年后（1923）会很热心的给《西游记》作两万字的考证！我在那时候当然更没有想到那个小孩子在二三十年后还时时留心搜求可以考证《封神榜》的作者的材料！我在那时候也完全没有想想《王制》那句话的历史意义。那一段《王制》的全文是这样的：

> 析言破律，乱名改作，执左道以乱政，杀。作淫声异服奇技奇器以疑众，杀。行伪而坚，言伪而辩，学非而博，顺非而泽以疑众，杀。假于鬼神时日卜筮以疑众，杀。此四诛者，不以听。

我在五十年前，完全没有懂得这一段话的“诛”正是中国专制政体之下禁止新思想、新学术、新信仰、新艺术的经典的根据。我在那时候抱着“破除迷信”的热心，所以拥护那“四诛”之中的第四诛：“假于鬼神时日卜筮以疑众，杀。”我当时完全没有梦到第四诛的“假于鬼神……以疑众”和第一诛的“执左道以乱政”的两条罪名都可以用来摧残宗教信仰的自由。我当时也完全没有注意到郑玄注里用了公输般作“奇技异器”的例子；更没有注意到孔颖达《正义》里举了“孔子为鲁司寇七日而诛少正卯”的例子来解释“行伪而坚，言伪而辩，学非而博，顺非而泽以疑众，杀”。故第二诛可以用来禁绝艺术创作的自由，也可以用来“杀”许多发明“奇技异器”的科学家。故第三诛可以用来摧残思想的自由，言论的自由，著作出版的自由。

我在五十年前引用《王制》第四诛，要“杀”《西游记》《封神榜》的作者。那时候我当然没有想到十年之后我在北京大学教书时就有一些同样“卫道”的正人君子也想引用《王制》的第三诛，要“杀”我和我的朋友们。当年我要“杀”人，后来人要“杀”我，动机是一样的：都只因为动了一点正义的火气，就都失掉容忍的度量了。

我自己叙述五十年前主张“假于鬼神时日卜筮以疑众，杀”的故事，为的是要说明我年纪越大，越觉得“容忍”比“自由”还更重要。

我到今天还是一个无神论者，我不信有一个有意志的神，我也不信灵魂不朽的说法……

我自己总觉得，这个国家，这个社会，这个世界，绝大多数人是信神的，居然能有这雅量，能容忍我的无神论，能容忍我这个不信神也不信灵魂不灭的人，能容忍我在国内和国外自由发表我的无神论的思想，从没有人因此用石头掷我，把我关在监狱里，或把我捆在柴堆上用火烧死。我在这个世界里居然享受了四十多年的容忍与自由。我觉得这个国家，这个社会，这个世界对我的容忍度量是可爱的，是可以感激的。

所以我自己总觉得我应该用容忍的态度来报答社会对我的容忍。所以我自己不信神，但我能诚心的谅解一切信神的人，也能诚心的容忍并且敬重一切信仰有神的宗教。

我要用容忍的态度来报答社会对我的容忍，因为我年纪越大，我越觉得容忍的重要意义。若社会没有这点容忍的气度，我决不能享受四十多年大胆怀疑的自由，公开主张无神论的自由了。

在宗教自由史上，在思想自由史上，在政治自由史上，我们都可以看见容忍的态度是最难得，最稀有的态度。人类的习惯总是喜同而恶异的，总不喜欢和自己不同的信仰、思想、行为。这就是不容忍的根源。不容忍只是不能容忍和我自己不同的新思想和新信仰。一个宗教团体总相信自己的宗教信仰是对的，是不会错的，所以它总相信那些和自己不同的宗教信仰必定是错的，必定是异端，邪教。一个政治团体总相信自己的政治主张是对的，是不会错的，所以它总相信那些和自己不同的政治见解必定是错的，必定是敌人。

一切对异端的迫害，一切对“异己”的摧残，一切宗教自由的禁止，一切思想言论的被压迫，都由于这一点深信自己是不会错的心理。

因为深信自己是不会错的，所以不能容忍任何和自己不同的思想信仰了。

试看欧洲的宗教革新运动的历史。马丁·路德（Martin Luther）和约翰·高尔文（John Calvin）等人起来革新宗教，本来是因为他们不满意于罗马旧教的种种不容忍，种种不自由。但是新教在中欧北欧胜利之后，新教的领袖们又都渐渐走上了不容忍的路上去，也不容许别人起来批评他们的新教条了。高尔文在日内瓦掌握了宗教大权，居然会把一个敢独立思想、敢批评高尔文的教条的学者塞维图斯（Servetus）定了“异端邪说”的罪名，把他用铁链锁在木桩上，堆起柴来，慢慢的活烧死。这是1553年十月二十三日的事。

这个殉道者塞维图斯的惨史，最值得人们的追念和反省。宗教革新运动原来的目标是要争取“基督教的人的自由”和“良心的自由”。何以高尔文和他的信徒们居然会把一位独立思想的新教徒用慢慢的火烧死呢？何以高尔文的门徒（后来继任高尔文为日内瓦的宗教独裁者）柏时（de Beze）竟会宣言“良心的自由是魔鬼的教条”呢？

基本的原因还是那一点深信我自己是“不会错的”的心理。像高尔文那样虔诚的宗教改革家，他自己深信他的良心确是代表上帝的命令，他的口和他的笔确是代表上帝的意志，那么他的意见还会错吗？他还有错误的可能吗？在塞维图斯被烧死之后，高尔文曾受到不少人的批评。1554年，高尔文发表一篇文字为他自己辩护，他毫不迟疑的说：“严厉惩治邪说者的权威是无可疑的，因为这就是上帝自己说话。……这工作是为上帝的光荣战斗。”

上帝自己说话，还会错吗？为上帝的光荣作战，还会错吗？这一点“我不会错”的心理，就是一切不容忍的根苗。深信我自己的信念没有错误的可能（infallible），我的意见就是“正义”，反对我的人当然都是“邪说”了。我的意见代表上帝的意旨，反对我的人的意见当然都是“魔鬼的教条”了。

这是宗教自由史给我们的教训：容忍是一切自由的根本；没有容忍“异己”的雅量，就不会承认“异己”的宗教信仰可以享受自由。但因为不容忍的态度是基于“我的信念不会错”的心理习惯，所以容忍“异己”是最难得，最不容易养成的雅量。

在政治思想上，在社会问题的讨论上，我们同样的感觉到不容忍是常见的，而容忍总是很稀有的。我试举一个死了的老朋友的故事作例子。四十多年前，我们在《新青年》杂志上开始提倡白话文学的运动，我曾从美国寄信给陈独秀，我说：

> 此事之是非，非一朝一夕所能定，亦非一二人所能定。甚愿国中人士能平心静气与吾辈同力研究此问题。讨论既熟，是非自明。吾辈已张革命之旗，虽不容退缩，然亦决不敢以吾辈所主张为必是而不容他人之匡正也。

独秀在《新青年》上答我道：

> 鄙意容纳异议，自由讨论，固为学术发达之原则，独于改良中国文学当以白话为正宗之说，其是非甚明，必不容反对者有讨论之余地；必以吾辈所主张者为绝对之是，而不容他人之匡正也。

我当时看了就觉得这是很武断的态度。现在在四十多年之后，我还忘不了独秀这一句话，我还觉得这种“必以吾辈所主张者为绝对之是”的态度是很不容忍的态度，是最容易引起别人的恶感，是最容易引起反对的。

我曾说过，我应该用容忍的态度来报答社会对我的容忍。我现在常常想我们还得戒律自己：我们若想别人容忍谅解我们的见解，我们必须先养成能够容忍谅解别人的见解的度量。至少我们应该戒约自己决不可“以吾辈所主张者为绝对之是”。我们受过实验主义的训练的人，本来就不承认有“绝对之是”，更不可以“以吾辈所主张者为绝对之是”。

1959年3月12日晨，选自《胡适全集》

# 大宇宙中谈博爱

“博爱”就是爱一切人。这题目范围很大。在未讨论以前，让我们先看一个问题：我们的世界有多大？

我的答复是“很大”！我从前念《千字文》的时候，一开头便已念到这样的词句：“天地玄黄，宇宙洪荒。”

宇宙是中国的字，和英文的 Universe、World 意思差不多，都是抽象名词。

宇是空间（Space），即东南西北，宙是时间（Time），即古今旦暮。

《淮南子》说宇是上下四方，宙是古往今来。

宇宙就是天地，宙宇就是 Time-Space。

古人能得“Universe”的观念实在不易，相当合于今日的科学。

但古人所见的空间很小，时间很短，现在的观念已扩大了许多。考古学探讨千万年的事，地质学、古生物学、天文学等等不断的发现，更将时间空间的观念扩大。

现在的看法：空间是无穷的大，时间是无穷的长。

古人只见到八大行星，二十年前只见九大行星。现在所谓的银河，是古代所未能想象得到的。以前觉得太阳很远，现在说起来算不得什么，因为比太阳远千万倍的东西多得很。

科学就这样地答复了“宇宙究竟有多大?”这个问题。

现在谈第二点：博爱。

在这个大世界里谈博爱，真是个大问题。

广义的爱，是世界各大宗教的最终目的。墨子可谓中国历史上最了不起的人，可说是宗教创立者（Founder of Religion），他提出“兼爱”为他的理论中心。兼爱就是博爱，是爱无等差的爱。墨子理论和基督教教义有很多相合的地方，如“爱人如己”“爱我们的仇敌”等。

佛教哲学本谓一切无常，我亦无常，“我”是“四大”（土、水、火、风）偶然结合而成的，是十分简单的东西，因此无所谓爱与恨——根本不值得爱，也不值得恨。但早期佛教亦有爱的意念在：我既无常，可牺牲以为人。

和尚爱众生，但是佛教不准自食其力，所以有人称之为“叫化”（乞丐）宗教。自己的饭亦须取之于人，何能博爱?

古时很多人为了“爱”，每次登坑（大便）的时候便想想，大想一番，想到爱人。有些人则以身喂蚊，或以刀割肉，以自身所受的痛苦来显示他们对人的爱。这种爱的方法，只能做到牺牲自己，在现代的眼光看来，是可笑的。这种博爱给人的帮助十分有限，与现代的科学——工程、医学……等所能给我们的“博爱”比起来，力量实在小得可怜。今日的科学增进了人类互助博爱的能力。就说最近意大利邮船 Andrea Doria 遇难的事吧，短短的数小时内就救起千多人。近代交通、医学……等的发达，减少了人类无数的痛苦。

我们要谈博爱，一定要换一观念。古时那种喂蚊割肉的博爱，等于开空头支票，毫无价值。现在的科学才能放大我们的眼光，促进我们的同情心，增加我们助人的能力。我们需要一种以科学为基础的博爱——一种实际的博爱。

孔子说：“修己以敬，修己以安人，修己以安百姓。”修己就是把自己弄好。我们应当先把自己弄好，然后帮助别人；“独善其身”然后能“兼善天下”。同学们，现在我们读书的时候，不要空谈高唱博爱；但应先努力学习，充实自己，到我们有充分能力的时候才谈博爱，仍不算迟。

1956年9月1日在中西部留美同学夏令大会上的演讲

# 人生篇

# 中国历史的一个看法

历史可有种种的看法，有唯心的，唯物的，唯人的，唯英雄的……各种看法，我现在对于中国历史的看法，是从文学方法的，文学的名词方面的，是要把它当作英雄传，英雄诗，英雄歌，一幕英雄剧，而且是一幕英雄悲剧来看。

民族主义是爱国的思想，英国有名的先哲曾说过："一个国家要觉得它可爱时，是要看这个国家在历史上是否有可爱之点。"中国立国五千年，时时有西北的蛮族——匈奴、鲜卑……不断的侵入，可说是无时能够自主的，鸦片战争又经过百年，而更有最近空前的危急，在此不断的不光荣的失败历史中，有无光荣之点，它的失败是否可以原谅，在此失败当中，是否可得一教训。

这一出五千年的英雄悲剧，我们看见我们的老祖宗继续和环境奋斗，经过了种种失败与成功，在此连台戏中，有时叫我们高兴，有时叫我们着急，有时叫我们伤心叹气，有时叫我们掉泪悲泣，有时又叫我们看见一线光明，一线希望，有点安慰，有时又失败了，有时又小成功了，有时竟大失败了，这戏中的主人翁，是一位老英雄——中华——他的一生是长期的奋斗，吃尽了种种辛苦，经了种种磨难，好像姜子牙的三十六路伐西岐，刚刚平了一路，又来了一路，又好像唐三藏西天取经，经过了八十一大难，刚脱离了一难，又遭一难似的，这样继续不断奋斗，所以是一篇英雄剧，磨难太多，失败太惨，所以是一篇悲剧。

本来在中国的文字中——戏剧中、小说中，悲剧作品很少，即如《红楼梦》一书，原是一个悲剧，而好事者偏要做些圆梦、续梦、复梦等出来，硬要将林黛玉从棺材里拿起来和贾宝玉团圆，而认为以前的不满意，这真不知何故，或者他们觉得人类生活本来是悲剧的，历史是悲剧的，因此却在理想的文学中，故意来作一段团圆的喜剧。

在这老英雄悲剧中，我们把他分作几个剧目，先说到剧中的主人，主人是姓中名华——老中华，已如上述，舞台是“中国”，是一座破碎的舞台——穷中国，老天给我们祖宗的，实在不是地大物博，而是一块很穷的地方，金银矿是没有的，除东北黑龙江和西南的云贵一部分外，都是要用丝茶到外国去换的，煤铁古代是不需要的，土地虽称广阔，然可耕之地不过百分之二十，而丝毫无用的地却有三分之一，所以我们的祖宗生下来，就是在困难中。

这剧的开始，要算商周，以前的不讲，据安阳发掘出来的成绩，商代民族活动区域，只有河南、山东、安徽的北部，河北、山西南部的一块，也许到辽宁一部，他们在此建设文化时，北狄、南蛮不断的混入，民族成了复杂的民族，在此环境之下，他们居然能唱一出大戏，这是一件很了不得的事情。我们现在撇开了“跳加官”一类开台戏，专看后面的几幕大戏。

第一幕　老英雄建立大帝国

第二幕　老英雄受困两魔王

第三幕　老英雄死里逃生

第四幕　老英雄裹创奋斗

第五幕　老英雄病中困斗

## 第一幕　老英雄建立大帝国

中国有历史的时期自商周始，驰域限于鲁豫，已如上述，在商代社会中迷信很发达，什么事情都问鬼，都要卜，如打猎、战争、祭祀、出门……事无大小，都要把龟甲或牛骨烧灰，看他的灰纹以定吉凶，在此结果，而发明了龟甲、牛骨原始象形的文字，这文字是很笨的图画，全不能表达抽象的意思，只能勉强记几个物事名词而已，在这正在建设文化的时候，西方的蛮族——周，侵犯过来了，他具强悍的天性，有农业的发明，不久把那很爱喝酒的、敬鬼的、文化较高的殷民族征服了，这一来，上面的——政治方面是属于周民族，下面的就是属于殷民族，二民族不断的奋斗，在上面的周民族很难征服下面的殷民族，孔子虽是殷人（鲁国），至此很想建设一个现代文化，故曰“吾从周”，而周时，也有人见到两文化接触，致有民族之冲突，所以东方（淮水流域）派了周公去治理，南方（汉水流域）派了召公去治理，封建的基础，即于此时建设，但是北狄、南蛮在此政治之下经过了长期的斗争，才将他们无数的小国家征服，把他们的文化同化，以后才成七个大国家，不久遂成一个大帝国。

至于文字方面，也是从龟甲上的，牛骨上的，不达意的文字，经过充分的奋斗，而变为后代的文字，文学方面、哲学方面、历史方面，都得着可以达意的记载，这是一件很不容易的事情。

在周朝的时候，许多南蛮要想侵到北方来，北边的犬戎也要侵到南部去，酝酿几百年，犬戎居然占据了周地，再经几百年，南方也成了舞台的部分。

此时的建设期中，产生了一个“儒”的阶级，儒本是亡国的俘虏——遗老，他本是贵族阶级，是文化的保存者，亡国以后，他只得和人家打打官司，写写字，看看地，记记账，靠这类小本领混碗饭吃而已（根据荀子的“非十二子篇”），这班人——“儒”一出来，世界为之大变，因为他们是不抵抗者、是儒夫，我们从字义看，凡是和儒字同旁的字眼，都是弱的意思，如需字加米旁是软弱的糯（软）字，加心旁是懦字，加子旁是孺字，是小孩子，他们是唱文戏的，但是力量很大，因为他们是文化传播者，是思想者，老子后世称他为道家，但他正是“儒”的阶级中之代表，他的哲学是儒的哲学，他的书中常把水打譬喻，因为水是最柔弱的，最不抵抗的，这就是儒的本身，他们一出，凡是唱武戏的，至此跟着唱起文戏来了，幸而在此当中，出来一个新派，这就是孔子，他的确不能谓之儒者，就是儒者也是“外江”派，他的主张是“杀身成仁”，他说：“志士成仁，有杀身以成仁，无求生以害仁”，又说：“士不可以不弘毅，任重而道远，仁以为己任，死而后已”，这完全和老子相反，老子是信天的，主自然的，而新派孔子，是讲要作人的，且要智仁勇三者都发达，他是奋斗的，“知其不可而为之”，这就是他的精神，新派唱的虽也是文戏，但他们以“有教无类”打破一切阶级，所以后来产生孟子、荀子、弟子李斯、韩非，韩非虽然在政治上失败，而李斯却成了大功，造成了一个大帝国。（第一幕完）

## 第二幕　老英雄受困两魔王

不久汉朝兴起来了，一班杀猪的，屠狗的，当衙役的……起来建设了一个四百年的帝国，他们可说得上是有为者，如果没有他们的奋斗，则决不会有这四百年的帝国，但是基础究未稳固，而两个魔王就告来临！

第一个魔王——野蛮民族侵入，在汉朝崩溃的时候，夷狄——羌、匈奴、鲜卑都起来，将中国北部完全占领（300—600），造成江左偏安之局。

第二个魔王——印度文化输入，前一个魔王来临，使我们的生活野蛮化，后一个魔王来临，就是使我们宗教非人化，这印度文化侵略过来，在北面是自中央亚细亚而进，在南方是由海道而入，两路夹攻，整个的将中国文化征服。

原来中国儒家的学说是要宗亲——“孝”，要不亏其体，因为“身体发肤，受之父母，不敢毁伤”，将个人看得很重，而印度文化一来呢？他是“一切皆空”，根本不要做人，要做和尚，做罗汉——要“跳出三界”，将身体作牺牲！如烧手，烧臂、烧全身——人蜡烛，以献贡于乐王师，这风气当时轰动了全国，自王公以至于庶人，同时迎佛骨——假造的骨头，也照样的轰动，这简直是将中国的文化完全野蛮化！非人化！(第二幕完)

## 第三幕　老英雄死里逃生

这三百年中——隋、唐时代是很艰难的奋斗，先把北方的野蛮民族来同化他，恢复了人的生活，在思想方面，将从前的知识，解放出来，在文化方面，充满了人间的乐趣，人的可爱，肉的可爱，极主张享乐主义，这于杜甫和白居易的诗中都可以看得出，故这次的文化可说是人的文化。再在宗教方面，发生了革命，出来了一个“禅”！禅就是站在佛的立场上以打倒佛的，主张无法无佛，“佛法在我”，而打倒一切的宗教障、仪式障、文字障，这都成功了，所以建设第二次帝国，建设人的文化和宗教革命，是老英雄死里逃生中三件大事实。(第三幕完)

## 第四幕　老英雄裹创奋斗

老英雄正在建设第三次文化的时候，北方的契丹、女真、金、元继续的侵过来了，这时老英雄已经是受了伤——精神上受了伤（可说是中了精神上的鸦片毒，因为印度有两种鸦片输到中国，　是精神上的鸦片烟——佛，一是真鸦片)，受了千年的佛化，所以此时是裹创奋斗，然而竟也建立第三次大帝国——宋帝国，全国虽是已告统一，但身体究未复元，而仍然继续人的文化，推翻非人的文化（这段历史自汉至明，中国和欧洲人相同，宗教革命也是一样），范文正公的“先天下之忧而忧，后天下之乐而乐”，和王荆公的变法，正与前“任重而道远”的学说相符合。

在唐代以前，北魏曾经辟过佛，反对过外国的文化，禁止胡服胡语即其例，但未见成功，而在唐代辟佛的，如韩愈，他曾说过：“人其人，火其书，庐其居”，三个大标语，这风气虽也行过几十年，但不久又恢复原状，然在这一次，却用了一种软功夫来抵制这非人的文化，本来是要以“人的政治”“人的法律”“人的财政”来抗住它的，但还怕药性过猛，病人受纳不起，所以司马光、二程等，主张无为，创设“新的哲学”“新的人生观”，在破书堆中找到一本一千七百几十个字的《大学》来打倒十二部《大佛经》，将此书中的“格物”“致知”“正心”“诚意”“修身”“齐家”“治国”“平天下”这一套，来创造新的人的教育，新的哲学，新的人生观，这实在是老英雄裹创奋斗中的一个壮举，但到了蒙古一兴起，老英雄已精疲力竭，实在不能抵抗了！（第四幕完）

## 第五幕　老英雄病中困斗

这位老英雄到明朝已经是由受创而得病了，他的病状呢？一是缠足，我们晓得在唐朝被称的小脚是六寸，到这时是三寸了，实在是可惊人！二是八股文章，三是鸦片由印度输入，这三种东西，使老英雄内外都得病症。

再有一宗，就是从前王荆公的秘诀已被人摒弃了，本来他的秘诀一是“有为”，一是“向外”，但一班的习静者，他们要将喜怒哀乐等，于静坐中思之，结果是无为，是无生气，而不能不使这老英雄在病中困斗。

清代的天下居然有二百余年，这实是程朱学说——君臣观念所致，因为此时的民族观念抵不住君臣的名分观念，不过老英雄在此当中，而仍有其成绩在，就是东北和西南的开辟，推广他的老文化，湖南在几十年前，在政治上占有极大的势力，广东、广西于此时有学术上的大贡献，这都是老英雄在病中的功绩，他虽然在政治上失去地位，然而在学术上却发生一种“实事求是”的精神——科学的精神，而成就了一种所谓的“汉学”，这种新的学术，是不主静而主动的，它的哲学是排除思想而求考据，考据一学发生，金石、历史、音韵，各方面都发达，顾亭林以一百六十二个证据，来证明“服”字读“备”字音，这实在具有科学之精神，不过在建设这“人的学术”当中，老英雄已经是老了，病了！

## 尾声

这老英雄的悲剧，一直到现在，仍是在奋斗中，他是从奋斗中滚爬出来，建设了人的文化，同化了许多蛮族，平了许多外患，同化了非人的文化，从一千余年奋斗到如今，实在是不易呀！这种的失败，可说是光荣的失败！在欧洲曾经和我们一样，欧洲过去的光荣，我们都具备着，但是欧洲毕竟是成功，这种原因，我认为我们是比他少了两样东西，就是少了一个大的和附带一个小的，大的是科学，小的是工业。我们素来是缺乏科学，文治教育看得太重，我们现在把孔子和其同时的亚里士多德、柏拉图来比一比，柏拉图是懂得数学的，“不懂数学的不要到他门下来”，亚里士多德同时是研究植物的，孔子较之，却未必然吧？与孟子同时的欧几里得，他的几何至今沿用，孟子未尝能如此吧？在清代讲汉学的时候，虽说是有科学的精神，却非伽利略用望远镜看天文，用显微镜看微菌，以及牛顿发明地心吸力可比，所以中西的不同，不自今日始，我们既明白了这个教训，比欧洲所缺乏的是什么？我们知道了，我们的努力就有了目标，我们这老英雄是奋斗的，希望我们以后给他一种奋斗的工具，那么，或者这出悲壮的英雄悲剧，能够成为一纯粹的英雄剧。

1932 年 12 月 1 日在武汉大学的讲演

# 差不多先生传

你知道中国最有名的人是谁？

提起此人，人人皆晓，处处闻名。他姓差，名不多，是各省各县各村人氏。你一定见过他，一定听过别人谈起他。差不多先生的名字天天挂在大家的口头，因为他是中国全国人的代表。

差不多先生的相貌和你和我都差不多。他有一双眼睛，但看的不很清楚；有两只耳朵，但听的不很分明；有鼻子和嘴，但他对于气味和口味都不很讲究。他的脑子也不小，但他的记性却不很精明，他的思想也不很细密。

他常常说："凡事只要差不多，就好了。何必太精明呢？"

他小的时候，他妈叫他去买红糖，他买了白糖回来。他妈骂他，他摇摇头说："红糖白糖不是差不多吗？"

他在学堂的时候，先生问他："直隶省的西边是哪一省？"他说是陕西。先生说："错了。是山西，不是陕西。"他说："陕西同山西，不是差不多吗？"

后来他在一个钱铺里做伙计；他也会写，也会算，只是总不会精细。十字常常写成千字，千字常常写成十字。掌柜的生气了，常常骂他。他只是笑嘻嘻地赔小心道："千字比十字只多一小撇，不是差不多吗？"

有一天，他为了一件要紧的事，要搭火车到上海去。他从从容容地走到火车站，迟了两分钟，火车已开走了。他白瞪着眼，望着远远的火车上的煤烟，摇摇头道："只好明天再走了，今天走同明天走，也还差不多。可是火车公司未免太认真了。8点30分开，同8点32分开，不是差不多吗？"他一面说，一面慢慢地走回家，心里总不明白为什么火车不肯等他两分钟。

有一天，他忽然得了急病，赶快叫家人去请东街的汪医生。那家人急急忙忙地跑去，一时寻不着东街的汪大夫，却把西街牛医王大夫请来了。差不多先生病在床上，知道寻错了人；但病急了，身上痛苦，心里焦急，等不得了，心里想道："好在王大夫同汪大夫也差不多，让他试试看罢。"于是这位牛医王大夫走近床前，用医牛的法子给差不多先生治病，不上一点钟，差不多先生就一命呜呼了。

差不多先生差不多要死的时候，一口气断断续续地说道："活人同死人也差——差——差不多，凡事只要——差——差——不多——就——好了，何——何——必——太——太认真呢？"他说完了这句格言，方才绝气了。

他死后，大家都很称赞差不多先生样样事情看得破，想得通；大家都说他一生不肯认真，不肯算账，不肯计较，真是一位有德行的人。于是大家给他取个死后的法号，叫他做圆通大师。

他的名誉越传越远，越久越大。无数无数的人都学他的榜样。于是人人都成了一个差不多先生。——然而中国从此就成为一个懒人国了。

写于1919年，1924年6月28日发表于《申报》第1期

# 哲学与人生

前次承贵会邀我演讲关于佛学的问题，我因为对于佛学没有充分的研究，拿浅薄的学识来演讲这一类的问题，未免不配；所以现在讲“哲学与人生”，希望对于佛学也许可以贡献点参考。不过我所讲的许多地方和佛家意见不合，佛学会的诸君态度很公开，大约能够容纳我的意见的！讲到“哲学与人生”，我们必先研究它的定义：什么叫哲学？什么叫人生？然后才知道他们的关系。

我们先说人生。这六月来，国内思想界，不是有玄学与科学的笔战么？国内思想界的老将吴稚晖先生，就在《太平洋杂志》上发表一篇《一个新信仰的宇宙观及人生观》。其中下了一个人生定义。他说：“人是哺乳动物中的有二手二足用脑的动物。”人生即是这种动物所演的戏剧，这种动物在演时，就有人生；停演时就没人生。所谓人生观，就是演时对于所演之态度，譬如：有的喜唱花面，有的喜唱老生，有的喜唱小生，有的喜摇旗呐喊；凡此种种两脚两手在演戏的态度，就是人生观。不过单是登台演剧，红进绿出，有何意义？想到这层，就发生哲学问题。哲学的定义，我们常在各种哲学书籍上见到，不过我们尚有再找一个定义的必要。我在《中国哲学史大纲》上卷上所下的哲学定义说："哲学是研究人生切要的问题，从根本上着想，去找根本的解决。"但是根本两字意义欠明，现在略加修改，重新下了一个定义说："哲学是研究人生切要的问题，从意义上着想，去找一个比较可普遍适用的意义。"现在举两个例来说明它，要晓得哲学的起点是由于人生切要的问题，哲学的结果，是对于人生的适用。人生离开哲学，是无意义的人生；哲学离了人生，是想入非非的哲学。现在哲学家多凭空臆说，离得人生问题太远，真是上穷碧落，愈闹愈糟！

现在且说第一个例：二千五百年前在喜马拉雅山南部有一个小国——迦叶——里，街上倒卧着一个病势垂危的老丐，当时有一个王太子经过，在别人看到，将这老丐赶开，或是毫不经意的走过去了；但是那王太子是赋有哲学的天才的人，他就想人为什么逃不出老、病、死这三个大关头，因此他就弃了他的太子爵位、妻孥、便嬖、皇宫、财货，遁迹入山，去静想人生的意义。后来忽然在树下想到一个解决；就是将人生一切问题拿主观去看，假定一切多是空的，那么，老、病、死，就不成问题了。这种哲学的合理与否，姑不具论，但是那太子的确是研究人生切要的问题，从意义上着想去找他以为比较普遍适用的意义。

我们再举一个例：譬如我们睡到夜半醒来，听见贼来偷东西，我那就将他捉住，送县究办。假如我们没有哲性，就这么了事，再想不到"人为什么要作贼"等等的问题，或者那贼竟苦苦哀求起来，说他所以作贼的原故，因为母老、妻病、子女待哺，无处谋生，迫于不得已而为之，假如没哲性的人，对于这种吁求，也不见有甚良心上的反动。至于富于哲性的人就要问了，为什么不得已而为之？天下不得已而为之的事有多少？为什么社会没得给他做工？为什么子女这样多？为什么老病死？这种偷窃的行为，是由于社会的驱策，还是由于个人的堕落？为什么不给穷人偷？为什么他没有我有？他没有我有是否应该？拿这种问题，逐一推思下去，就成为哲学。由此看来，哲学是由小事放大，从意义着想而得来的，并非空说高谈能够了解的。推论到宗教哲学、政治哲学、社会哲学等，也无非多从活的人生问题推衍阐明出来的。

我们既晓得什么叫人生，什么叫哲学，而且略会看到两者的关系，现在再去看意义在人生占的什么地位？现在一般的人饱食终日，无所用心。思想差不多是社会的奢侈品。他们看人生种种事实，和乡下人到城里未看见五光十色的电灯一样。只看到事实的表面，而不了解事实的意义。因为不能了解意义的原故，所以连事实也不能了解了。这样说来，人生对于意义，极有需要，不知道意义，人生是不能了解的。宋朝朱子这班人，终日对物格物，终于找不到着落，就是不从意义上着想的原故。又如平常人看见病人种种病象，他单看见那些事实而不知道那些事实的意义，所以莫名其妙。至于这些病象一到医生眼里，就能对症下药，因为医生不单看病象，还要晓得病象的意义的原故。因此，了解人生不单靠事实，还要知道意义！

那么，意义又从何来呢？有人说：意义有两种来源，一种是从积累得来，是愚人取得意义的方法；一种是由直觉得来，是大智取得意义的方法。积累的方法，是走笨路；用直觉的方法是走捷径。据我看来，欲求意义唯一的方法，只有走笨路，就是日积月累的去做刻苦的功夫，直觉不过是熟能生巧的结果，所以直觉是积累最后的境界，而不是豁然贯通的。大发明家爱迪生有一次演说，他说：天才百分之九十九是汗，百分之一是神，可见得天才是下了番苦功才能得来，不出汗决不会出神的。所以有人应付环境觉得难，有人觉得易，就是日积月累的意义多寡而已。哲学家并不是什么，只是对人生所得的意义多点罢了。

欲得人生的意义，自然要研究哲学，去参考已往的死的哲理。不过还有比较更重要的，是注意现在的活的人生问题，这就是做人应有的态度。现在我举两个模范的大哲学家来做我的结论，这两大哲学家一个是古代的苏格拉底，一个是现代的笛卡尔。

苏格拉底是希腊的穷人，他觉得人生醉生梦死，毫无意义，因此到公共市场，见人就盘问，想借此得到人生的解决。有一次，他碰到一个人去打官司，他就问他，为什么要打官司？那人答道，为公理。他复问道，什么叫公理？那人便瞠目结舌不能作答。苏氏笑道：我知道我不知，却不知道你不知呵！后来又有一个人告他的父亲不信国教，他又去盘问，那人又被问住了。因此希腊人多恨他，告他两大罪，说他不信国教，带坏少年，政府就判他的死刑。他走出来的时候，对告他的人说："未经考察过的生活，是不值得活的。你们走你们的路，我走我的路罢！"后来他就从容就刑，为找寻人生的意义而牺牲他的生命。

笛卡尔旅行的结果，觉到在此国以为神圣的事，在他国却视为下贱；在此国以为大逆不道的事，在别国却奉为天经地义，因此他觉悟到贵贱善恶是因时因地而不同的。他以为从前积下来的许多观念知识是不可靠的，因为他们多是趁他思想幼稚的时候侵入来的。如若欲过理性的生活，必得将从前积得的知识，一件一件用怀疑的态度去评估它们的价值，重新建设一个理性的是非。这怀疑的态度，就是他对于人生与哲学的贡献。

现在诸君研究佛学，也应当用怀疑的态度去找出它的意义，是否真正比较得普遍适用？诸君不要怕，真有价值的东西，决不为怀疑所毁，而能被怀疑所毁的东西，决不会真有价值。我希望诸君实行笛卡尔的怀疑态度，牢记苏格拉底所说的"未经考察过的生活，是不值得活的"这句话。那么，诸君对于明阐哲学，了解人生，不觉其难了。

1923 年 11 月在上海商科大学佛学研究会的演讲

# 一个问题

我到北京不到两个月。这一天我在中央公园里吃冰，几位同来的朋友先散了；我独自坐着，翻开几张报纸看看，只见满纸都是讨伐西南和召集新国会的话。我懒得看那些疯话，丢开报纸，抬起头来，看见前面来了一男一女，男的抱着一个小孩子，女的手里牵着一个三四岁的孩子。我觉得那男的好生面善，仔细打量他，见他穿一件很旧的官纱长衫，面上很有老态，背脊微有点弯，因为抱着孩子，更显出曲背的样子。他看见我，也仔细打量。我不敢招呼，他们就过去了。走过去几步，他把小孩子交给那女的，他重又回来，问我道："你不是小山吗？"我说，"正是。你不是朱子平吗？我几乎不敢认你了！"他说，"我是子平，我们八九年不见，你还是壮年，我竟成了老人了，怪不得你不敢招呼我。"

我招呼他坐下，他不肯坐，说他一家人都在后面坐久了，要回去预备晚饭了。我说，"你现在是儿女满前的福人了。怪不得要自称老人了。"他叹口气，说，"你看我狼狈到这个样子，还要取笑我？我上个月见着伯安仲实弟兄们，才知道你今年回国。你是学哲学的人，我有个问题要来请教你。我问过多少人，他们都说我有神经病，不大理会我。你把住址告诉我，我明天来看你。今天来不及谈了。”

我把住址告诉了他，他匆匆的赶上他的妻子，接过小孩子，一同出去了。

我望着他们出去，心里想道：朱子平当初在我们同学里面，要算一个很有豪气的人，怎么现在弄得这样潦倒？看他见了一个多年不见的老同学，一开口就有什么问题请教，怪不得人说他有神经病。但不知他因为潦倒了才有神经病呢？还是因为有了神经病所以潦倒呢？……

第二天一大早，他果然来了。他比我只大得一岁，今年三十岁。但是他头上已有许多白发了。外面人看来，他至少要比我大十几岁。

他还没有坐定，就说，“小山，我要请教你一个问题。”

我问他什么问题。他说，“我这几年以来，差不多没有一天不问自己道：人生在世，究竟是为什么的？我想了几年，越想越想不通。朋友之中也没有人能回答这个问题。起先他们给我一个‘哲学家’的绰号，后来他们竟叫我做朱疯子了！小山，你是见多识广的人，请你告诉我，人生在世，究竟是为什么的？”

我说，“子平，这个问题是没有答案的。现在的人最怕的是有人问他这个问题。得意的人听着这个问题就要扫兴，不得意的人想着这个问题就要发狂。他们是聪明人，不愿意扫兴，更不愿意发狂，所以给你一个疯子的绰号，就算完了。——我要问你，你为什么想到这个问题上去呢？”

他说，“这话说来很长，只怕你不爱听。”

我说我最爱听。他叹了一口气，点着一根纸烟，慢慢的说。以下都是他的话。

“我们离开高等学堂那一年，你到英国去了，我回到家乡，生了一场大病，足足的病了十八个月。病好了，便是辛亥革命，把我家在汉口的店业就光复掉了。家里生计渐渐困难，我不能不出来谋事。那时伯安石生一班老同学都在北京，我写信给他们，托他们寻点事做。后来他们写信给我，说从前高等学堂的老师陈老先生答应要我去教他的孙子。我到了北京，就住在陈家。陈老先生在大学堂教书，又担任女子师范的国文，一个月拿的钱很多，但是他的两个儿子都不成器，老头子气得很，发愤要教育他几个孙子成人。但是他一个人教两处书，哪有工夫教小孩子？你知道我同伯安都是他的得意学生，所以他叫我去，给我二十块钱一个月，住的房子，吃的饭，都是他的，总算他老先生的一番好意。

“过了半年，他对我说，要替我做媒。说的是他一位同年的女儿，现在女子师范读书，快要毕业了。那女子我也见过一两次，人倒很朴素稳重。但是我一个月拿人家二十块钱，如何养得起家小？我把这个意思回复他，谢他的好意。老先生有点不高兴，当时也没说什么。过了几天，他请了伯安仲实弟兄到他家，要他们劝我就这门亲事。他说，‘子平的家事，我是晓得的。他家三代单传，嗣续的事不能再缓了。二十多岁的少年，哪里怕没有事做？还怕养不活老婆吗？我替他做媒的这头亲事是再好也没有的。女的今年就毕业，毕业后还可在本京蒙养院教书，我已经替她介绍好了。蒙养院的钱虽不多，也可以贴补一点家用。他再要怕不够时，我把女学堂的三十块钱让他去教。我老了，大学堂一处也够我忙了。你们看我这个媒人总可算是竭力报效了。’

“伯安弟兄把这番话对我说，你想我如何能再推辞。我只好写信告诉家母。家母回信，也说了许多‘三代单传，不孝有三，无后为大’的话。又说，‘陈老师这番好意，你稍有人心，应该感激图报，岂可不识抬举？’

“我看了信，晓得家母这几年因为我不肯娶亲，心里很不高兴，这一次不过是借题发点牢骚。我仔细一想，觉得做了中国人，老婆是不能不讨的，只好将就点罢。

“我去找到伯安仲实，说我答应定这头亲事，但是我现在没有积蓄，须过 两年再结婚。

“他们去见老先生，老先生说，‘女孩子今年二十三岁了，她父亲很想早点嫁了女儿，好替他小儿子娶媳妇。你们去对子平说，叫他等女的毕业了就结婚。仪节简单一点，不费什么钱。他要用木器家具，我这里有用不着的，他可去搬去用。我们再替他邀一个公份，也就可以够用了。'

“他们来对我说，我没有话可驳回，只好答应了。过了三个月，我租了一所小屋，预备成亲。老先生果然送了一些破烂家具，我自己添置了一点。伯安石生一些人发起一个公份，送了我六十多块钱的贺仪，只够我替女家做了两套衣服，就完了。结婚的时候，我还借了好几十块钱，才勉强把婚事办了。

“结婚的生活，你还不曾经过。我老实对你说，新婚的第一年，的确是很有乐趣的生活。我的内人，人极温和，她晓得我的艰苦，我们从不肯乱花一个钱。我们只用一个老妈，白天我上陈家教书，下午到女师范教书，她到蒙养院教书。晚上回家，我们自己做两样家乡小菜，吃了晚饭，闲谈一会，我改我的卷子，她陪我坐着做点针线。我有时做点文字卖给报馆，有时写到夜深才睡。她怕我身体过劳，每晚到了十二点钟，她把我的墨盒纸笔都收了去，吹灭了灯，不许我再写了。

“小山，这种生活，确有一种乐趣。但是不到七八个月，我的内人就病了，呕吐得很利害。我们猜是喜信，请医生来看，医生说八成是有喜。我连忙写信回家，好叫家母欢喜。老人家果然欢喜得很，托人写信来说了许多孕妇保重身体的法子，还做了许多小孩的衣服小帽寄来。

“产期将近了。她不能上课，请了一位同学代她。我添雇了一个老妈子，还要准备许多临产的需要品。好容易生下一个男孩子来。产后内人身体不好，乳水不够，不能不雇奶妈。一家凭空减少了每月十几块钱的进账，倒添上了几口人吃饭拿工钱。家庭的担负就很不容易了。

“过了几个月，内人身体复原了，依旧去上课，但是记挂着小孩子，觉得很不方便。看十几块钱的面上，只得忍着心肠做去。

“不料陈老先生忽然得了中风的病，一起病就不能说话，不久就死了。他那两个宝贝儿子，把老头子的一点存款都瓜分了，还要赶回家去分田产，把我的三个小学生都带回去了。

“我少了二十块钱的进款，正想寻事做，忽然女学堂的校长又换了人，第二年开学时，他不曾送聘书来，我托熟人去说，他说我的议论太偏僻了，不便在女学堂教书。我生了气，也不屑再去求他了。

“伯安那时做众议院的议员，在国会里颇出点风头。我托他设法。他托陈老先生的朋友把我荐到大学堂去当一个事务员，一个月拿三十块钱。

“我们只好自己刻苦一点，把奶妈和那添雇的老妈子辞了。每月只吃三四次肉，有人请我吃酒，我都辞了不去，因为吃了人的，不能不回请。戏园里是四年多不曾去过了。

“但是无论我们怎样节省，总是不够用。过了一年又添了一个孩子。这回我的内人自己给他奶吃，不雇奶妈了。但是自己的乳水不够，我们用开成公司的豆腐浆代它，小孩子不肯吃，不到一岁就殇掉了。内人哭的什么似的。我想起孩子之死全系因为雇不起奶妈，内人又过于省俭，不肯吃点滋养的东西，所以乳水更不够。我看见内人伤心，我心里实在难过。

“后来时局一年坏似一年，我的光景也一年更紧似一年。内人因为身体不好，辍课太多，蒙养院的当局颇说闲话，内人也有点拗性，索性辞职出来。想找别的事做，一时竟寻不着。北京这个地方，你想寻一个三百五百的阔差使，反不费力。要是你想寻二三十块钱一个月的小事，那就比登天还难。到了中交两行停止兑现的时候，我那每月三十块钱的票子更不够用了。票子的价值越缩下去，我的大孩子吃饭的本事越大起来。去年冬天，又生了一个女孩子，就是昨天你看见我抱着的。我托了伯安去见大学校长，请他加我的薪水，校长晓得我做事认真，加了我十块钱票子，共是四十块，打个七折，四七二十八，你替我算算，房租每月六块，伙食十五块，老妈工钱两块，已是二十三块钱了。剩下五块大钱，每天只派着一角六分大洋做零用钱。做衣服的钱都没有，不要说看报买书了。大学图书馆里虽然有书有报，但是我一天忙到晚，公事一完，又要赶回家来帮内人照应小孩子，哪里有工夫看书阅报？晚上我腾出一点工夫做点小说，想赚几个钱。我的内人向来不许我写过十二点钟的，于今也不来管我了。她晓得我们现在所处的境地，非寻两个外快钱不能过日子，所以只好由我写到两三点钟才睡。但是现在卖文的人多了，我又没有工夫看书，全靠绞脑子，挖心血，没有接济思想的来源，做的东西又都是百忙里偷闲潦草做的，哪里会有好东西？所以往往卖不起价钱，有时原稿退回，我又修改一点，寄给别家。前天好容易卖了一篇小说，拿着五块钱，所以昨天全家去逛中央公园，去年我们竟不曾去过。

"我每天五点钟起来——冬天六点半起来——午饭后靠着桌子偷睡半个钟头，一直忙到夜深半夜后。忙的是什么呢？我要吃饭，老婆要吃饭，还要喂小孩子吃饭——所忙的不过为了这一件事！

"我每天上大学去，从大学回来，都是步行。这就是我的体操，不但可以省钱，还可给我一点用思想的时间，使我可以想小说的布局，可以想到人生的问题。有一天，我的内人的姐夫从南边来，我想请他上一回馆子，家里恰没有钱，我去问同事借，那几位同事也都是和我不相上下的穷鬼，哪有钱借人？我空着手走回家，路上自思自想，忽然想到一个大问题，就是'人生在世，究竟是为什么的？'……我一头想，一头走，想入了迷，就站在北河沿一棵柳树下，望着水里的树影子，足足站了两个钟头。等到我醒过来走回家时，天已黑了，客人已走了半天了！

"自从那一天到现在，几乎没有一天我不想到这个问题。有时候，我从睡梦里喊着'人生在世，究竟是为什么的？'

"小山，你是学哲学的人。像我这样养老婆，喂小孩子，就算做了一世的人吗？"……

1926年8月，选自《胡适文存》卷四

# 人生有何意义？

## 一、答某君书

……我细读来书，终觉得你不免作茧自缚。你自己去寻出一个本不成问题的问题，“人生有何意义？”其实这个问题是容易解答的。人生的意义全是各人自己寻出来、造出来的：高尚、卑劣、清贵、污浊、有用、无用……全靠自己的作为。生命本身不过是一件生物学的事实，有什么意义可说？生一个人与一只猫，一只狗，有什么分别？人生的意义不在于何以有生，而在于自己怎样生活。你若情愿把这六尺之躯葬送在白昼作梦之上，那就是你这一生的意义。你若发愤振作起来，决心去寻求生命的意义，去创造自己的生命的意义，那么，你活一日便有一日的意义，作一事便添一事的意义，生命无穷，生命的意义也无穷了。

总之，生命本没有意义，你要能给他什么意义，他就有什么意义。与其终日冥想人生有何意义，不如试用此生作点有意义的事……

1928年1月27日，原载1928年8月5日《生活》周刊第3卷第38期

## 二、为人写扇子的话

知世如梦无所求，无所求心普空寂。
还似梦中随梦境，成就河沙梦功德。

王荆公小诗一首，真是有得于佛法的话。认得人生如梦，故无所求。但无所求不是无为。人生固然不过一梦，但一生只有这一场做梦的机会，岂可不努力做一个轰轰烈烈像个样子的梦？岂可糊糊涂涂懵懵懂懂混过这几十年吗？

1929年5月13日

# 自由主义①

孙中山先生曾引一句外国成语："社会主义有五十七种，不知哪一种是真的。"其实"自由主义"也可以有种种说法，人人都可以说他的说法是真的，今天我说的"自由主义"，当然只是我的看法，请大家指教。

自由主义最浅显的意思是强调的尊重自由，现在有些人否认自由的价值。同时又自称是自由主义者。自由主义里没有自由，那就好像《长坂坡》里没有赵子龙，《空城计》里没有诸葛亮，总有点叫不顺口罢！据我的拙见，自由主义就是人类历史上那个提倡自由，崇拜自由，争取自由，充实并推广自由的大运动。

"自由"在中国古文里的意思是："由于自己"，就是不由于外力，是"自己作主"。在欧洲文字里，"自由"含有"解放"之意，是从外力裁制之下解放出来，才能"自己作主"。在中国古代思想里，"自由"就等于自然，"自然"是"自己如此"，"自由"是"由于自己"，都有

① 1948年9月4日在北平电台的广播词，载同年9月5日北平《世界日报》。收入1991年6月天津人民出版社《胡适选集》等。

不由于外力拘束的意思。陶渊明的诗：“久在樊笼里，复得返自然”，这里“自然”二字可以说是完全同“自由”一样。王安石的诗：“风吹瓦堕屋，正打破我头……我终不嗔渠，此瓦不自由。”这就是说，这片瓦的行动是被风吹动的，不是由于自己的力量。中国古人太看重“自由”，“自然”的“自”字，所以往往看轻外面的拘束力量，也许是故意看不起外面的压迫，故意回向自己内心去求安慰，求自由。

这种回向自己求内心的自由，有几种方式，一种是隐遁的生活——逃避外力的压迫，一种是梦想神仙的生活——行动自由，变化自由——正如庄子说，列子御风而行，还是“有待”，“有待”还不是真自由，最高的生活是事人无待于外，道教的神仙，佛教的西天净土，都含有由自己内心去寻求最高的自由的意义。我们现在讲的“自由”，不是那种内心境界，我们现在说的“自由”，是不受外力拘束压迫的权利。是在某一方面的生活不受外力限制束缚的权利。

在宗教信仰方面不受外力限制，就是宗教信仰自由。在思想方面就是思想自由，在著作出版方面，就是言论自由，出版自由。这些自由都不是天生的，不是上帝赐给我们的，是一些先进民族用长期的奋斗努力争出来的。

人类历史上那个自由主义大运动实在是一大串解放的努力。宗教信仰自由只是解除某个某个宗教威权的束缚，思想自由只是解除某派某派正统思想威权的束缚。在这些方面……在信仰与思想的方面，东方历史上也有很大胆的批评者与反抗者。从墨翟、杨朱，到桓谭、王充，从范缜、傅奕、韩愈，到李贽、颜元、李塨，都可以说是为信仰思想自由奋斗的东方豪杰之士，很可以同他们的许多西方同志齐名比美，我们中国历史上虽然没有抬出“争自由”的大旗子来做宗教运动，思想运动，或政治运动，但中国思想史与社会政治史的每一个时代都可以说含有争取某种解放的意义。

我们的思想史的第一个开山时代，就是春秋战国时代——就有争取思想自由的意义。

古代思想的第一位大师老子，就是一位大胆批评政府的人。他说：“天下多忌讳，而民弥贫。”“法令滋彰，盗贼多有。”“民之饥，以其上食税之多，是以饥。”“民之难治，以其上之有为，是以难治。”“民之轻死，以其求生之厚，是以轻死。”“天之道损有余，而补不足。”“人之道则不然，损不足以奉有余。”老子同时的邓析是批评政府而被杀的。另一位更伟大的人就是孔子，他也是一位偏向左的“中间派”，他对于当时的宗教与政治，都有大胆的批评，他的最大胆的思想是在教育方面：“有教无类。”“类”是门类，是阶级民族，“有教无类”是说：“有了教育，就没有阶级民族了。”

从老子孔子打开了自由思想的风气，二千多年的中国思想史，宗教史，时时有争自由的急先锋，有时还有牺牲生命的殉道者。孟子的政治思想可以说是全世界的自由主义的最早一个倡导者。孟子提出的“大丈夫”是“贫贱不能移，富贵不能淫，威武不能屈”。这是中国经典里自由主义的理想人物。在二千多年历史上，每到了宗教与思想走进了太黑暗的时代，总有大思想家起来奋斗，批评，改革。

汉朝的儒教太黑暗了，就有桓谭、王充、张衡起来作大胆的批评。后来佛教势力太大了，就有齐梁之间的范缜，唐朝初年的傅奕，唐朝后期的韩愈出来，大胆的批评佛教，攻击那在当时气焰熏天的佛教。大家都还记得韩愈攻击佛教的结果是：“一封朝奏九重天，夕贬潮阳路八千。”佛教衰落之后，在理学极盛时代，也曾有多少次批评正统思想或反抗正统思想的运动。王阳明的运动就是反抗朱子的正统思想的。李卓吾是为了反抗一切正宗而被拘捕下狱，他在监狱里自杀的，他死在北京，葬在通州，这个七十六岁的殉道者的坟墓，至今存在，他的书经过多少次禁止，但至今还是很流行的。北方的颜李学派，也是反对正统的程朱思想的，当时，这个了不得的学派很受正统思想的压迫，甚至于不能公开的传授。这三百年的汉学运动，也是一种争取宗教自由思想自由的运动。汉学是抬出汉朝的书做招牌，来掩护一个批评宋学的大运动。这就等于欧洲人抬出圣经来反对教会的权威。

但是东方自由主义运动始终没有抓住政治自由的特殊重要性，所以始终没有走上建设民主政治的路子。西方的自由主义绝大贡献正在这一点，他们觉悟到只有民主的政治方才能够保障人民的基本自由，所以自由主义的政治意义是强调拥护民主。一个国家的统治权必须放在多数人民手里，近代民主政治制度是安格罗撒克逊民族的贡献居多，代议制度是英国人的贡献，成文而可以修改的宪法是英美人的创制，无记名投票是澳洲人的发明，这就是政治的自由主义应该包含的意义。我们古代也曾有“天视自我民视，天听自我民听”，“民为邦本”，“民为贵，社稷次之，君为轻”的民主思想。我们也曾在二千年前就废除了封建制度，做到了大一统的国家，在这个大一统的帝国里，我们也曾建立一种全世界最久的文官考试制度，使全国才智之士有参加政府的平等制度。但，我们始终没有法可以解决君主专制的问题，始终没有建立一个制度来限制君主的专制大权，世界只有安格罗撒克逊民族在七百年中逐渐发展出好几种民主政治的方式与制度，这些制度可以用在小国，也可以用在大国。(1) 代议政治，起源很早，但史家指一二九五年为正式起始。(2) 成文宪，最早的一二一五年的大宪章，近代的是美国宪法 (1789)。(3) 无记名投票 (政府预备选举票，票上印各党候选人的姓名，选民秘密填记) 是一八五六年 South Arsthlia 最早采用的。

自由主义在这两百年的演进史上，还有一个特殊的，空前的政治意义，就是容忍反对党，保障少数人的自由权利。向来政治斗争不是东风压了西风，就是西风压了东风，被压的人是没有好日子过的，但近代西方的民主政治却渐渐养成了一种容忍异己的度量与风气。因为政权是多数人民授予的，在朝执政权的党一旦失去了多数人民的支持，就成了在野党了，所以执政权的人都得准备下台时坐冷板凳的生活，而个个少数党都有逐渐变成多数党的可能。甚至于极少数人的信仰与主张，“好像一粒芥子，在各种种子里是顶小的，等到他生长起来，却比各种菜蔬都大，竟成了小树，空中的飞鸟可以来停在他的枝上。”

(《新约马太福音十四章》，圣地的芥菜可以高到十英尺。）人们能这样想，就不能不存容忍别人的态度了，就不能不尊重少数人的基本自由了。

在近代民主国家里，容忍反对党，保障少数人的权利，久已成了当然的政治作风，这是近代自由主义里最可爱慕而又最基本的一个方面。我做驻美大使的时期，有一天我到费城去看我的一个史学老师白尔教授，他平生最注意人类争自由的历史，这时候他已八十岁了。他对我说："我年纪越大，越觉得容忍比自由还更重要。"这句我至今不忘记。为什么容忍比自由还更要紧呢？因为容忍就是自由的根源，没有容忍，就没有自由可说了。至少在现代，自由的保障全靠一种互相容忍的精神，无论是东风压了西风，是西风压了东风，都是不容忍，都是摧残自由。多数人若不能容忍少数人的思想信仰，少数人当然不会有思想信仰的自由，反过来说，少数人也得容忍多数人的思想信仰，因为少数人要时常怀着"有朝一日权在手，杀尽异教方罢休"的心理，多数人也就不能不行"斩草除根"的算计了。

最后我要指出，现代的自由主义，还含有"和平改革"的意思。

和平改革有两个意义，第一就是和平的转移政权，第二就是用立法的方法，一步一步的做具体改革，一点一滴的求进步。容忍反对党，尊重少数人权利，正是和平的政治社会改革的唯一基础。反对党的对立，第一是为政府树立最严格的批评监督机关，第二是使人民可以有选择的机会，使国家可以用法定的和平方式来转移政权，严格的批评监督，和平的改换政权，都是现代民主国家做到和平革新的大路。近代最重大的政治变迁，莫过于英国工党的执掌政权，英国工党在五十多年前，只能选择出十几个议员，三十年后，工党两次执政，但还站不长久，到了战争胜利之年（1945），工党得到了绝对多数的选举票，故这次工党的政权，是巩固的，在五年之内，谁都不能推翻他们，他们可以放手改革英国的工商业，可以放手改革英国的经济制度，这样重大的变化——从资本主义的英国变到社会主义的英国——不用流一滴血，不用武装革命，只靠一张无记名的选举票，这种和平的革命基础，只是那容忍反对党的雅量，只是那保障少数人自由权利的政治制度，顶顶小的芥子不曾受摧残，在五十年后居然变成大树了。自由主义在历史上有解除束缚的作用，故有时不能避免流血的革命，但自由主义的运动，在最近百年中最大成绩，例如英国自从一八三二年以来的政治革新，直到今日的工党政府，都是不流血的和平革新，所以在许多人的心目中自由主义竟成了“和平改革主义”的别名，有些人反对自由主义，说它是“不革命主义”，也正是如此。我们承认现代的自由主义正应该有“和平改革”的含义，因为在民主政治已上了轨道的国家里，自由与容忍铺下了和平改革的大路，自由主义者也就不觉得有暴力革命的必要了。

这最后一点，有许多没有忍耐心的年青人也许听了不满意，他们要“彻底改革”，不要那一点一滴的立法，他们要暴力革命，不要和平演进。我要很诚恳的指出，近代一百六七十年的历史，很清楚的指示我们，凡主张彻底改革的人，在政治上没有一个不走上绝对专制的路，这是很自然的，只有绝对的专制政权可以铲除一切反对党，消灭一切阻力，也只有绝对的专制政治可以不择手段，不惜代价，用最残酷的方法做到他们认为根本改革的目的。他们不承认他们的见解会有错误，他们也不能承认反对的人会有值得考虑的理由，所以他们绝对不能容忍异已，也绝对不能容许自由的思想与言论。所以我很坦白地说，自由主义为了尊重自由与容忍，当然反对暴力革命，与暴力革命必然引起来的暴力专制政治。

总结起来，自由主义的第一个意义是自由，第二个意义是民主，第三个意义是容忍——容忍反对党，第四个意义是和平的渐进的改革。

# 人生问题[①]

一九〇三年，我只有十二岁，那年十二月十七日，有美国的莱特弟兄作第一次飞机试验，用很简单的机器试验成功，因此美国定十二月十七日为飞行节。十二月十七日正是我的生日，我觉得我同飞行有前世因缘。我在前十多年，曾在广西飞行过十二天，那时我作了一首“飞行小赞”，这算是关于飞行的很早的一首词。诸位飞过大西洋，太平洋，我在民国三十年，在美国也飞过四万英里，这表示我同诸位不算很隔阂。今大大家要我讲人生问题，这是诸位出的题目，我来交卷。这是很大的问题，让我先下定义，但是定义不是我的，而是思想界老前辈吴稚晖的。他说：人为万物之灵，怎么讲呢？第一，人能够用两只手做东西。第二，人的脑部比一切动物的都大，不但比哺乳动物大，并且比人的老祖宗猿猴的还要大。有这能做东西的两手和比一切动物都大的脑部，所以说人为万物之灵。人生是什么？即是人在戏台上演戏，在唱戏。看戏有各种看法，即对人生的看法叫做人生观。但人生

① 1948年8月12日在北平空军司令部的讲演。载同年8月13日北平《世界日报》。

有什么意义呢？怎样算好戏？怎样算坏戏？我常想：人生意义就在我们怎样看人生。意义的大小浅深，全在我们怎样去用两手和脑部。人生很短，上寿不过百年，完全可用手脑做事的时候，不过几十年。有人说，人生是梦，是很短的梦。有人说，人生不过是肥皂泡。其实，就是最悲观的说法，也证实我上面所说人生的有没有意义全看我们对人生的看法。就算他是做梦吧，也要做一个热闹的，轰轰烈烈的好梦，不要做悲观的梦。既然辛辛苦苦的上台，就要好好的唱个好戏，唱个像样子的戏，不要跑龙套。人生不是单独的，人是社会的动物，他能看见和想象他所看不到的东西，他有能看到上至数百万年下至子孙百代的能力。无论是过去，现在，或将来，人都逃不了人与人的关系。比如这一杯茶（讲演桌上放着一杯玻璃杯盛的茶）就包括多少人的贡献，这些人虽然看不见，但从种茶，挑选，用自来水，自来水又包括电力等等，这有多少人的贡献，这就可以看出社会的意义。我们的一举一动，也都有社会的意义，譬如我随便往地上吐口痰，经太阳晒干，风一吹起，如果我有痨病，风可以把病菌带给几个人到无数人。我今天讲的话，诸位也许有人不注意，也许有人认为没道理，也许说胡适之胡说，是瞎说八道，也许有人因我的话回去看看书，也许竟一生受此影响。一句话，一句格言，都能影响人。我举一个极端的例子。两千五百年前，离尼泊尔不远地方，路上有一个乞丐死了，尸首正在腐烂。这时走来一位年轻的少爷叫Gotama，后来就是释迦牟尼佛，这位少爷是生长于深宫中不知穷苦的，他一看到尸首，问这是什么？人说这是死。他说：噢！原来死是这样子，我们都不能不死吗？这位贵族少爷就回去想这问题，后来跑到森林中去想，想了几年，出来宣传他的学说，就是所谓佛学。这尸身腐烂一件事，就有这么大的影响。飞机在莱特兄弟做试验时，是极简单的东西，经四十年的功夫，多少人聪明才智，才发展到今天。我们一举一动，一言一行，一点行为都可以有永远不能磨灭的影响。几年来的战争，都是由希特勒的一本《我的奋斗》闯的祸，这一本书害了多少人？反过来说，一句好话，也可以影响无数人，我讲一个故事：民国元年，有一个英国人到我们学堂讲话，讲的内容很荒谬，但他的“O”字的发音，同普通人不一样，是尖声的，这也影响到我的“O”字发音，许多我的学生又受到我的影响。在四十年前，有一天我到一外国人家去，出来时鞋带掉了，那外国人提醒了我，并告诉我系鞋带时，把结头底下转一弯就不会掉了，我记住了这句话，并又告诉许多人，如今这外国人是死了，但他这句话已发生不可磨灭的影响。总而言之，从顶小的事情到顶大的像政治经济宗教等等，我们的一举一动都有不可磨灭的影响，尽管看不见，影响还是有。在孔夫子小时，有一位鲁国人说：人生有三不朽，即立德，立功，立言。立德就是最伟大的人格，像耶稣孔子等。立功就是对社会有贡献。立言包括思想和文学，最伟大的思想和文学都是不朽的。但我们不要把这句话看得贵族化，要看得平民化，比如皮鞋打结不散，吐痰，“O”发音，都是不朽的。就是说：不但好的东西不朽，坏的东西也不朽，善不朽，恶亦不朽。一句好话可以影响无数人，一句坏话可以害死无数人。这就给我们一个人生标准，消极的我们不要害人，要懂得自己行为。积极的要使这社会增加一点好处，总要叫人家得我一点好处。再回来说，人生就算是做梦，也要做一个像样子的梦。宋朝的政治家王安石有一首诗，题目是“梦”。说：“知世如梦无所求，无所求心普定寂，还似梦中随梦境，成就河沙梦功德。”不要丢掉这梦，要好好去做！即算是唱戏，也要好好去唱。

# 学生与社会①

今天我同诸君所谈的题目是“学生与社会”。这个题目可以分两层讲：(一) 个人与社会，(二) 学生与社会。现在先说第一层。

## 个人与社会

(一) 个人与社会有密切的关系，个人就是社会的出产品。我们虽然常说“人有个性”，并且提倡发展个性，其实个性于人，不过是千分之一，而千分之九百九十九全是社会的。我们的说话，是照社会的习惯发音；我们的衣服，是按社会的风尚为式样；就是我们的一举一动，无一不受社会的影响。

六年前我作过一首《朋友篇》，在这篇诗里我说：“清夜每自思，此身非吾有：一半属父母，一半属朋友。”如今想来，这百分之五十的比例算法是错了。此身至少有千分之九百九十九是属于广义的朋友的。

① 1922 年 2 月 19 日在平民中学的演说词。原载 1922 年 3 月 10 日《共讲》增刊第 11 期。

我们现在虽在此地，而几千里外的人，不少的同我们发生关系。我们不能不穿衣，不能不点灯，这衣服与灯，不知经过多少人的手才造成功的。这许多为我们制衣造灯的人，都是我们不认识的朋友，这衣与灯就是这许多不认识的朋友给与我们的。

再进一步说，我们的思想、习惯、信仰等等都是社会的出产品，社会上都是说“吃饭”，我们不能改转来说“饭吃”。我们所以为我们，就是这些思想、信仰、习惯……这些既都是社会的，那末除掉社会，还能有我吗？

这第一点内要义：我之所以为我，在物质方面，是无数认识与不认识的朋友的，在精神方面，是社会的，所谓“个人”差不多完全是社会的出产品。

(二) 个人——我——虽仅是千分之一，但是这千分之一的“我”是很可宝贵的。普通一班的人，差不多千分之千都是社会的，思想、举动、言语、服食都是跟着社会跑。有一二特出者，有千分之一的我——个性，于跟着社会跑的时候，要另外创作，说人家未说的话，做人家不做的事。社会一班人就给他一个浑号，叫他“怪物”。

怪物原有两种：一种是发疯，一种是个性的表现。这种个性表现的怪物，是社会进化的种子，因为人类若是一代一代的互相仿照，不有变更，那就没有进化可言了。惟其有些怪物出世，特立独行，作人不作的事，说人未说的话，虽有人骂他打他，甚而逼他至死，他仍是不改他的怪言、怪行。久而久之，渐渐的就有人模仿他了，由少数的怪，变为多数，更变而为大多数，社会的风尚从此改变，把先前所怪的反视为常了。

宗教中的人物，大都是些怪物，耶稣就是一个大怪物。当时的人都以为有人打我一掌，我就应该还他一掌。耶稣偏要说：“有人打我左脸一掌，我应该把右边的脸转送给他。”他的言语、行为，处处与当时的习尚相反，所以当时的人就以为他是一个怪物，把他钉死在十字架上。但是他虽死不改其言行，所以他死后就有人尊敬他，爱慕、模仿他的言行，成为一个大宗教。

怪事往往可以轰动一时，凡轰动一时的事，起先无不是可怪异的。比如缠足，当时一定是很可怪异的，而后来风行了几百年。近来把缠小的足放为天足，起先社会上同样以为可怪，而现在也渐风行了。可见不是可怪，就不能轰动一时。社会的进化，纯是千分之一的怪物，可以牺牲名誉、性命，而作可怪的事、说可怪的话以演成的。

社会的习尚，本来是革不尽，而也不能够革尽的，但是改革一次，虽不能达完全目的，至少也可改革一部分的弊习。譬如辛亥革命，本是一个大改革，以现在的政治社会情况看，固不能说是完全成功，而社会的弊习——如北京的男风，官家厅的公门等等——附带革除的，实在不少。所以在实际上说，总算是进化的多了。

这第二点的要义：个人的成分，虽仅占千分之一，而这千分之一的个人，就是社会进化的原因。人类的一切发明，都是由个人一点一点改良而成功的。惟有个人可以改良社会，社会的进化全靠个人。

## 学生与社会

由上一层推到这一层，其关系已很明白。不过在文明的国家，学生与社会的特殊关系，当不大显明，而学生所负的责任，也不大很重。惟有在文明程度很低的国家，如像现在的中国，学生与社会的关系特深，所负的改良的责任也特重。这是因为学生是受过教育的人，中国现在受过完全教育的人，真不足千分之一，这千分之一受过完全教育的学生，在社会上所负的改良责任，岂不是比全数受过教育的国家的学生，特别重大吗？

教育是给人戴一副有光的眼镜，能明白观察；不是给人穿一件锦绣的衣服，在人前夸耀。未受教育的人，是近视眼，没有明白的认识，远大的视力；受了教育，就是近视眼戴了一副近视镜，眼光变了，可以看明清楚远大。学生读了书，造下学问，不是为要到他的爸爸面前，要吃肉菜，穿绸缎；是要认他爸爸认不得的，替他爸爸说明，来帮他爸爸的忙。他爸爸不知道肥料的用法，土壤的选择，他能知道，告诉他爸爸，给他爸爸制肥料，选土壤，那他家中的收获，就可以比别人家多出许多了。

从前的学生都喜欢戴平光的眼镜，那种平光的眼镜戴如不戴，不是教育的结果。教育是要人戴能看从前看不见，并能看人家看不见的眼镜。我说社会的改良，全靠个人，其实就是靠这些戴近视镜，能看人所看不见的个人。

从前眼镜铺不发达，配眼镜的机会少，所以近视眼，老是近视看不远。现在不然了，戴眼镜的机会容易的多了，差不多是送上门来，让你去戴。若是我们不配一副眼镜戴，那不是自弃吗？若是仅戴一副看不清、看不远的平光镜，那也是可耻的事呀。

这是一个比喻，眼镜就是知识，学生应当求知识，并应当求其所要的知识。

戴上眼镜，往往容易招人家厌恶。从前是近视眼，看不见人家脸上的麻子，戴上眼镜，看见人家脸上的麻子，就要说："你是个麻子脸。"有麻子的人，多不愿意别人说他的麻子。要听见你说他是麻子，他一定要骂你，甚而或许打你。这一层意思，就是说受过教育，就认识清社会的恶习，而发不满意的批评。这种不满意社会的批评，最容易引起社会的反感。但是人受教育，求知识，原是为发现社会的弊端，若是受了教育，而对于社会仍是处处觉得满意，那就是你的眼镜配错了光，应该返回去审查一审查，重配一副光度合适的才好。

从前伽利略因人家造的望远镜不适用，他自己造了一个扩大几百倍的望远镜，能看木星现象。他请人来看，而社会上的人反以为他是魔术迷人，骂他为怪物、革命党，几乎把他弄死。他惟其不屈不挠，不可抛弃他的学说，停止他的研究，而望远镜竟为今日学问上、社会上重要的东西了。

总之，第一要有知识，第二要有骨子。若是没骨子便在社会上站不住。有骨子就是有奋斗精神，认为是真理，虽死不畏，都要去说去做。不以我看见我知道而已，还要使一班人都认识，都知道。由少数变为多数，由多数变为大多数，使一班人都承认这个真理。譬如现在有人反对修铁路，铁路是便利交通，有益社会的，你们应该站在房上喊叫宣传，使人人都知道修铁路的好处。若是有人厌恶你们，阻挡你们，你们就要拿出奋斗的精神，与他抵抗，非把你们的目的达到。不止你们的喊叫宣传，这种奋斗的精神，是改造社会绝不可少的。

二十年前的革命家，现在哪里去了？他们的消灭不外两个原因：(1) 眼镜不适用了。二十年前的康有为是一个出风头的革命家，不怕死的好汉子。现在人都笑他为守旧、老古董，都是由他不去把不适用的眼镜换一换的缘故。(2) 无骨子。有一班革命家，骨子软了，人家给他些钱，或给他一个差事，教他不要干，他就不敢干了。没有一种奋斗精神，不能拿出“你不要我干，我偏要干”的决心，所以都消灭了。

我们学生应当注意的就是这两点：眼镜的光若是不对了，就去换一副对的来戴；摸着脊骨软了，要吃一点硬骨药。

我的话讲完了，现在讲一个故事来作结束。易卜生所作的《国民公敌》一剧，写一个医生司铎门发现了本地浴场的水里有传染病菌，他还不敢自信，请一位大学教授代为化验，果然不错。他就想要去改良他。不料浴场董事和一帮股东因为改造浴池要耗费资本，拼死反对，他的老大哥与他的老丈人也都多方的以情感利诱，但他总是不可软化。他于万分困难之下设法开了一个公民会议，报告他的发明。会场中的人不但不听他的老实话，还把他赶出场去，裤子撕破，宣告他为国民公敌。他愤气不过，说：“出去争真理，不要穿好裤子。”他是真有奋斗精神，能够特立独行的人，于这种迫逼之下还是不少退缩。他说：“世界最有强力的人就是那最孤立的人。”我们要改良社会，就要学这“争真理不穿好裤子”的态度，相信这“最孤立的人是最有强力的人”的名言。